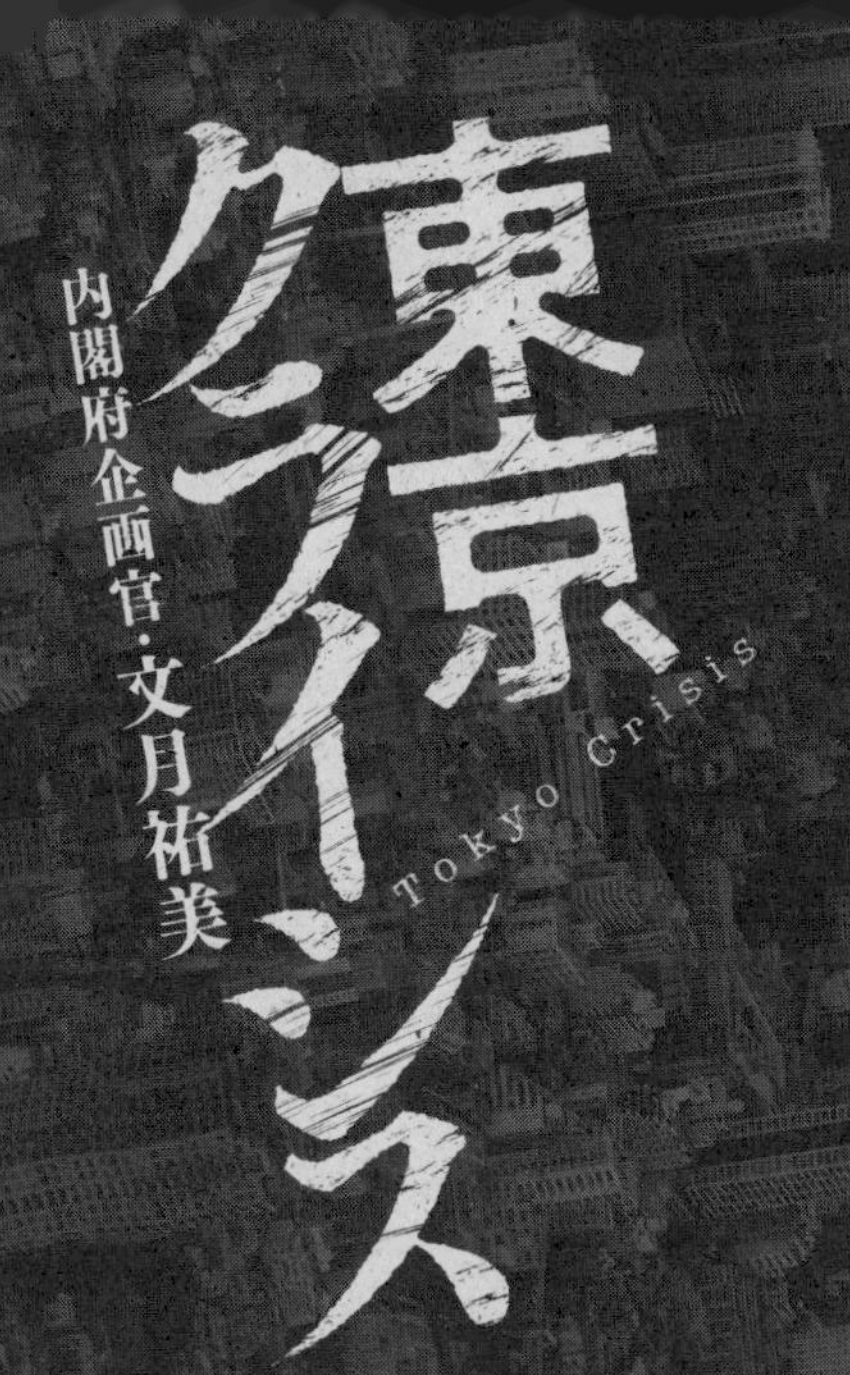

安生正

Anjo Tadashi

祥伝社

東京クライシス　内閣府企画官・文月祐美

目次

序章 6
第一章 レベル1 16
第二章 レベル2 94
第三章 レベル3 155
第四章 レベル4 219
終章 317

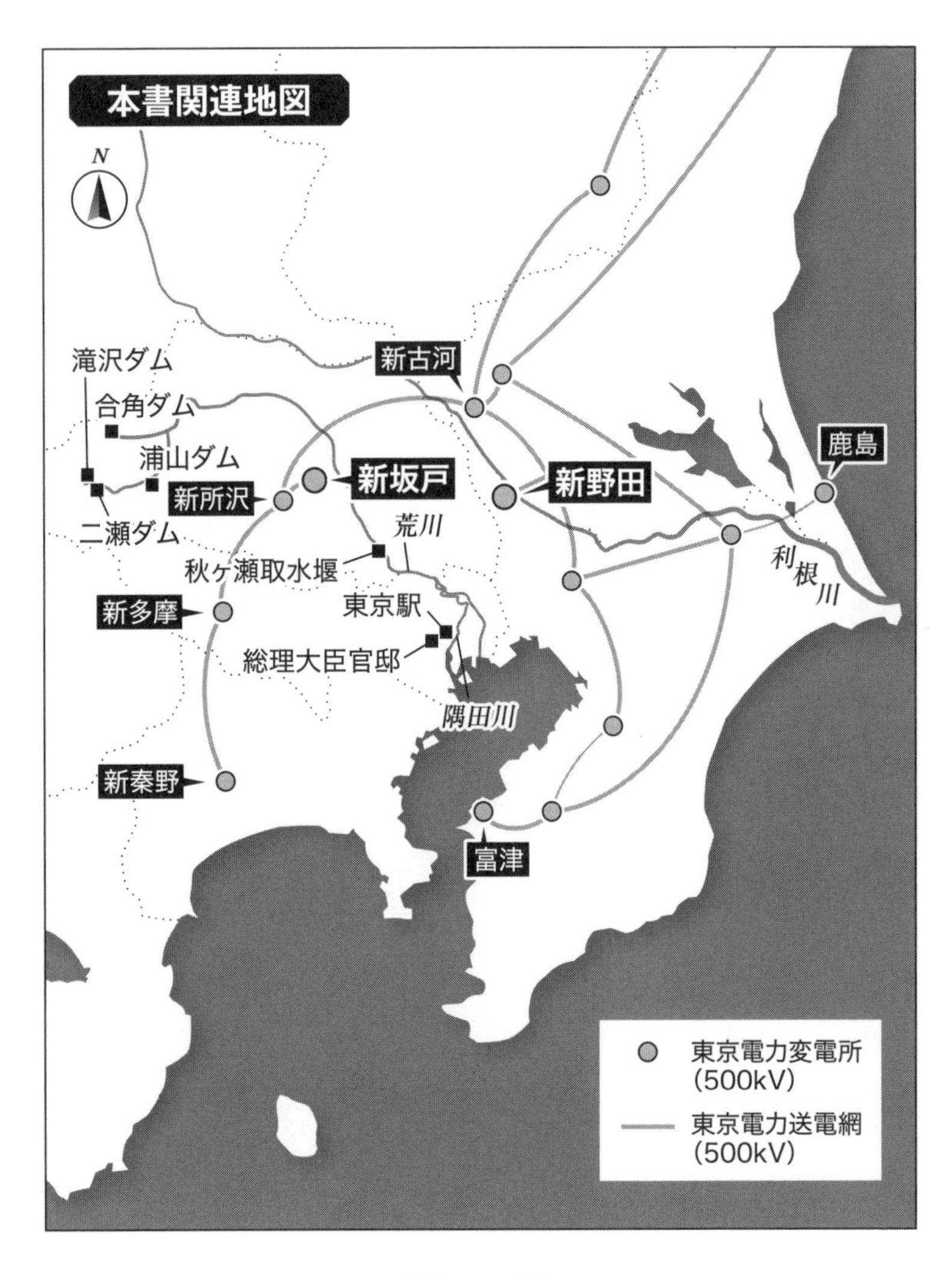

装幀：岡 孝治
写真：ODO+Mayu Mori
地図作成：三潮社

自然の猛威に裁かれるとき、人は恐怖と勇気が背中合わせであることを知る。

序章

福岡県　北部

七月一日から三日にかけ、福岡県や大分県など九州北部地方で記録的な大雨が発生した。原因は対馬(つしま)海峡付近に停滞していた梅雨(ばいう)前線に湿った空気が流れ込んだこと。発達した積乱雲が重なり合った線状降水帯からもたらされた豪雨の総降水量は千ミリを記録し、わずか一日で七月の月降水量平年値を超える記録的豪雨となった。

いたる所で堤防の決壊、大量の土砂や流木により、死者・行方不明者六十三人、電気・水道などのライフライン断絶が約五千三百戸、家屋の全壊二百十五戸、半壊千百二十戸、床上・床下浸水が千八百四十戸。災害発生から一週間が経(た)つ今も二千人以上が避難生活を余儀なくされている。

山間部では、土砂崩れや浸水による被害が相次いだ。県の南部では土石流・土砂崩れが二千箇所以上で発生。通常は崩落しにくい山頂部の崩壊が多発し、豪雨の凄(すさ)まじさを裏づけた。

一週間後、内閣府の政策統括官付参事官の広瀬伸太郎(ひろせしんたろう)は、防災担当の各部署から四人の担当者を連れて災害現場の調査に訪れていた。

頭上にはどんよりした雨雲が垂(た)れ込めている。

辺(あた)りは幾重(いくえ)にも山脈が連なる山間部で、山腹を縫(ぬ)うように県道が走り、大小、複数の沢から水を集める川が山裾を流れている。

豪雨災害の現場は悲惨だった。

広瀬たちが立つ河川敷から見下ろす河床は瓦礫と流木に埋め尽くされ、所々に車ほどの巨石が転がっている。そこから目を転じて上流の山を見上げると、まるでノミで削ったように山肌が引き裂かれていた。二〇一四年、広島市郊外の斜面を切り開いた造成地で起きた土砂災害と似ている。

二時間ほど前から降り出した雨だけでなく、風も強くなってきた。

広瀬たちは、雨合羽のフードをヘルメットに被せて雨をしのぎながら立っていた。

「関係省庁の連絡体制は」

「ほぼ整っています」

若い主査が答える。

「ほぼ、とはどういう意味だ。もっと具体的に教えろ」

広瀬の問いに、鞄から慌てて手帳を取り出した主査が、ページをめくりながら口ごもる。

「それはですね……」

突然襲ってきた突風に彼がよろける。

広瀬は、顔にまとわりつく雨粒を手の甲でぬぐった。

「今日から再び大雨が予想されるため、官邸の関係省庁災害警戒会議はいつでも招集できる状態です」

主査の横に立つ女性がフォローする。彼女は、さっき到着したばかりで急遽、調査に加わった内閣府の職員だ。

「警察庁、消防庁、法務省、文部科学省、厚生労働省、農林水産省、国土交通省なども災害情報連絡室を設置したままにしております」

「細かい問題までフォローはできているのか」

「復旧作業と被害状況把握(はあく)のための災害派遣要請は防衛省、移動電源車などの貸与は総務省、災害廃棄物と動物愛護管理関係にかんしては環境省、さらに、消費者庁が消費者庁ツイッターにより災害に便乗した……」

そこまで言いかけた彼女が口をつぐみ、河の上流を凝視(ぎょうし)し始めた。

横殴りの雨に顔をしかめている。

「変ですね」

「なにが」

「流れに流木が混じって、水が濁(にご)っています」

「それがどうした」

「もしかして」

フードを下ろした彼女が上流に向けた耳に手を当てて、なにかを聞き取ろうとしている。

彼女の顔色が変わった。

「土石流がきます！　大急ぎで堤防に上がってください」

土石流とは山の土砂や木、川底の石などが上流で溜(た)まり、大雨によって一気に下流へ押し流される現象だ。その流れは規模によって異なるが、時速二十から四十キロという速度で一瞬のうちに人家や畑などを壊滅させてしまう。

キョトンとする主査を彼女が怒鳴(どな)りつける。

「なにをグズグズしているのですか。死にたいの！」

女性が主査の背中を押す。

全員が駆け出す。

ところが走ろうとしても、田んぼのごとく泥濘んだ河川敷に長靴を取られる。

「来た！」

広瀬の耳にも地鳴りが聞こえてきた。

見ると上流から、茶色い濁流が流木や瓦礫を巻き込みながら、凄まじい高波となって押し寄せてくる。

「逃げろ！」

誰かが転ぶ。それを広瀬は引き起こす。

全身泥だらけになりながら、皆が堤防の斜面を這い上がる。

間一髪、広瀬たち五人は堤防の天端にたどり着いた。

次の瞬間、たった今まで広瀬たちのいた河川敷が土石流に飲み込まれた。

河川敷に立てていたビデオカメラが三脚ごと撥ね上げられる。

呆然と濁流を見つめる主査が、地面にへたり込む。その横で、一瞬の機転で皆を救った女性が荒い息に肩を上下させていた。

「君、名前は」

額の泥をぬぐった広瀬は命の恩人に尋ねた。

「申し遅れました。防災政策統括官付参事官付補佐の文月祐美と申します」

凛とした声が、広瀬の耳朶を打った。

四年後
七月某日　木曜日　十八時すぎ
のぞみ240号　東京行　小田原駅付近

六号車、十三番Eの席で加藤孝三は、流れる景色を見つめていた。

六十代半ばになると長時間、硬い座席に座っているのは体にこたえる。

小田原駅を通過した列車が関東平野に入ると、北の空で不吉な予感を確実なものにする黒雲が夕陽に照らされ、その中で時々稲妻が走る。

北から押し寄せた雲塊は、綿菓子を寄せ集めたように盛り上がる。そして、丹沢山系から東京都心辺りを結ぶ線上で、まるでカッターで切り取ったように途切れている。嵐と真夏の夕焼けという正反対の空模様が関東の上空でせめぎ合っていた。

新幹線はあと三十分ほどで東京駅に着く。

加藤は、今朝、内閣府の広瀬政策統括官から和歌山の自宅へかかってきた電話を思い出した。


（広瀬です）

「どうした、こんな時間に」

（すみません。まだお休みだったでしょうか）

「今、畑から帰ってきたところだよ」

加藤の家は、和歌山の街中から紀の川沿いに車で一時間ほど山へ入った片田舎にある。

なぜか、広瀬が言葉を選んでいる。

（実は問題が起こりそうで、是非、加藤さんの力をお借りしたいのですが）

「問題？」

（日本海にある台風八号から変わった温帯低気圧と、関東地方の南東海上にある台風九号のせいで、関東地方に多量の水蒸気が流れ込み、大規模な線状降水帯が発生しそうなのです）

「鬼怒川決壊のときと同じか」

（昨日からの気圧配置と台風の位置関係から気象庁が予測したところ、荒川上流地域でそれ以上の豪雨になりそうです。そうなれば、以前から恐れていた首都圏での豪雨災害が現実のものとなるかもしれません）

「なぜ私に」

加藤は少し身構えた。

（ぜひ、力をお借りしたい）

「私に天候はコントロールできない」

（コントロールしたいのは官邸です。突然、厚かましいお願いで恐縮ですが、これから上京して頂けませんか。ホテルは段取りします。ただ申しわけありませんが、東京までの旅費は後払いで精算させてください）

加藤が役所を引いたあとも、時々、広瀬からは相談を受けていた。たまに加藤が上京したときは、新橋の駅前で焼き鳥をつまみながら役所の現状と仕事の愚痴を聞いてやる。

部下の前では厳しいことで有名な広瀬も、加藤には胸襟を開いてくれる。

「やってられませんよ」と愚痴られれば「一人で背負い込むなよ」と返してやる。

キャリアゆえに、責任ある立場になったゆえに、彼の背負い込むものの大きさと重さは加藤にとっても他人事ではない。

個人の能力だけでは難局に対処できない。それは加藤の後悔そのものだった。

「頼りになる部下をちゃんと育てているか」

「はい。以前、お伝えした文月も頑張っていますよ」

文月祐美。あの広瀬が褒めることは珍しいからよく覚えている。彼によれば、防災行政のプロであるだけでなく、それにかかわる応用心理学や実験心理学にも造詣が深く、災害心理学のテーマで論文を発表するほどらしい。

ちなみに彼女の名前をグーグルで検索すると対談やインタビュー記事、人物紹介など、相当の話題がヒットする。

加藤が現役ならば、是非、部下に指名したいタイプの人間だ。

「うまく育てろよ」

「そうですね。途中で折れなければ審議官は間違いない器です。今は、ちょっと迷っているようですが」

なるほど、と加藤は頰を緩めた。

「加藤さん。今度紹介しますよ」

このあいだはそんな会話を交わしたけれど、今朝はまるで様子が違った。

何ごとにも理詰めで計画的な広瀬がこんな連絡をしてくるのはよほどのこと、と察した加藤は、取るものも取りあえず和歌山駅から特急『くろしお』に飛び乗った。

名古屋駅を出たときに車内で買ったコーヒーを口に寄せる。

冷めきって香りも味も消えていた。

その味気なさに、あの日の記憶が脳裏に蘇る。

三月十二日の記憶。

あの日から、多くの人々の苦難とともに、加藤の人生は歩みを止めてしまった。

加藤は、昭和五十四年に国家公務員上級乙種試験を経て内閣府に採用された、いわゆるノンキャリだ。

内閣府という役所はときの重要政策を担っており、所管している分野が幅広いので様々な部署とかかわる機会が多い。しかも、他省庁、地方自治体、民間出向者など、様々なバックグラウンドを持つ職員が集まる役所ゆえに、多様な価値観や考え方を吸収し、柔軟な思考を培わねばならないのだ。

加藤も国交省、気象庁、公正取引委員会への出向、沖縄総合事務局での勤務を経ながら主に、防災にかんする政策の企画や立案にかかわってきた。

災害から国民を守るため、災害予防、災害応急対策、復興にかんする政策や、大規模な災害発生時の対処について、関係省庁との調整を行なってきた。

平成二十三年の東日本大震災だけではない。昭和五十八年の日本海中部地震、平成二年の雲仙・普賢岳の噴火、平成七年の阪神・淡路大震災、平成十六年の台風二十三号による被害、平成十六年の新潟県中越地震など、毎年は大袈裟でも数年に一回は災害が起きる国なのだ。その多くで現地に出向き、被害状況を自分の足で調べ、政府としての対策を進言してきたけれど、自然災害はいつも加藤を先回りする。

そんな加藤の人生に転機が訪れたのは平成十九年のことだ。

民政党政権時の内閣官房に出向していたとき、当時の樫山内閣総理大臣補佐官に気に入られた加藤は防災以外の件についても、樫山の右腕として省庁間の調整に走り回った。自分に役人としての能力があると思ったことは一度もないけれど、それでも各省の局長や事務次官から目をかけられる存在になった。

思えば、加藤の人生で最も輝いていた時期だったかもしれない。

二年後、政権交代があった。省庁間の調整を経験したことがない新政権の官房長官から強い慰留を受け、加藤は内閣府に戻らず官邸に残ることになった。

そして、平成二十三年三月十二日が訪れる。記憶の中へ封印しようと思うのに、今でも事あるごとに蘇って加藤を責め立てるあの出来事。

加藤はコーヒーカップを握り潰した。

今の畠山政権に臨機応変な災害対応など無理だ。大きな政策転換を図ろうとする彼らは、まだ不測の事態への備えができていないからだ。

しかし、自然に容赦はない。

窓の外に視線を戻すと、また関東北部の黒雲が目に入った。

加藤の人生が歩みを止めたあの日の記憶が再び蘇る。

混乱する官邸をまとめなければならなかった加藤は、閣僚たちを根気よく説得し、あるときは叱責した。進むべき方向を示す羅針盤もなく、楽観論と悲観論が交錯する会議で、最善の決断を導くためには土下座も辞さない覚悟だった。でも、あるものが足りなかった。

福島第一原子力発電所一号機で水素爆発が起きたあと、あらゆる罵声、叱責、非難を一身に浴びたことより、行政官として職務を全うできなかった後悔に打ちのめされた。

いつのまにか長い年月が経った。

そして今。

もしかしたら、命をかけてでも人々を守らなければならないときが、再びやってきたのかもしれない。

第一章　レベル1

七月某日　猛暑の金曜日　午前十一時前

千葉県　野田市　西三ケ尾　東京電力新野田変電所

千葉県の北西部、東西を利根川と江戸川にはさまれる醤油で有名な野田市の真ん中を国道16号線が走っている。東武野田線梅郷駅にほど近い国道16号線沿いには、工場や住宅地が並ぶ典型的な郊外風景が広がっている。

国道から少し入った場所にある東京電力の新野田変電所に勤務する佐藤は、同僚の丸山と敷地内を巡視していた。広大な敷地は東京ドーム五・五個分の広さになる。

管理棟を出てから、静電気のせいで髪の毛が逆立つような悪寒をずっと感じている。それに加えて、空港へ向かって高度を下げる飛行機の中と同じように、鼓膜が圧迫されていた。

「気圧が下がってる。お前、さっきの天気予報見たか」

鼻をつまんだ丸山が、勢いよく息を吹いて耳抜きする。

予報では、関東地方上空で大気の状態が不安定となって落雷や突風、場合によっては降雹が予想されるらしい。荒天は東電とその変電所にとっては一大事だ。鉄塔や遮断器などにビニール袋が引っかかるだけで停電することだってある。

首都圏送電網において、五百キロボルト送電を担う環状線ルートにいくつか配置された変電所の中でも、新野田変電所は重要拠点だった。その証拠に、ここは、「世界最大の出力を司る変電所」としてギネスに認定されたこともある。千葉の東京湾臨海地区、茨城県の鹿島、福島第二、利根川水系の発電所から都心に電気を送る中継施設ゆえに、トラブルは許されない。

「嫌な風が吹いてきたな」

施設内を歩きながら、佐藤は周りが気になって仕方ない。

なぜか相棒の返事がないから振り返ると、丸山が立ち止まって空を見上げていた。

「おい。あれ」

眉をひそめた丸山が西の空を指さす。

丸山がさす方向に目をやると、埼玉県の春日部辺りだろうか、その空に見たこともない黒雲が広がっていた。それはまるで巨大なキノコの傘か、はたまたオールドファッションのドーナツに似ている。映画好きなら『インデペンデンス・デイ』に出てくるあのマザーシップを思い浮かべるだろう。とにかく、空を覆いつくさんばかりの黒く巨大な嵐雲が西の空を覆っていた。

「なんだ、あれは。空が真っ黒じゃないか」

「積乱雲だよ。それにしてもデカイ」

よく見ると雲の真ん中から地面に向かってキノコの柄、いや、象の足を思わせる白く太い筋が伸びている。

雨霧だ。

「どうやら、雲の真下は土砂降りらしいな」

そのとき、天に向かって突き上がる隆々とした嵐雲から青白い閃光が地面に突き刺さった。

ヒャっと肝を冷やした佐藤は首をすくめた。

「光った！　見たか？　すごい稲妻だったぞ」

少し遅れて、バリバリという雷鳴が轟く。

やがて、佐藤たちの周りが皆既日食のように暗くなったと思ったら、冷たい風が埃を舞い上げる。

まさか、と空を見上げれば、いつのまにか墨汁を流し込んだような雲が広がり、突然、風が止んだと思ったら百八十度風向きが変わって猛烈な突風が吹き始めた。

「おい。ここもやばいぞ」

跳ね回るポップコーンのごとく砂が頬を打ち、目を開けていられない。

縄跳びのように電線が上下左右に波打ち始めたと思ったら、信じられないことに、管理棟が揺れ始めた。

風で飛んできたソフトボール大のなにやら黒い塊が、一階の窓を粉々に砕く。

「ど、どうする」

丸山が青ざめる。

「大至急、支社に連絡だ！」

周りの様子は普通じゃない。なにかとんでもないことが起こりそうな胸騒ぎに襲われた。

そのあいだもゴミ袋、看板、紙切れ、ありとあらゆる物が宙で渦を巻いている。

恐竜の咆哮を思わせる轟音が鼓膜を揺らす。

佐藤は、あっと声を上げた。

頭上の雲から灰色の筋がまるで竜か大蛇のように胴をくねらせ、ねじれながら佐藤たちの前におりてくる。

それが地面に届いた瞬間、駐車場の軽自動車がトタン板のごとく舞い上がった。

「危ない！」

両耳を聾（ろう）する激突音を立てながら、空飛ぶ車が管理棟の壁を突き破る。

送電鉄塔の鉄骨が悲鳴に似た軋（きし）み音を上げ、柳のようにしなる。

どこかで悲鳴が聞こえた。

切断された電線が鞭（むち）のように空中で暴れ、先端が地面で火花を散らす。

「竜巻だ。竜巻だぞ！　ここにいたら巻き込まれる」

こっちだ、と丸山が佐藤の首根っこを摑（つか）んだ。

二人の周りであらゆる物が、無重量状態のように浮き上がり始める。

ヒュンと風切り音を発しながら、塀沿いに置かれていたスコップが頭のすぐ横を飛び去った。

辺りが闇に包まれる。

足裏の感覚がなくなり、ふっと体が浮いた。

洗濯機に放り込まれたように、なにもかもがグルグル回り始めた。

次の瞬間、目の前が真っ白になった。

十一時二十分

東京都　千代田（ちよだ）区　永田町（ながたちよう）一丁目　内閣府

「ごめんなさい。昨日話したように、旅行はやっぱり行けそうにない」

内閣官房をサポートして政策の企画や調整をしたり、首相の様々な政務を補佐する内閣府は、かの総理大臣官邸と内閣府下交差点を結ぶ坂道の向かい側にある。

そこで防災を担当する政策統括官付企画官として勤務する文月祐美は、四階のエレベーターホールの隅で夫の和也と電話で話していた。

（えっ、マジで。今からキャンセルするのか）

「昨日、頼んだじゃない」

（だって、もしかしたら行けるかもしれないと思ってたから）

「豪雨だけじゃなく停電まで起きたのよ。無理に決まってるでしょ。悪いけど、亮太も迎えに行ってね。遅くなるとお義母さん、機嫌が悪くなるから」

（なんでもかんでもこっちかよ）

不意に誰かが後ろを通りすぎる。

文月はさりげなくスマホを左手で隠した。

今は細かいことを説明している暇はない。

「ごめんなさい」

オフィスの方を気にしながら文月は謝った。

（じゃあ、俺が早退して亮太を迎えに行けばいいんだろ）

投げやりな声が返ってくる。

「なんで怒るかな」

（仕事、仕事って、お前がいつも勝手だからじゃないか。もういいよ！）

「だから……」

電話が一方的に切れた。

いつもは物静かな和也が、本気で怒った。

ビジートーンが虚しく耳に響く。

彼とは大学のサークルで知り合い、卒業後すぐに結婚して十六年が経ち、いつのまにか四十の声を聞く歳になった。

ひとり息子の亮太を授かったのは六年前で、二人にとって待ち望んだ子供だった。

夫婦仲は悪くはない。和也の両親とだってうまくやっている。ただ、共働きだから義母に亮太の面倒を見てもらうことも多くて、そのぶん気を遣っている。

「文月！　文月はいるか」

開けっ放しの扉の奥から、上司の広瀬政策統括官が呼んでいる。

「はい。ここです」

文月はスマホをポケットに押し込んだ。

和也とのやり取りは胸にしまい込み、頭を切り替えてオフィスへ戻る。

役所独特のなんの特徴もないオフィスエリアは、優雅さとかお洒落といったセンスをすべて取っ払った白い壁と天井、そして灰色の床で囲まれている。細長い部屋に、向かい合って机を配した島が、人ひとりがやっと通れるほどのスペースを空けて並んでいる。

どの机の上も『コ』の字の形で書類が積み上がり、真ん中にパソコンが窮屈そうに置かれている。これを片づいていると思うか、散らかっていると考えるかは、人それぞれかもしれないけれど、たぶん、そう、百人中、九十九人は後者だろうという確信はある。

文月だって「少しは片づけたら」と思うけれど、自分の机も似たり寄ったりだから、人のことは言えない。

「文月！　どこで油売ってた。これから官邸だ。急げ」

広瀬統括官が鞄（かばん）に書類を詰め込んでいる。広瀬は四捨五入すると五十になるキャリアだ。ビジネスショートの髪にエラの張った四角い顔、大学時代は柔道部だったらしく、身長は百七十ちょっとのわりにがっしりした体型で、実際より大きく見える。

オンオフをきっちり分けるタイプだけれど、なにかことが起きた瞬間、彼の目は猛禽（もうきん）類のそれに変わる。とにかくストイックな上司だった。

「洪水対策は万全だろうな」

昨日からの豪雨をもたらした時間雨量二百ミリを超える強雨帯が荒川上流に広がり、その南端、千葉県の幕張（まくはり）周辺から埼玉県の坂戸（さかど）市周辺の線上で、風速三十メートルを超える強風帯が何箇所も観測されていた。

そのせいで荒川の水位が上昇している。

国土交通省と内閣府は連携して、たとえば埼玉県志木（しき）市の秋ヶ瀬（あきがせ）取水堰（ぜき）のゲートをすべて引き上げる全開操作、調整容量三千九百万トンを誇る荒川洪水調節池の待機、そして荒川上流のダムによる洪水対策などを実施している。すでに所轄（しょかつ）の警察と消防は出動し、国交省も河川事務所のカメラで二十四時間の監視を行なっている。地元の建設会社の協力を得て、洪水対策用の土嚢（どのう）の準備もほぼ終了した。

「お任せください」

「竜巻はどうする。送電網がズタズタだ」

広瀬は、こちらに目もくれない。

「すでに東電には、給電と送電網復旧の見通しを立てるよう指示してあります」

「都は」

「都と二十三区に、『東京都帰宅困難者対策条例』も含めて対応をお願いしています」

広瀬が数枚のＡ４用紙を文月の鼻先に突きつける。

「今、気象庁から届いた。読んどけ」

「行くぞ！」

広瀬が部屋を出ていく。

自席に戻った文月はバッグを引っ摑んだ。

廊下に飛び出した文月は、広瀬と一緒にエレベーターへ駆(か)け込んだ。役所内はすでに非常用自家発電に切り替わっている。それは河川事務所なども同じで、非常時にはたとえば監視カメラなどはソーラー電池で稼働させるシステムが導入されていた。

すぐに、書類を斜(なな)め読みする。

――なんてことなの。そもそも遅いよ、この情報をよこすのが。

一階に着いたエレベーターの扉が開く。

大股(おおまた)で歩く広瀬のあとを、小走りで追いながら内閣府を出て、正門を右に曲がり、坂を上がりながら官邸を目ざす。

外は雨。肩からかけたバッグを小脇(こわき)にはさみ、左手で傘を持ち、右手で書類を掲(かか)げる。

小さな字を読みながら歩くから、何度か蹴躓(けつまず)く。

しかし、途中からそんなことは気にならなくなった。

千葉県　野田市　西三ケ尾　東京電力新野田変電所

壊滅的な被害を受けた変電所の前で、駆けつけた東京電力東葛支社の藤田と並河は立ち尽くしていた。

不意に生暖かい風が人気のない廃墟を駆け抜けていく。

ここへ来るあいだ、いたる所で散乱した瓦礫となぎ倒された電柱が道路を塞いでいたため、何回も迂回し、道を選び直してようやくたどり着いた。

変電所へ近づくにつれて周りの被害はどんどん大きくなり、エイリアンの仕業じゃないかと本気で疑うほど家がペシャンコになって、跡形もなく破壊された自動車が工場の敷地まで吹き飛ばされていた。

「これはひどい」

あまりの状況に、それ以上の言葉が出ない。東電の社員ゆえに、何度も災害の現場を見てきた藤田にとっても、目の前の光景は別物だった。

竜巻に襲われた変電所は、シリアの内戦で破壊されたモスクを思わせる。飴のように折れ曲がる鉄塔、ズタズタに切断された電線、廃墟と化した管理棟。

そして二人の同僚が行方不明になっている。

腰を屈めた並河が管理棟の中をのぞき込む。

「建物の中に入れるか？　二人が閉じ込められているかもしれない」

管理棟の外壁には、無数の飛来物のせいで銃撃を思わせる衝突痕が残され、恐らく急激な気圧の変化のせいだろう、エントランス横のサッシが内側へ転倒していた。こわごわ建物の中へ足を踏み入れると、床はパイプやコンクリートの破片で埋め尽くされ、なんと、砕け散った窓ガラスの破片が反対側の壁に突き刺さっている。

足の踏み場もない室内で、二人はどこかに佐藤が倒れていないか、丸山が下敷きになっていないか、倒れたキャビネットを起こし、重なり合うパイプの下をのぞき込む。

どこにも人の気配はなかった。

「二人はここじゃない」

「らしいな。どうやら竜巻に……」

パニック映画でしか出会ったことのない自然の猛威が二人を連れ去った。

無事であって欲しいと願っていたのに、妻も子もいる同僚が竜巻に殺されたらしいという最悪の結末が待っていた。もしかしたら、自分たちが巻き込まれたかもしれない恐怖に身を震わせながら廃墟から出た二人は、悲劇の荒野に立ちすくむ。

なにもかもが滅茶苦茶に破壊されている。

「こんなことになるなんて」

「ああ……」

「これは、当分、復旧は……無理だな」

「そうだな……」

「そのあいだの送電はどうするんだろう」

「……他の電力会社から融通してもらうしかない」

腑抜けた会話が続く。

今まさに、大規模な停電のせいで一般家庭の明かりが消え、病院の機器やビルの空調が止まり、すべての鉄道が運転を見合わせている。ここまでの道もそうだったが、信号が消えた16号線の交差点で車同士の混乱が起きていた。

東電の本社へも次々と問い合わせが入っている。ところが、変圧器、遮断器や断路器の大半が破壊された今、送電の再開がいつになるか皆目見当がつかない。

夕方になれば都心に勤める人々の帰宅が始まる。

今日は金曜日だ。それを考えただけでもゾッとする。

東日本大震災の悪夢が蘇る。あの日、地震の直後から、主要な幹線道路は帰宅困難者が列となって歩道を埋め尽くし、同じく車道は車で埋め尽くされた。

絶望的な状況を報告するために、藤田は東葛支社をスマホで呼んだ。

ところが、何度かけ直しても繋がらない。

「どうした」

「回線が混み合っているので、かけ直せっていうメッセージが流れるだけだ」

「無線を使おう。行くぞ」

上司にどう説明すればよいのか思案しながら車に戻ろうとした藤田は、おやっと立ち止まった。

変電所のすぐ脇を抜け、南東から北西の方角に向かって、幅三十メートルほどの道路ができていた。

根元から折れた木、泥だらけの布団、板切れ、ひしゃげたトタン板、横転した車、あらゆる瓦礫で埋め尽くされているが、まっすぐにどこまでも道が続いている。

「いつのまに、こんな新しい道路が」

「これは、道路なんかじゃない」

並河の顔から血の気が引いている。

「じゃ、いったい」

「これは……。これは、竜巻が通った跡だ」

東京都　足立区　北千住駅

西日暮里のマンションに住む母親のところへ、旅行の準備のあいだだけと預けている亮太を迎えに行く文月和也は、せっかく早退したというのに混み合う北千住駅の北改札口で思案にくれていた。

ＪＲ、東武鉄道、千代田線の運転休止を告げる発車標を見上げる人、しきりにスマホをいじる人がいるかと思えば、駅員に状況を確認している人がいる。

今日は金曜日ということもあって、一旦閉鎖された改札の前に、早めの帰宅を決めて運転再開を待つ人々の列が延び始めている。

時々、駅員に食ってかかる輩がいるものの、大半の人々は冷静に行動しているように思えた。

厄介なことに電話の繋がりにくい状態が続いていて、母親とは連絡が取れない。

ただ、もっと厄介なのは嫁さんとのことだ。

和也はさっきの喧嘩を思い出した。

メチャクチャ気まずい電話の切り方をしたので、祐美は怒っているに違いないが、さすがに今回はあっちが悪い。もちろん、祐美はよくやってくれていると思う。仕事も家事もきっちりこなしているし、和也の母親ともうまくつき合ってくれている。

でも久々の旅行を楽しみにしていたからこそ、あれはないよな、と思った。

和也はため息を吐き出した。

自分は自分、祐美は祐美、互いにやるべきことをしっかりやっていればそれでよい、というのが和也の考えだから、言葉にはしないけれど和也だって気は遣っている。ところが、たまに夫婦で食事でもしようと誘ったときに限って、さっきみたいに「ごめん。今日は忙しいの」と断られる。

なにが足りないんだろう、と思ってしまう。時々、いつも多忙な彼女がもの言いたげな仕草を見せることはあるから、もしかして和也からの一言を待っているのかもしれない。まあそうだとしても、知り合って十九年、「今さら、そんなこと口にするのもなんだかな」とスルーしてきた。

そのとき、胸のスマホが鳴った。

祐美かと思って慌てて取り出すと、和也が所属している消防団からだった。

「はい。文月です」

(おー、やっとかかった。カズ、今すぐこっちに来れるか)

「なにもかも止まってますからね。それより、なにかあったんですか」

(荒川が危ない)

「荒川が?」

(昨日からの豪雨で水かさがどんどん増して氾濫危険水位に迫っている。堤防の状況を監視するのに応援がいるんだ。頼む。大至急、四ツ木橋に来てくれんか)

そんなこと言ったって、と和也は口をつぐんだ。

どうやら荒川区の消防団員でもある和也に急遽(きゅうきょ)招集がかかったらしい。

「でも。今日はちょっと」

(頼む。頼むよ)

そこから、団長が延々と和也が必要な理由をまくしたてる。

その強引さに根負けした和也は、「それじゃ、なんとかそちらへ向かってみます。でも約束はできませんよ」とその場を取り繕(つくろ)って電話を切った。

祐美のふくれ顔が頭に浮かぶ。

和也が所属するのは、荒川消防署所属の荒川消防団で、男女合わせて二百七十三名の団員がいる。『水防団』として水防活動も行なう消防団は、洪水・高潮を警戒防御する任務を担当するから、そっちの理由で和也に招集がかかったらしい。

思えばなぜ和也が消防団に応募したかといえば、職場の先輩に誘われたのがきっかけだった。荒川区で生まれ育った江戸っ子の和也は、「地元になにか貢献したい」とずっと考えていたから、これはチャンスだと思って入団した。

消防団に参加してから、「目の前で誰かが倒れていたら助けてあげなきゃ」「なにかあったら自分がやらなきゃいけない」という責任を感じるようになった。それに、地域からだって感謝される。歳末特別警戒やお祭りの警備のときに、近所の人から「ご苦労様、頑張ってね」と言われれば励(はげ)みになるし、モチベーションだって上がる。

そういえば、今年の出初式(でぞめしき)に出場したときは、家族揃(そろ)って見に来てくれて、亮太から「パパかっこいい」と言われた。

まんざらでもない。

最初は「大丈夫？」と心配していた祐美だったが、今では地域を守る頼もしい存在に映っているようで、応援してくれている。

ただ、よりによってこんなときに。

祐美に事情を連絡しようと思ったが、とりあえずＬＩＮＥを送ってから和也は歩き始めた。

こうなりゃ、雨の中を徒歩で行くしかない。

東京都　千代田区　永田町二丁目　総理大臣官邸前

頭上には墨汁を流し込んだような黒雲が広がっている。

強い雨が降っている。

その隙間（すきま）から所々でさし込む陽（ひ）の光が、なぜか今日は不気味に思えた。

官邸へ通じる坂道で、文月は歩調を合わせて広瀬のあとを追いながら、手渡された報告書を斜め読みしていた。

要するに、こういうことだ。

関東北部に発生している線状降水帯とは別に、今日の午前、日本の上空五千五百メートルで、氷点下二十五度の強い寒気が流れ込んだ。一方、日本海に低気圧があって、東日本から東北地方の太平洋（たいへいよう）側を中心に、この低気圧に向かって暖かく湿った空気が流れ込んだ。

関東は北部で大雨、南は晴れ渡るという極端な気象状況になっていて、線状降水帯の南側にあたる千葉県から埼玉県では、日射の影響で地上の気温が上昇したことから大気の状態が非常に不安定となり、落雷や突風、降雹をともなう発達した積乱雲が発生した。

ここまでは、昨日までに気象庁が予測したとおりだ。だからこそ、文月たちは洪水対策を講じた。では、なぜ竜巻が。

都心北部に発生した竜巻を生む親雲の観測データによると、それがスーパーセルと呼ばれる発達した積乱雲だったことがわかった。親雲は暖かい南寄りの風の領域と冷たい北寄りの風の領域との境界に位置していた。

「状況は飲み込めたか」前を歩く広瀬が声をかける。

「はい」

文月は軽く唇を嚙んだ。洪水対策は講じたが、正直、竜巻は予想していなかった……。

「竜巻の原因は」

「気象庁の推定どおり、滅多に起こらないようなスーパーセルが発生したためではないでしょうか」

「過去に例がないと」

「そうです」

文月は即答した。

「その根拠は。これから始まる対策本部の会議で問われるぞ」

「それまでに頭の中を整理しておきます」

文月が逐次、気象レーダーで確認していた昨日からの豪雨をもたらしている強風帯。問題は、その風向きが強風帯ごとにバラバラだったことだ。目を中心にして反時計回りに回転する台風の風と違って、一定の風向きになっていない。つまり、それぞれの強風帯の中にいくつもの渦があることを示している。

渦の一つひとつがメソサイクロンと呼ばれる独立した低気圧になっているから、強風帯の数だけ竜巻が発生したのだ。

「ところで、文月。スーパーセルのことは理解しているだろうな」

「スーパーセルとは、内部の上昇流域に、半径数キロのメソサイクロンをもち、寿命が長くて発達した積乱雲のことです。スーパーセルは、強雨や雹、竜巻などの突風や激しい気象現象をもたらします」

「発生した竜巻の規模は」

「風速のスケールはF2だと思います。つまり、秒速五十メートルから六十九メートルに達するレベルです」

F2クラスの竜巻に襲われると、家の壁ごと屋根が飛び、強度の弱い木造住宅や移動住宅などは破壊され、貨車は脱線するかひっくり返り、大木でも折れたり、根こそぎ倒れたりする。軽いものはミサイルのように飛び、車は横転したり数十メートル程度飛ばされたりする。

巨大台風並みの竜巻が、千葉県と埼玉県を襲ったのだ。もはや東京が直面するリスクは洪水だけじゃない。

「文月。今の官邸は災害対応の素人だ。もし彼らになにか訊かれたら、簡潔に、わかりやすく、しかしポイントを外さずに説明しなければならない。補佐を頼んだぞ」

広瀬が釘を刺す。

「お任せください」

都内某所　東京地下鉄総合指令所

「おい。東電から停電復旧の見通しは連絡してきたのか」

「まだです」

「なに、やってんだ。これじゃ、運転の再開を待っているお客さんに情報を流せない」

統括指令長の林田(はやしだ)は天井を見上げた。

東京の地下鉄ネットワークは、東京メトロ九路線、都営地下鉄四路線の合計十三路線からなる。

東京メトロだけでも、営業キロ数は約百九十五キロ、駅数百七十九、車両数は約二千七百十両、一日の平均輸送人員数は七百万人に達する。

「他の鉄道会社は」

「埼玉から都内にかけて広範囲に停電しているため、どこも同じです」

「関係部署との連絡は」

「いつでも取れるように緊急回線は開いたままです」

林田たちがいるのは、頑丈そうな建物のワンフロアに設けられた列車の運転を監視する指令室だ。広さは幅が三十メートル、奥行きが十メートルある。

殺気立つ指令所内では、若い職員が書類を持って走り回る。

今回のような災害が起こると、現場、つまり災害の発生場所では『現地対策本部』を立てるが、その中心は林田のいる『総合指令所』だ。総合指令所は、運輸指令・車両指令・施設指令・電力指令からなり、各種の情報をコントロールする中枢(ちゅうすう)の場所だ。

それとは別に、本社には『対策本部室』があって、災害発生時には現地対策本部、総合指令所、対策本部室が連携して現地の状況を画面で確認しながら対応する。

林田は、東日本大震災を思い出していた。

平成二十三年三月十一日十四時四十六分十八秒、東北地方太平洋沖で強い地震が発生したとき以来の全列車運転見合わせの事態となった。ただ、あのときは電気の供給に問題はなかった。

林田は、直感していた。

この事態は長引く。

「他社への連絡体制は」「整っています」「構内のアナウンスは」「継続中ですが、内容が同じために一部のお客様が苛立(いらだ)っています」「テレビで流すテロップは」「状況だけ伝えていますが、テレビ局から復旧の見通しを訊かれています」「今はなにも言えない。放っておけ」

指令所内で緊迫したやり取りが続いている。

全列車が運転を見合わせている現在、緊急の課題は、駅間で停止している列車に乗っている乗客への対応だ。停電が長引くようなら、最悪、列車から最寄りの駅まで、トンネル内を誘導しなければならない。

「いったい東電はどうするつもりだ」

「施設の被害が甚大(じんだい)で、まったく復旧の見通しが立たないとのことです」

なんてことだ。

頭の後ろで指を組んだ林田は、指令所内を見回した。

各指令担当者はコンピューターのモニター装置、制御卓、電話機などが並ぶ運輸指令卓の前に座り、その向こうの壁には路線ごとに列車の運転状況をリアルタイムに表示する運行表示盤が掲げられている。

復旧が長引くほど混乱も大きくなる。ただ、仮に電気が復旧したからといって、すぐにダイヤが正常化するわけではない。たとえば、複数の社が共同運行している路線では、運転再開の前に相互直通運転先の指令所同士の連携と調整が必要になる。

問題はメトロ一社だけでは収まらないのだ。

「停電復旧後に備えて、他社との乗り入れ方法を詰めておけ。どこかの路線で、相互直通運転が続けられない状況が発生しているなら、東京地下鉄線内の列車ダイヤを最優先で確保する」

まだある。

「東京地下鉄線内だけでなく、相互直通先の折返線についても把握しておけよ。もし西武鉄道池袋線の復旧が遅れれば、有楽町線や副都心線を運転中の列車をどうするか決めなければならない。運転再開後のダイヤのパターンをいくつか考えておけ」

これだけ大規模に、かつ広範囲で停電が起こるなんて、林田にとっても初めての経験だ。

なにより心配なのは、駅の混乱だった。

「おい。この指示、駅に確認したのか」「バカヤロー。しっかりしろ」「丸ノ内線銀座駅から、お客様が騒いでいるとの連絡です！」「気象情報は常に確認しとけよ」

受電、乗客対応、運輸管理、あれもこれもが火を噴きかけていた。

十一時四十分

東京都　千代田区　永田町二丁目　総理大臣官邸内　危機管理センター

文月と広瀬は官邸前交差点を渡り、北門衛所から官邸に入った。

総理大臣官邸は、地上五階、地下一階の鉄骨鉄筋コンクリート構造だ。

官邸の三階、東側、全面ガラス張りの正面玄関にエントランスホールが続いている。ホールで最初に目に入るのが、吹き抜けのロビーに生える数十の青竹だ。壁や、吹き抜け部分のバルコニーは透明のガラスでできている。やけに天井が高いエントランスは、黒みかげ石の床とアメリカンチェリーの壁で装飾され、正面のガラス越しに中庭が見える。

いたる所で官邸警務官やSPが立哨（りっしょう）するホールを抜け、奥の階段をおりた文月は、広瀬に連れられて地階にある危機管理センターに入った。

危機管理センターの室内は、木目調の壁で囲まれ、災害発生時の情報は、正面の壁にはめ込まれた五十インチ十二面の大型モニターと四十八面のサブモニターに表示される。各地のリアルタイム映像やヘリからのカメラ映像などをすばやく収集して、迅速（じんそく）な有事対策を行なうための装置だ。

今は、各所の河川や道路に設置されたソーラー電池式監視カメラのリアルタイム映像が、一定の間隔で切り替えられながら、サブモニターに映し出されている。

中央の円卓には、必要な情報を呼び出せる卓上ディスプレイと、あらゆる通信回線に接続可能な電話が用意されている。もちろん警察庁、警視庁、消防庁、海上保安庁など、危機管理に関係する省庁をボタン一つで呼び出せる。

この国難に対処するためには、もはや関係閣僚会議などでは済まない。まもなく、現在進行中の異常事態に対処する緊急災害対策本部の会議が始まる。

「文月。お前はここだ」

広瀬が入り口のすぐ脇の壁際に並べられた椅子（いす）を指さした。

すでにセンターは重苦しい沈黙に包まれていた。緊張と困惑が室内の空気にしみ込み、ファイルを抱えた職員たちが足早に出入りし、別の職員がテーブルの上に書類を配付していく。バッグを足下に置いた文月は、室内を見回した。

中央の円卓には、まだ数人しか腰かけていない。書類を繰る音さえはっきり聞き取れる静寂の中で、文月のすぐ前、『山田気象庁次長』と名札に書かれた男の横に、広瀬が腰かけた。

やがて、センターの外が騒がしくなった。

緊急の招集をかけられた関係閣僚たちが、三々五々、センターに入ってくる。

申し合わせたように、紺色のスーツにビール腹の一団。文月だってお洒落にそれほど興味はない方だが、それにしても野暮ったい。

まず、伏し目がちに入場してきたのは、上村外務大臣や江口農林水産大臣たち五人で、彼らは円卓を回り込んで無言のまま席に腰かける。次に山本国土交通大臣が書類に目を通しながら入ってきた。

廊下が一層騒がしくなった。

玉村財務大臣と木野経産大臣を筆頭に、総務大臣以下の集団は九人、全員がベタベタとすり足で、ポケットに手を突っ込んでいる。

そんな彼らの風体に呆れるよりも、文月は玉村や木野たちのいかにも迷惑そうというか、面倒臭そうな表情と態度が気になった。

「困るんだよな。俺、何が何でも、明日は地元に帰らなくちゃならないんだ。後援会の会合があってさ」「これぐらい、東電と国交省で対応しろよな。そもそも総務省はなにをしてるんだ」「それより東京都だろうが。連中はなにをやっている。なにかにつけて地域主権だと騒ぐくせに、いざとなったらまるで姿が見えない」

玉村一派の不満タラタラな様子を見ると、どうやら、彼らは週末の地元回りをキャンセルさせられて、渋々集まっているらしい。

彼らは入り口脇に座る文月に気づいても、口を慎む素ぶりさえ見せない。下っ端役人に小言を聞かれることなど意に介していないらしい。

外では混乱が広がっているのに、ダラダラと席に腰かける玉村一派。席についても、資料に目を通すわけでもなく、ある者はペットボトルの水を飲み、別の者はガラケーで誰かに電話をかけ始める始末だ。

ようやく、長津田官房長官と川藤首席秘書官を引き連れた畠山首相が入室してきた。

全員が六十代後半の閣僚たちの中で、畠山は最年長になる六十八歳だ。

小柄で日焼けした痩せ顔に大きな耳。生え際の後退した髪を整髪料でオールバックに撫でつけた畠山は首相というより、慣れぬスーツを着て組合の集まりに出てきた大工の棟梁を思わせる。

やっと玉村たちの無駄話が収まる。

ようやくメンバーが揃った。

文月は時計を見た。

午前十一時五十七分。

「皆さん、お揃いですね。それではこれから、本日、発生した関東地区の停電、ならびに集中豪雨による荒川の増水に関する対策会議を行ないます。それではまず、現在までの状況について高島内閣危機管理監を中心に報告して頂きます」

長津田官房長官が口火を切った。

閣僚たちが仏頂面で応じる。

「お手元の資料をご覧ください。まず、千葉県から埼玉県にかけて発生した竜巻、さらに関東北部の集中豪雨を招いた気象状況について、気象庁の山田次長から報告させます」

高島の目線に、文月の前に座る山田がうなずく。

「それでは、昨日からの天気図、ならびに気圧配置をご説明いたします」

豪雨と竜巻をもたらした関東地方の天候について説明が始まった。

山田が赤いポインターで大型モニター上の資料をさし示す。

「豪雨が発生した昨夜の二十一時から、本日十時までの十三時間に、関東地方には北西から南東に伸びる降水域がみられました。荒川流域内では最大で時間降水量二百ミリを超える大雨となった結果、荒川の上流にあたる埼玉県北西部では合わせて千ミリ以上の降水量を記録しました」

「平成二十七年九月の鬼怒川の決壊時と同じ状況かね」

山本国土交通大臣が尋ねる。

「それ以上です」と山田の指示で、今度は、昨夜からの気象レーダーによる降水強度分布とアメダスの測定結果がモニターに映し出される。

「豪雨の最盛期にあたる本日、午前一時から午前九時にかけて、関東地方北部を斜めに横切る幅五十キロ、長さ二百キロ以上の長大な『帯状の降水域』が形成されました。この帯状の降水域は、西日本が襲われた平成三十年七月豪雨でみられたのと同じ、幅約十キロ、長さ約五十キロの『線状降水帯』が複数個連なって作り出されています。それぞれの線状降水帯は十個以上の『積乱雲』の集合体です。このように、長時間にわたって積乱雲が繰り返し発生し、広大な線状降水帯が作り出されたことで、豪雨となっています」

同じ場所で積乱雲が繰り返し発生するためには、地上から高度千メートルぐらいの大気下層に大量の水蒸気が流れ込む必要がある、と山田が説明する。

「群馬、埼玉、千葉県に豪雨をもたらしている昨夜からの気象状況の特徴は、二つあります。一つ。日本海に台風八号から変わった温帯低気圧が、さらに関東地方の南東海上、北緯三十度、東経百五十度付近には台風九号がありました。二つ。高度五百メートルの水蒸気量分布からみると、関東地方付近には南東風によって多量の水蒸気が流れ込んでいました。この多量の水蒸気は、台風八号から変わった温帯低気圧に吹き込む南寄りの風、さらにオホーツク海の高気圧と台風九号のあいだを吹く、東寄りの風によってもたらされています」

「竜巻は」

「さらに、今日の午前、日本の上空五千五百メートルで、氷点下二十五度以下の強い寒気が流れ込みました。その結果、関東上空の線状降水帯の南の端で、暖かい南寄りの風と冷たい北寄りの風がぶつかり合い、そこに複数のスーパーセルが発生したのです」

「スーパーセル？　なんだ、それは。君、もっとわかりやすく説明してくれよ」

広瀬が予想していたとおりの反応で畠山が口端を歪める。

「極度に発達した積乱雲です。その中で竜巻が発生しました」

「異常気象の連続ということか」

「平成三十年に続いて再び起きたわけですから、もはや異常とは言えません」

シニカルな山田の一言に、センターが沈黙に包まれる。

高島が咳払いを一つ入れた。

「では、私から竜巻の被害を、時間を追って説明いたします」

モニターに時系列でまとめた状況が映し出される。

「十時三十分頃に発生した埼玉県所沢市の竜巻、十時四十分頃に発生した埼玉県坂戸市付近の竜巻、そして、十一時前に発生した千葉県野田市付近の竜巻。これら、Ｆ２クラスの三つの竜巻によって、住宅、インフラ施設、送電設備などに甚大な被害が発生しました。さらに、規模は小さいものの複数の竜巻が、広範囲で発生した模様です」

「何個も竜巻が発生したという根拠は」

「複数あります。一つ。被害の発生時刻に被害地付近を活発な積乱雲が通過中であったこと。二つ。被害や痕跡が帯状に分布していること。三つ。被害地付近で、移動する渦を見たという証言や竜巻を見たという証言が多数あったこと。四つ。住宅だけでなく、ビルや電信柱にも大きな被害があったことです」

「どれも状況証拠じゃないか。我が国の気象観測システムは、竜巻の発生をとらえられないのか。情けない」

　玉村財務大臣が毒を吐く。

「竜巻そのものをレーダーでとらえることは困難です」

　思わず、山田次長が声を荒らげる。

　高島が、そっと右の掌を上げて山田をなだめた。

「東電の被害は」

「新野田と新坂戸の五百キロボルトの変電所が破壊された結果、富津火力などの京葉地区の発電所、福島第二および広野の東北方面、鹿島および利根川水系の発電所からの送電が遮断されました」

「なら東北電力と中部電力から電気を融通してもらってくれよ」

木野経産大臣の気楽な発言に、高島が答える。

「送電線の被害も甚大で東京北線と東京中線が寸断されています。その結果、大田区、世田谷区と杉並区を除く東京区部、さいたま市から所沢市にいたる埼玉県南部、野田市、市川市、船橋市から千葉市にいたる千葉県北西部が停電しています」

「じゃあ、どうするつもりだ」

「現在、応急対策を実施しながら、復旧策を大至急、策定中です」

「応急対策というが、電気は復旧してないじゃないか。見通しや抜本的な復旧案もないのに我々を呼び出したってどうにもならんよ」

木野が困り顔で答える。

その横で上村外務大臣や江口農林水産大臣たち六人は、ある者は腕を組んで目を閉じ、ある者は目線だけを大臣と官僚たちのあいだで行き来させる。彼らは傍観者に徹していた。波風立てることを好まず、雨乞いでもするように上ばかり見ている。よくいる迎合タイプの一派らしい。

「申しわけございません」

高島が引く。

玉村の嘆息が続く。

「また、マスコミに叩かれちまう」

「東電から、復旧に要する時間について……」

高島が遠慮がちに話を本題に戻そうとする。

「停電の話はもういい。東電に任せておく。次だ、次行こう。荒川の状況は」

　先を急ぐ畠山首相の質問に、「それは私が」と山本国土交通大臣が右手をあげる。

「昨夜から降り続く豪雨のせいで、荒川の水位が急激に増しています」

「それは聞いたけど、危険な状態なのか」

「はい。すでに避難判断水位を超え、氾濫危険水位に迫っています」

「対策は」

「取水堰の操作、荒川洪水調節池の稼働、そして荒川上流のダムによる洪水対策など、あらゆる対策を実施、または準備済みです。また国交省、東京消防庁、ならびに消防団、つまり水防団の協力を得て、堤防上で水位の状況を監視しております。さらに、都から東京都建設協会に対して災害時の包括協定に基づいた堤防補強工事への出動要請が出ています」

「今から補強工事だって？」

「四ツ木橋近くで行なわれていた堤防の改修工事が完成していません。そこから決壊する恐れがあるため、大至急、応急処置が必要です」

「なぜ改修工事が完成していない」

　畠山が高島を鋭く睨む。

「それは、当該工事は不要とのことで今年度の予算を打ち切られたからです」

「いつ、誰が打ち切ったのだ」

「顧問団の提言を受け、今年二月に閣議決定されました」

　高島の不都合な説明に、「そうだったっけな」と畠山がとぼけ、山本が眉の上を指先でかく。

　長津田が咳払いを入れる。

「その話はここではいいだろう。それより周辺住民については」

「現在、『水防法』に基づいて当該区が対応中です」

高島が答える。

「区で対応？　ということは俺たちに責任はないんだな」

高島が言った『水防法』とはこんなときのためにあって、あらかじめ洪水で重大な損害または相当な損害を生ずる恐れがある河川を『洪水予報河川』に指定している。荒川はその一つだから、洪水が起こりそうなとき、避難勧告や避難指示などを発令するのは、基本、市町村、今回は区であり東京都だ。

ただし、と広瀬政策統括官が発言を求めた。

「すでに、避難判断水位を超えていることから、隅田川と荒川にはさまれた墨田区、江東区、江戸川区の一部では、避難準備、ならびに高齢者を対象に避難開始の措置を取るべきです。今後の状況によっては、全区民に避難勧告や避難指示を発令しなければなりません」

「我々は道州制による地域主権型社会を実現する政策を掲げて政権を取った。小さな政府を目指すんだ。それが国民の負託を受けた政策である以上貫徹する。今回は、区にとっては試練かもしれないが、いつかは越えなければならない道なのだ」

畠山の気負いを広瀬が諌める。

「今回は災害の規模から、政府の協力が必要かと」

「どうすればよい」

「全国建設連合にも補強工事への協力を要請したいと考えます。その場合、現在の道路状況からすると、彼らには東の葛飾区と北の足立区から、四ツ木橋、千住新橋を渡って荒川右岸へ入ってもらいます」

「まあ、それぐらいならいいだろう」

「首相がおっしゃるように、自治体主導で万全の対策さえしてくれればそれでよい」

長津田の念押しに広瀬がつけ加える。

「ただし、まにあわない場合は最悪のケースを考える必要があります。水防団からの報告によって、他にも漏水などの堤防の決壊に繋がる前兆が確認された場合、避難指示の判断材料とします」

「それはいいね」

畠山が満足げにうなずいた。

十二時二十分

東京都　墨田区　八広六丁目地先　荒川右岸　四ツ木橋

団長が用意してくれていた防災服と雨合羽に着替えて、荒川の堤防に出た和也は思わず目を疑った。

鋼鉄製の四ツ木橋は、左岸の葛飾区四つ木三丁目地先と、右岸の墨田区八広六丁目地先のあいだを流れる荒川に架かる国道6号線の橋で、橋長は五百七メートル、幅員は十七メートルある。どす黒い積乱雲の名残に覆われた空の下、右岸側つまり八広側の土手の向こうを流れる荒川は別世界だった。

四百メートルを超える川幅一杯に茶色い濁流が渦巻いている。荒川の河川緑地には野球場やサッカー場、サイクリングコースなどが整備されているのに、今はすべてが流れに飲み込まれていた。

流木や浮き草、板切れ、発泡スチロールの箱などが、ものすごい速さで下流へ流されていく。その先では、京成押上線の鉄橋を押し流さんばかりの激しい流れが橋桁に襲いかかり、橋脚にぶつかる濁流が岩で砕ける荒波のごとく水しぶきを上げている。

もはや、いつ洪水が起きてもおかしくない。

江戸っ子の和也でさえ、こんな荒川を見るのは初めてだった。

「団長。これは……、やばいですね」

「この辺りで破堤すれば、墨田区全域が冠水する」

和也がここへ着くまでの途中、荒川が氾濫したわけでもないのに、低い場所では周囲から流れ込む雨水で道路が冠水し、逆流した下水がマンホールから噴水のように噴き出していた。

警戒のパトカーが巡回しているが、なす術もない。

「越流ならまだしも、堤防の決壊は大丈夫ですか」

「まずいな。堤防の改修工事を途中で取りやめた場所にクラックが入っている」

あそこを見ろ、と団長が堤防の上を走る道路の一点を指さした。

「堤防そのものが限界にきている。実際、複数の箇所で、川側の法面が陥没したり、川の反対側から漏水したりしている。あそこみたいに堤防天端のクラックだって起きている。その状況をしっかり摑んでおかねばならないから、カズにも来てもらったんだよ。お前も講習会で習っただろう。洪水による堤防の決壊には、浸透による堤防決壊、浸食や洗掘による堤防決壊、越水による堤防決壊の三つがある。今の様子だと、あとの二つが複合して起きそうだ」

「水位をなんとか下げられないのですか。ダムや水門なんかで」

「もうやってるさ」

「なら、私の役目は」

和也は顔にまとわりつく雨粒(あまつぶ)をぬぐった。

「この辺り、四ツ木橋から下流の京成押上線の鉄橋、そして木根川橋(きねがわばし)までの右岸側の巡回と監視を頼みたい。ただ、充分に気をつけてくれ。普段なら見えているコンクリートの舗装が完全に水没しているし、水が濁(にご)っているため、どこまで舗装があるのかまったくわからない。舗装のない箇所では土がえぐれて、水の深さがわからない状況だ。くれぐれも危険な場所には近づかないように。危ないと思ったらすぐに逃げてくれ。いいな」

和也はうなずき返した。

水防団も含めて、警察や消防は懸命の対応を行なっている。自分がここで逃げるわけにはいかない。

東京都　千代田区　永田町二丁目　総理大臣官邸内　危機管理センター

いつのまにか、和也から『水防団の任務で荒川の警戒に行くことになった』とLINEが入っていた。それだけ?　文月だって、ここのところずっと忙しくて家族の時間を持てなかったから、明日の旅行を本当に楽しみにしていた。それは和也だって知っているはずなのに、ずいぶん素っ気ない。

唇をすぼめた文月は、スマホを待ち受け画面にスワイプした。今は私事にこだわっているときではない。

問題は畠山内閣の災害対応能力だ。

畠山たちは、道州制とセットにした地域主権型社会の実現という目玉政策にこだわって物事を進めることだけを考えている。災害が想定範囲内にとどまり、文月たちが用意した対応で充分な場合はそれで事足りるが、もし大きな決断を迫られた場合は……。

彼らは、理想を語るだけでそれが実現できると信じている。世の中には右を向いている者もいれば左を向いている者もいるのに、多様性を認めることに寛容ではない。

財政再建を急ぐ財務省に押し切られた前民政党政権が消費税率を上げた直後に、世界的な不況が発生した。原因は、その数年前からグローバル化の弊害と難民問題に疲れた世界各国が、極右政党による保護主義的な政策へ転換し始めていたことにある。

日本経済は、日経平均の下落する「株安」、円売りの加速により円の価値が下落する「円安」、債券売却により金利が高騰する「債券安」、つまりトリプル安に見舞われ、経済政策の破綻による金融危機が懸念される事態に陥った。

バブル崩壊後を思わせるデフレの再発とマスコミの悲観的な予測、年金制度への不安、国民が新たな政権の誕生を欲する環境が整った。

そんな頃、愛知県知事として道州制を唱えていた若い村岡知事を党首に立てた連立民主党が誕生する。村岡は、国から道州への権限委譲による行政改革、道州単位で大きな資本の選択と集中、東京一極集中の是正などを掲げ、「閉塞した政治に新たな風を吹き込む」と宣言していた。

さらに票を取るためだけの離合集散が日常茶飯事となり、ある議員が半年前にどの政党に属していたかなど、もはや誰も覚えていない状況だった野党をまとめ上げることで、「彼なら何とかしてくれる」という国民の期待を集めていく。

若くて、指導力があって、アメリカや中国からの受けも悪くない。まさに新たなスターの誕生だった。

それでも昨年の総選挙が公示される直前まで、民政党と連立民主党の支持率は互角の状態だった。ところが、公示直後に村岡が急死するという事件が起きる。これで一気に世論が動いた。「党首の悲願を実現するための弔い合戦」を前面に打ち出した連立民主党は、総選挙で地滑り的な大勝をおさめたのだ。

連立民主党は勢いに乗った。今までにない新しい政策を掲げたところは決して悪くないどころか、充分に期待を持たせてくれている。

ただ、気負いが空回りしていた。

就任時の玉村財務大臣は、本省の会議室に課長以上を集めて「君たちの三分の一は出向、三分の一は辞めてもらう」と恫喝し、同じように、連立民主党の政策を掲げながら木野経産大臣は「これが君たちのバイブルだ。これを実行する気がない職員はすぐに辞表を書け」と経産官僚に迫った。

道州制という戦後最大の行政改革に挑む連立民主党の政権運営能力は、まだまだ未知数だった。

思案にくれていると、隣の空いた席に、いきなり初老の男がどっかり腰かけた。身長は百六十半ば、小太りで、丸顔。厚い唇、デカ鼻、両目の下の筋肉が弛んでいる。脂っ気のないボサボサ頭、ヨレヨレのストライプ模様のスーツに緩んだネクタイ、まるで冴えない、どこをどう変えても風采の上がらない男だった。

——なんなの、この人。

全身から加齢臭を発するような男に、文月は嫌悪感を覚えた。

文月は、わざとらしくお尻をずらして男との距離を広げた。

十二時二十五分

東京都　墨田区　八広六丁目地先　荒川右岸　木根川橋付近

四ツ木橋の少し下流に、鋼製トラス箱型構造の木根川橋が架かっている。そのすぐ脇の右岸側では、昨年七月の大雨による増水で被害を受けた堤防の改修工事が行なわれていた。

ところが工事は中断されたままだ。

本来、堤防の断面はプリンのように台形をしている。しかし、この場所では堤防の堤内側、つまり人家の側が垂直に削り取られ、そこに鋼矢板を打ち込んで補強したまま放置されている。スプーンでプリンを半分に割ったのと同じだ。断面が半分になったのだから、当然、他の箇所に比べると水圧に対する強度も低下する。

「トンパックが足りない。もっと高く積まないと、水圧に耐えられないぞ!」

出動を要請された東京都建設協会加盟の十社をまとめる墨田建設の渡辺が、現地に詰めている国交省の河本係長を呼んだ。

トンパックとは直径一メートル、高さが一メートルもある大型の土嚢袋で、約一トン分の土を詰め込んで並べることで、地すべりや河川堤防の補強に使用する。

頭上の黒雲から落ちてくる大粒の雨、吹きつける風。

堤防の向こうでは渦巻く濁流がジリジリと水位を上げ、流れに押された鋼矢板が悲鳴のような軋み音を立てている。

すでに堤防の堤外側が濁流に削られ始めている。

墨田区、江東区、そして江戸川区の一部の運命は、厚さ十五ミリほどの鉄板にかかっていた。

河本は荒川下流河川事務所に連絡を入れる。

「トンパックを積んだダンプはどうなっているのですか。次が来ません」

（渋滞に巻き込まれている）

「なら砕石は」

河本のすぐ脇で、十数台の大型バックホウが到着したばかりのダンプから満杯のトンパックを吊り上げて、鋼矢板の背面に積み上げていく。

エンジンの唸りが事務所との会話をかき消す。

（手配済みだ。そっちに向かっているが道路状況は同じだ）

「急いでください！　根元を押さえないと鋼矢板が堤内側に倒れ込んでしまう。そうなれば荒川の水が街に流れ込みます。いいですか、大至急ですよ」

河本は電話を切った。

渡辺が眉を寄せる。

「今後どれだけ通信状況が悪くなっても、事務所といつでも連絡が取れる状況でないとどうしようもないぞ」

「心配ない。衛星通信車を呼んである。もうすぐ着くはずだ」

この非常時に洪水対策もその応援要請も、すべてが国交省と応援の建設業界に丸投げされている。

「所長。もう川の水位が一杯いっぱいです!」

堤防の上で荒川の状況を監視している墨田建設の社員が叫んだ。

改修エリアの堤防の天端は周囲よりも少し低くなっている。もはや水に洗われ始めるのも時間の問題に思えた。

東京都 千代田区 永田町二丁目 総理大臣官邸内 危機管理センター

「おい。これはまずいだろう」

円卓のどこかで声が上がった。

「マスコミが停電の対応で騒いでるじゃないか。どうなっている」

畠山の視線が民放のニュース番組を流すモニターに釘づけになっている。東京、池袋、新宿(しんじゅく)などの駅前から、記者が列車の運転再開を待つ人々の混乱を伝えている。

(これから人と会うのに、弱りましたね)(なんの説明もないんです。どうしていいのかわかりません)(電力会社はなにをやってるんですかね)という人々の声に、(この事態に政府の有効な対応が待たれます。新宿駅前からお伝えしました)と記者が結ぶ。

どうやら、マスコミは、電力会社や鉄道会社からたいしたリリースがないため、報道の軸足(じくあし)を都内の混乱と政府の対応に置いたようだ。

「危機管理監、しっかりしてくれよ」

「先ほどご説明したように、平成十八年九月に策定された『大規模停電対策に関する関係省庁連絡会議　対策とりまとめ』の方針に従って、関係各方面と連絡を取り合いながら進めております」

「いったい、災害時の取り決めはいくつあるんだね。聞いたこともない方針を急に言うなよな」

明らかに畠山が苛立っている。前回の選挙で、報道が世論を作る現実を嫌というほど知っている彼は、マスコミの動向には敏感だ。

「危機管理監が説明されたのは、平成十八年八月に起きた最大停電戸数百三十九万戸という大規模停電をきっかけに定められた方針です」

すかさず、広瀬政策統括官が補足する。彼にしてみれば、さっき停電の話に進もうとしたのに「東電に任せる」と遮ったのは畠山だ。今さらなにを、と思っているだろう。

「そんなの一々覚えられないよ。内容は」

「大都市圏、特に首都圏で大規模な停電が発生した場合、つまりまさに今ですが、政府として取るべき対応策が決められております」

「なんでもよいが、世間に我々の対策が後手に回っている印象だけは決して与えちゃダメだぞ」

「停電だけじゃない。マスコミにきちんと答えられるよう、洪水対応も説明してくれないと困るよ」

珍しく、上村外務大臣が声を出す。

閣僚たちの意識が、それぞれの思いつきに流されてどんどんあらぬ方向へ引きずられていく。

「政府として、過去の豪雨災害による被害を教訓に、将来の水害に備えて避難や応急対策を検討するため、中央防災会議の防災対策実行会議の下にワーキンググループを設置しておりました」

高島が議論に戻ってくる。

「前政権でな」

「それはそうですが……」

「まあまあ首相。要するに我々がそれをうまく活用すればよいだけの話です。ないよりはマシでしょ」

山本国土交通大臣の取りなしに畠山が頰を膨らませる。

「いいだろう。我々の政策に則って洪水対策は都と当該区に任せるから、その旨を念押ししてくれ」

それから、と畠山がつけ加える。

「マスコミ向けに私自身が動かねばならないこともありえる。水害時の首相対応の実例として、鬼怒川洪水時に政府がどんな対応を取ったのか、時間を追って教えてくれ」

「承知いたしました」

すぐに高島が当時の記録をモニターに呼び出す。

「こちらです」

九月八日
十六時四十八分　首相官邸に情報連絡室を設置。
九月十日
三時三十分　情報連絡室を官邸連絡室に改組。

四時十五分　関係省庁局長級会議を開催。
八時四十分　内閣府情報先遣チームを茨城県・栃木県へ派遣。
九時五分　茨城県知事から自衛隊の災害派遣要請。
九時三十分　関係省庁災害対策会議を実施。以降、計五回実施。
十二時五十分頃　鬼怒川の堤防が決壊。

「このとき、首相は現地へ行ったのか」

「いいえ。官邸で会議を取りまとめていらっしゃいました」

「現地には行かなかったのか。なるほどな」と畠山が顎（あご）をしゃくった。

官邸危機管理センター　別室

危機管理センターを抜け出した畠山は、長津田官房長官を連れて別室に入った。

部屋の中では、椅子に腰かけ脚を組んだ、初老の紳士が待っていた。上質な生地で、仕立てのよいダークブルーのスーツを着こなしたスリムで長身の男は、畠山政権を支える顧問団の番頭役で、速水正博（はやみまさひろ）なる経営コンサルティング会社の社長だ。

「待たせたな速水社長。早速だが、マスコミをどうする」

「ご心配には及びません。お任せください。必要とあれば彼らを囲い込むため、取引を考えます」

「取引だって？」

「こちらの内部情報と引き換えに好意的な報道をさせます」

速水は眉一つ動かさない。

「頼む。もう一つ、この状況を逆手に取って、党の存在価値を示せないか。強い内閣、決断力のある首相を印象づけたい」

先週の世論調査で、内閣支持率が十ポイント下がって三十%を割り込んだというニュースが、畠山の頭から離れない。

しばらく思案していた速水が、静かに口を開く。

「でしたら、災害への迅速な対応をうたい文句に、洪水対策に出動している機動隊のうち、第一、第三、第五、第六、第八のおよそ千七百名と、東京消防庁の第二、第三、第四、第十各消防方面本部に所属する特別救助隊を竜巻被害の現場に向かわせましょう。それからもう一点。早期に鉄道会社への給電を復旧するよう東電に指示してください。時間は、そう、どれだけ遅くとも十四時三十分あたりまでがよいでしょう。さらにもう一点、建物にも被害が出ていますから、都から堤防補強工事への出動要請を受けている東京都建設協会も機動隊に帯同させてください」

「しかし、もし補強工事の遅れが原因で堤防が決壊したら」

長津田が心配する。

「都のせいにすれば良いだけです」

速水が平然と言い放つ。

「だって政府への批判として返ってくるじゃないか」

「いっときの混乱を作ったあと、頼れる政権を強調すれば効果は倍増します。危機に立ち向かう2トップと初期対応に失敗した都、電力会社、そして官僚といった構図を作るのです」

「2トップとは」

「もちろん、お二人です」

「面白そうだな」

畠山は右の眉を吊り上げた。

「その対極として、いざというときに全責任を負わせる者を用意します。彼らの狼狽とスタンドプレーで混乱が大きくなったが、2トップの献身的な働きで最悪の事態は回避できたという筋書きです」

速水が冷たい笑みを浮かべる。

「官僚のヒール役はそう……」

速水がセンターへ繋がるドアへ顔を向けた。

「お任せください」

十二時三十分

東京都　江戸川区　小松川三丁目　荒川右岸　小松川橋付近

東京都道449号新荒川堤防線は、荒川に沿って北区志茂と江東区東砂を結ぶ都道だ。

機動隊の小型警備車を思わせる箱型の車体に、丸いパラボラアンテナを載せた衛星通信車は木根川橋を目ざしていた。地上情報通信網を使用することなく、被災地の映像や情報を送信して速やかな災害復旧作業を指示できる国交省自慢の災対車だ。

「もうまもなく着けそうだ」

「この道を選んだのは正解でしたね」

運転席で二人の職員が安堵の息を漏らしていた。

車が国道14号線京葉道路の側道にさしかかった。

都道はこの先で、京葉道路の橋を下越しする。

そのとき、側道の左から耳をつんざくクラクションが聞こえた。

見ると大型ダンプが、加速しながら交差点に突進してくる。

危ない、と運転手がハンドルを右に切る。

大きな衝突音とともに車体が宙に浮いた。

「なにをする！」

窓のピラーに頭を打ちつけられ、意識が朦朧とする。

口の中が血の味で溢れた。

不気味な軋み音が運転席にこもり、下からめくり上げるように、ダンプが衛星通信車の車体に食い込む。

「ちくしょー。ドアが開かない」

次の瞬間、車が堤防沿いのガードレールまで弾き飛ばされた。

肩にシートベルトが食い込む。

なにかが裂け、擦れる金属音が連続する。

目の前の光景が九十度回転したと思ったら災対車が横転した。

東京都　千代田区　永田町二丁目　総理大臣官邸内　危機管理センター

どこへ行っていたのか知らないが、首相と官房長官、そしてもう一人、初老の紳士がセンターに戻ってきた。

こんなときなのに、なぜか三人が笑い合っている。

すぐに川藤首席秘書官を呼び寄せた官房長官が、その耳元でなにかを囁いてから、「行け」と彼の背中を押した。

三人が席に戻るのを待って、文月たちもかかわった洪水発生時の災害対策案について、国交省による詳細な説明が始まった。首相は簡単に都や墨田区などの該当三区に任せるというが、河川管理者である国交省にしてみればそんな安直な話ではない。なんとしても首相の自覚をうながさねばならない。

担当課長がモニターの前に立つ。

「まず、大規模災害発生時に考えなければならないのは、ライフラインや情報通信網の途絶、庁舎や公共施設の損壊、職員の負傷などにより、被災自治体の災害対応能力が著しく低下することです」

出だしは無難だった。

神戸、東北、熊本、いずれの地震でも同様だった。被災した市町村だけでは災害対応が多岐にわたり、かつ膨大な量の応急復旧活動に対応できない。そこで物資の供給、医療救護活動、緊急輸送活動などについて被災自治体をサポートする協定が多くの民間事業者、たとえば全国建設連合、医師会やトラック協会とのあいだで結ばれている、とレクが続く。

「今回、それらの協定に基づいて……」

「悪いが、その話はあとだ」

「洪水の危険が増しておりますので……」

「危険箇所へは全国建設連合にも出動要請を出したのだろう？　じゃあ、もういいじゃないか」

畠山が課長の説明を遮る。

「ちょっと、いいかな。聞いてくれ」

長津田官房長官の甲高い声に、円卓の雑談がパタリと止んだ。

「今から機動隊と特別救助隊の配備計画を見直し、出動中の半数をただちに竜巻被害の現場に向かわせる。東京都建設協会も全社、帯同させる」

各省庁の職員たちが、「えっ」と目を丸くする。

「野田市、坂戸市、所沢市へですか？　木根川橋からはあまりに遠すぎます」

「今は竜巻被害への対応が最優先だ。向かわせろ」

あまりに唐突な長津田の指示に、慌てて官邸スタッフが警視庁と東京消防庁に連絡を取り始める。

モニターの前に立ったまま国交省の担当課長が梯子を外され、文月たちの洪水対策がメチャクチャになる。

「それから、十四時三十分までに鉄道会社への給電を復旧するよう東電に指示すると同時にそれをマスコミに流す。これでいいよな、広瀬統括官」

「警察と消防に混乱が生じます。それに東電がとてもそんな指示を飲むとは思えません」

なぜか、突然名指しされた広瀬が憮然と答える。

長津田がぎょろりと広瀬を睨む。

高島危機管理監も怪訝そうに長津田を見る。

本来、東京電力の送電基幹系統は、どこかの設備で事故が起きても停電が発生しないこと、さらに、送電線も含めて二箇所以上の設備で事故が起きても大幅な停電が発生しないことを考慮されている。

たとえば電源については、発電機が停止しても、系統に重大な影響がおよばないよう、他の発電機でカバーするリカバリールートが準備されている。

送電網についても同じだ。

千葉県の富津から房総半島を通り、野田市から古河、所沢、多摩を経て秦野まで、都心をぐるりと取り囲んでループ状に建設された五百キロボルトの送電線を起点に、蜘蛛の巣のごとく二百七十五キロボルトの送電網が都心に張り巡らされている。もしそのどこかで事故が起きても、他のルートを使って送電を続けながら短時間で復旧できるように多重のセーフティーネットが完備されている。

ところが、それでも給電が困難になるほど、今回の竜巻被害は深刻だった。

「中電と東北電力からの融通は、始まっているんだろ」

「はい。電力供給に重大な問題が発生したため、東電は各電力会社と締結した『全国融通電力受給契約』と、隣接する各電力会社と締結した『二社融通電力受給契約』によって、すでに電力の緊急融通を受けております。具体的には、電力広域的運営推進機関が、東北電力と中部電力に対し、東電へ最大計二百万キロワットを融通するよう指示を出しております」

すかさず高島が答える。

「なんとかなりそうじゃないか」

「いえ、その程度の電気量ではとても足りません。今日の午前十一時の段階で供給は五千万キロワットを超えておりました。現在は二社からの融通を加えても、三千万キロワットに届きません」

上村外務大臣や江口農林水産大臣たちは沈黙したまま、道端の地蔵のように腰かけている。都心を取り巻く状況は想像以上に深刻なのに、この場にいる関係者が一枚岩になっていない。マスコミ報道に流され、対応の本質が議論されない。

閣僚たちのあいだには平穏で対立や不一致が存在しないように見えながら、実は関係者の一部が不満を持っているアンバランスが顔をのぞかせ始めている。

たとえば、「ある人の発言に対して、別の人が心の中で反対だと思っていながら黙っている」今の状態が、のちに政府の対策が裏目に出たとき、責任のなすり合いとなって一気に噴出する恐れがある。

「議論していても仕方ない。他社からの電気の融通ができる以上、東電からも給電再開時間を公表させろ」

長津田が高島に命じる。

洪水のことさえ忘れている。

十二時四十分

東京都　墨田区　八広六丁目地先　荒川右岸　木根川橋付近

木根川橋近くの堤防では、夕立を思わせる雨が降り続いていた。

堤防の向こうでは轟々たる音を立てながら濁流が流れくだる。

水しぶきを上げながら堤防で波が砕けていた。

「なんだって？　埼玉へ行けだと」

墨田建設の渡辺が声を上げた。

この非常時にありえない指示だ。

「そうだ。官邸からの指示で、竜巻の被害を受けた地域の復旧に向かえとのことだ。重機はこのままで、作業員だけを連れて移動する」

河本は雨粒の滴る雨合羽の襟を立てた。

「ここはどうするつもりだ」

「一旦、作業を休止せよとのことだ」

「気でも狂ったか！」

「私だって状況はわからない！」

食ってかかる渡辺に、河本は苛立ちを爆発させる。

「俺が事務所に抗議する。衛星通信車はどうなった」

「理由はわからないが遅れている」

「しっかりしてくれよ。応援もない、連絡も取れない。あげくに、俺たちにここを見捨てて埼玉へ行けだって」

移動命令を知った作業員たちが集まってくる。

「作業を止めるのか」「どこへ行けっていうんだ」「ここを離れられるわけがないだろう」

彼らの雨合羽の肩で雨粒が跳ねる。

渡辺が河本の胸を指先で突く。

「止めさせろ。官邸の指示を撤回させろ！」

「上はやっているはずだ」

「やっているはずって、正気かよ」

渡辺が河本の襟首を摑む。

「ここの状況はわかってるだろ。このままだと荒川が決壊して人が死ぬぞ。みんな死ぬんだよ！」

東京都　千代田区　永田町二丁目　総理大臣官邸内　危機管理センター

音を立てて文月の段取りと思惑が崩れていく。

すべてを完璧に準備したはずだった。

スマホを取り出した文月は、内閣府で待機する部下を呼んだ。

「堤防改修エリアの補強状況はどうなの」

（補強工事は終わっていませんが、現場に移動命令が出ました）

「そんなことで全国建設連合が到着するまで改修エリアは持ちこたえられるの」

（それは私にはなんとも）

「無責任なこと言わないで。すぐに現場に確認して」

スマホを切った文月は唇を嚙んだ。

焦りで居ても立ってもいられない。

文月は決めた。災害対応が専門の自分がここにいても仕方ない。

バッグを摑んだ文月は立ち上がった。

「どちらへ」

突然、隣の男が脚を組み替えた。踵を履き潰した紳士靴が脱げ落ちそうになる。

「まさか、改修エリアへ行くつもりじゃないでしょうね」

なぜ、それを。

「頭を冷やしなさい。あなたが行ってなんになる。災害対応の責任者は、この場で状況判断しながら的確な指示を出すことが責務です」

男がジロリと文月を睨む。

彼の声が聞こえたらしく、広瀬がこちらを振り返った。

男が、右の掌をそっと上げて応える。

――もしかして、二人は知り合いなのか。

「あなた、噂ほどでもないな」

男が小さなため息を吐く。

――なんだ、こいつ。

大きなため息で返した文月は、あさっての方を向いた。

こっちの苦労なんてなにも知らないくせに。

「突然現れたオヤジが、なにを偉そうにと思ってます？」

それでなくとも切羽詰まっているのに、男のズケズケした物言いが文月の神経を逆撫でする。

「否定はしません」

「この怪しげな男は何者だと」

「はい」

「正直で結構だ。あなたは昨日から荒川の状況について予測し、万全の対策を準備してきた。ところが今やそれが風前の灯火になっている。その原因は？」

首相の方へ視線を向けながら男が言葉を繋ぐ。

「彼らのせいにするのは簡単だ。しかし、理由はそれだけではない。少し時間をあげましょう。考えてみなさい。文月政策統括官付企画官でいらっしゃいますね。私は内閣府公文書管理課の加藤です」

唐突に男が自己紹介した。

公文書管理課？

そんな部署の人間がなんでここにいるの。

埼玉県　秩父市　荒川上流　二瀬ダム管理所

関東南部は晴れ始めているのに、秩父山中の雨は降り続いている。

記録的な大雨に、国交省の関東地方整備局は、利根川や荒川上流のダムの放水量を調整しながら、前日から懸命の洪水対策を実施していた。

荒川水系には国交省が管理する二瀬ダム、水資源機構が管理する滝沢ダム、浦山ダム、埼玉県が管理する合角ダムの四つのダムがある。その中で、二瀬ダムは埼玉県秩父市にあって、一級河川・荒川の本流最上流部に建設された多目的ダムだ。高さ九十五メートルの重力式アーチダムは荒川の治水だけでなく、埼玉県北西部の農業用水をまかなうと同時に、県営の水力発電所を併設している。

そして、浦山ダムや滝沢ダムとともに荒川上流ダム群を形成している。

「おい、どうだ」

最新の気象状況、ダム湖の水位、ゲートからの放水量などの情報をモニターに映し出すと同時に、様々な装置をまとめて管理するダム管理用制御処理装置の前に座る武藤所長は、隣の係長に声をかけた。

「まだ水位が上昇しています。そろそろ、放水量を増やしますか」

係長が水位計のモニター画面を指先で押さえた。

「まだだ。今のまま百二十トンで持ちこたえる」

それより、と武藤は背後に控えている主任を呼んだ。

「悪いが、二〇一五年の関東・東北豪雨時に利根川水系の各ダムが実施した洪水調整記録をくれ」

すぐに、「これです」と壁際のインターウォールからファイルを抜き取った主任が駆け戻る。

鬼怒川が洪水を起こしたあのとき、上流の各ダムは放流量を減らして水をためる『洪水調節』を実施していた。事前に放流してダム湖の水位を下げておくことで、集中豪雨が起きてもダムの空き容量を確保していたのだ。

「当時の川治ダムの対応は」

「川治ダムへの流入量は、毎秒、最大千百六十トンに達しましたが、そのうち七割の七百七十トンを貯留し、下流への放流量を三割の、毎秒三百九十トンに抑えています。そのあと、ダムの貯留状況やダム周辺の降雨状況を見ながら、下流河川の水位を低下させるため、ダムに最大限貯留すべく対応していました」

「他のダムは」

「川俣ダムや五十里ダムも、貯留量と放流量は異なるものの、ダムに最大限貯留するという方針は同じです」

　これらの対応がなかったら、鬼怒川の水位は実際より数メートル以上高くなって、もっと早く、もっと大規模な洪水が起きていたはずだ。

　前回を上回る事態に、関東地方整備局と連絡を取りながらも、武藤は所長としての決断を迫られていた。

　外では、事務所の窓を大粒の雨が叩いている。

　時折、強風が木々を揺らし、稲光が走る。

「必要なら、もっと踏み込んだ洪水調整が実施できるように準備しておくぞ」

　武藤が係長に告げる。昨日のうちに、局長と内閣府の広瀬統括官とは入念に打ち合わせを済ませていた。

「官邸は大丈夫ですかね」

「政権を取ったとき、あれだけ威勢よく大見得を切ったんだ。やるときゃやるだろうよ」

「普通免許しか持っていない兄ちゃんが、いきなりＦ１の車を運転するようなことにならないでしょうね」

「無駄口を叩いてる場合か。昨日、決定した洪水調整対策を実施するかどうか、官邸が決断するまで地整だって動けない。次の指示が出るまで、このまま持ちこたえるしかない」

「所長。官邸が荒川堤防の改修エリアの補強工事を中断させたそうです」

「もしそうなら、全員、市中引き回しのうえ、獄門磔だ」

十二時五十分

東京都　千代田区　永田町二丁目　総理大臣官邸内　危機管理センター

すでに氾濫危険水位に達しようとしている荒川の所々で、堤防の天端が水に洗われ始めている様子をモニターが伝える。河口に近い墨田区、江東区、江戸川区の一部などでは荒川が地表よりもはるかに高い所を水が流れる、いわゆる『天井川』と呼ばれる状態になっていた。

眉間に皺を寄せた長津田官房長官が、畠山首相になにか耳打ちしている。

外の緊迫した状況に比べて、ここではすべてがスローモーションを見ているような気になる。

長津田の話を聞く首相が、だんだん苦虫を噛み潰したような表情に変わる。

「おい。城西電鉄の西脇社長からクレームが入ったらしいぞ」

斜め前から大臣たちのヒソヒソ話が漏れてくる。

「東電からの給電が始まらないことに、西脇社長が激怒したってよ」

円卓から漏れ聞こえる小耳情報に、文月と加藤は顔を見合わせた。

西脇社長は畠山の後援会会長で、重要なパトロンだ。

二人が慌て始めた。

「社長に謝罪の電話を入れてくれ。もし、私と話したいと言われても取り込み中だと。とにかく、うまく取りなしてくれよ」と首相が長津田に注文をつけている。

渋々、長津田が受話器を取り上げる横で、円卓に頬杖をついた畠山が指先で机を叩く。

「おい。鉄道の運転再開に向けてやれることがもっとあるだろうが。東電に知恵を出させろ」

「すでに出力アップによる対応方針を電力会社が決定いたしました」

関東地区への電気を融通するため、東北電力、中部電力、関西電力の各社が、過負荷運転や炭種変更、重油の専焼などによる火力発電所の増出力を緊急措置として実施していた。

たとえば、東北電力の東新潟火力発電所三号系列では、出力を百九万から百二十万キロワットに引き上げている。同様に、仙台火力発電所四号機、新仙台火力発電所三号系列も一割の出力アップを決定した。

当然、東京電力も横浜火力発電所七号系列、八号系列を各百四十万から各百五十万キロワットに引き上げ、富津火力発電所二号系列も同様だ。

ただし、発電所がいくら出力アップしても、変電所、送電設備、さらに送電網の被害はどうしようもない。そこで、東京電力は想定される電力不足に対応するため、輪番停電の詳細をまとめた。東京都を第一グループから第五グループに分け、それぞれのグループで一日一回三時間程度、電力需給状況によっては複数回、停電させる計画だ。

「首相。東電が、鉄道への電力供給を優先するなら都内全域を対象とした輪番停電の実施を発表してよいか、と許可を求めています」

「東京都はどう言っている」

畠山が高島に確かめる。

「東京電力に対して、都民の生命と安全を守るために病院などへ優先的に給電すると同時に、輪番停電は実施しないよう強く要請しています。また、都民生活に与える影響を最小限にするため水道局、下水道局、建設局、交通局などの関係機関では、非常用自家発電により業務を継続中なので、すぐにでも『電気事業法』に基づく利用規制へ移行して欲しいと要請してきています」

「まずい。官房長官。都の対策が優先されるイメージはまずい。よくお考えください」

先ほど、畠山と長津田と一緒に別室から現れた初老の紳士がつぶやいた。

長津田が口端を歪める。

「危機管理監。鉄道へ優先供給するなら輪番停電しか対策はないのだな」

「このまま送電網が復旧して給電が再開したとしても、都全体への供給が不安定になってしまいます」

「間違いないだろうな」

「はい」

「よかろう。まず都の要請を却下する。それから、畠山首相からということで国民向けメッセージをリリースし、その中で公共交通の復旧を最優先課題とするため、都内全域を対象とした輪番停電を実施すると公表する」

長津田が、ここが正念場とばかりに気合を入れる。

「できますれば、木野経済産業大臣から、今回の災害にともない『相当量の電力供給不足の事態を迎える可能性がある』として、日本経済団体連合会などに対して、大規模節電など電力需要の抑制を要請して頂けないでしょうか」

「わかった。すぐにやれ」

「もう一つお願いします」

今度は広瀬がつけ加える。

「まだあるのか」

「今回の災害に対処するという名目で、電力供給不足対策本部を設置したことなどを、長津田官房長官が次の記者会見で発表されてはいかがでしょうか。また場合によっては、陸上自衛隊東部方面隊に災害派遣を要請しなければなりません。念のために待機命令をお願いします」

「自治体の上に政府がいるという姿勢を前面に打ち出せる対策なら、すぐに手を打ってくれ」

官房長官が念を押す。

畠山がその横で胸を張る。

「物事の本質を見極めたまえ。危機に際して求められる行動とはなにか。今は竜巻被害への対応と鉄道の運転再開だ。つまり、そういうことだ。政府が引っ張るのだ。それを都民も望んでいる」

「ただ、今回の措置は今後の事態の推移によっては変更せざるを得ないかもしれません」

行け行けの政府に広瀬が釘を刺す。

「そんなことはわかっている。具体的な指示は各首長に任せればよい。警察、消防、東電、どこであれ指示先が従わなければ、そして実現できなくとも、それは彼らの問題だ。我々はその上の理念を提示するのだ。それこそが、今国民から求められている小さな政府の実現だ」

「官房長官」と番頭役の川藤首席秘書官が長津田を呼ぶ。

「城西電鉄が、給電がない以上、運転再開は困難とホームページで発表しました」

「また勝手なことを。仕方がない、給電は城西電鉄を最優先しろ」

畠山たちの動揺がセンターを迷走させている。

文月はモニターに目をやった。都心の混乱が増している。

政府の指示で移動を始めた東京都建設協会が、すでに始まった渋滞に巻き込まれて身動きが取れなくなっている。

「埼玉までたどり着けそうにないなら、彼らを呼び戻して」

文月は内閣府と繋げたスマホの送話口を左手で覆った。

「なぜできないの？　……それはわかるけど。……でもどうせ着けないんでしょ」

電話の向こうで部下が迷っている。

「……何とかしてよ！」

思わず棘が出た。

自分の怒声で我に返る。部下にあたったところでどうしようもない。自分としたことが……。

「ごめんなさい。とにかく東京都建設協会との連絡を途切れさせないでね」

スマホを切った文月は大きなため息を吐き出した。

横で加藤が背もたれに寄りかかる。

「宿題の答えはどうです？　荒川の災害対策が崩壊した原因は」

正直、文月はうわの空だった。

「……一つは大規模な竜巻の発生。もう一つは官邸の判断です」

「まさかこんなことが起きるとは、まさか彼らがこんな判断をするなんて？」

「はい」

「企画官。現状の特殊性を理解しなさい。今の状況は稀有なもの。過去に発生した大災害で、これだけ短時間に複数の災害が発生、もしくは発生しそうになったことはないし、同時に官邸が次々と判断ミスを重ねたこともない」

「役所のセーフティーネットが利いていません」

そうじゃない、と加藤が首を振る。

「官邸が判断ミスをしそうになることは珍しくない。ただ、時間さえあれば官邸が誤った指示を出しても彼らを説得し、軌道修正することは可能だけれど、今回はあまりに短時間過ぎて職員たちは指示への対応に走り回らされている」

「これから立て直します」

文月にも意地がある。

「どうやって」

「閣僚たちを説得します」

「誰が。あなたが?」

適当にいなすつもりが、文月の方が言葉に詰まった。

「人は公にした意見が批判されたり、間違っていると動揺するものです。閣僚ならなおさらだ。しかも今は非常時です。彼らの自尊心の問題に踏み込めるかな」

ダサくて無礼な男だけれど加藤の指摘は的を射ている。だから余計に、なぜ公文書管理課の職員がここに、と思う。

「彼らを見てみなさい」

加藤が、上村外務大臣や江口農林水産大臣をそっと指さす。

「二人は首相たちの問題に気づいているが口は出そうとしない。自分たちに火の粉が飛んでこないようにこの場では沈黙を決め込み、腫れ物に触るような対応を取っている。閣僚でさえそんな状況なのに、どうやって彼らを説得するのです？」

「私にだってそれなりの経験はあります」

「官僚に求められるのは経験ではなく、経験をもとに事態へ対処する能力です」

文月は深呼吸のように息を吐き出した。

正直言って、ぐうの音も出なかった。

東京都　墨田区　八広六丁目地先　荒川右岸　四ツ木橋

和也は堤防の上を同僚たちと巡回していた。

河川事務所から届く情報は悲観的なものばかりだった。

荒川周辺の荒川区、墨田区、江東区、足立区、葛飾区、江戸川区などの混乱が増している。昨日の決定事項に従って警察や消防がもしものときに備えていたのに、突然の官邸からの指示によって半数近くが配転された結果、洪水対応は穴だらけの状態に陥った。

それでも、一部の病院や高齢者施設では避難が始まっていた。しかし、徒歩で移動できる人はわずかで、緊急車両の台数も限られている。デイサービスの会社が持つ車両まで動員しているが、なにより受け入れ先が足りない。とても全対象者を避難させることなど難しい状況だった。

「域外避難や域内避難の手順はどうなっているんだ」

和也は並んで歩く若い団員に尋ねた。

「もし洪水のせいで全居室浸水が起きたり、そうでなくとも浸水が長引くなら、氾濫区域の人々を域外へ避難させるそうです。ただ、病院の入院患者や福祉施設の入所者とその付添は施設内に留まり、長い距離を動かせない住民は、とりあえず安全な施設へ避難してもらうことになりそうです」

腰まで水に浸かって道を歩く人、屋根の上で救助のヘリに手を振る人、いつか見た海外のニュース映像が頭に浮かぶ。

突然、足をすくわれるような強風が吹きつける。

見上げると東から黒い積乱雲が、地を這うように和也たちの方向へ流れてくる。それは巨大な悪魔の手を思わせた。

「域外避難を嫌がる人もいますから、区は親戚のお宅、会社などの自主避難先の確保も勧めていますね」

「それにしたって、避難手段とか避難にかかる時間、どこでどれくらいの人を受け入れ可能なのか、調整することは山ほどあるはずだ」

江東五区だけで人口は二百五十五万人もいる。もし、荒川が大規模な洪水を起こせば、全居室が水没する居住者数は八十一万人にのぼり、氾濫流により家屋流失のおそれがある居住者数は十六万人との予想だ。

ということは、五区から避難させなければならない人は九十七万人もいる。それ以外の居住者百五十八万人については、域内避難で対応しなければならない。

彼らは今、迫りくる洪水の危険に怯え、区外へ避難する手段を奪われて孤立しつつある。

歩道の縁石に沿って、下水から溢れた水が川のように流れていく。

それらのすべてが、尋常ではない今の状況を教えている。

「でも文月さん。避難行動は個人の判断ですから、域内避難の対象者が川を渡って区外に出ようとするかもしれません。脱出する人による混乱を抑えるためにも、域内避難の対象者には洪水の情報を正確に伝えるだけでなく、『あなた方まで橋を渡ろうとすると避難者が街に溢れて、避難にとんでもない時間がかかってしまうよ』と説得するしかありません」

「町内で火事が起きているのに逃げるなって言ってもな」

和也だって命が危ないとなれば、人の言うことなんて聞くわけがない。

「一度洪水が起きれば区をまたいで被害が出るし、街に避難者が溢れる。もはや、区が別々に対応する問題じゃない。ここは政府の出番だろう」

「官邸に対策本部が設置された、とニュースで言ってました。きっと真剣な議論がされているでしょうから、もうちょっとで国の対策が公表されるんじゃないですか」

相棒の声が遠くなり、反対に祐美の声が聞こえた気がした。

今頃、彼女は官邸にいる。きっと大変なんだろうなと思う。

「先輩。どうしたんですか」

「いや。ちょっと嫁さんが心配になって」

「そうか。先輩の奥様は役所の偉いさんですよね。共働きってどうです」

「どうって」

「うちなんか、俺が家に帰ると嫁さんが待ち構えていて、風呂に入ろうとするときも、晩飯食っているときもずっと話しかけてくるんです。そりゃ、一日、ずっと独り(ひと)で家にいるから寂(さみ)しいのかもしれないけど、正直、結構煩(わずら)わしいです。その点、先輩の奥様はバリバリのキャリアでかっこいいですよね」

「それはそれで色々あるんだよ」

「そうですか？　でも今だって人のために働いてるんでしょ。それだけでもすごいと思いますけど」

和也は苦笑いで心の内をごまかした。そういえば、和也は祐美が働いているところを見たことがない。消防団員としての自分の晴れ姿を祐美は知ってくれているけど、和也は彼女がどんな仕事をしているのか知らない。こんなときに、人のために働く苦労って……。不満も、不安も、迷いもすべてを飲み込んで人のために働いている祐美の姿を見たことがない。

和也はスマホを取り出した。着信はない。

なんとも言えない後ろめたさみたいな気持ちを感じながら、和也はスマホを再びポケットに押し込んだ。

「これはまずいな」突然、団長が低い声を発した。

団長の見つめる先、改修工事が途中で中断された堤防を補強するために、川の反対側に積まれたトンパックの隙間から漏水が始まっている。流れに押されて堤防全体が変形し始め、そのせいで、堤防上の道路に何本もの亀裂が入り始めていた。

「これはもう時間がないぞ」

「代わりの工事関係者はいつ着くんだ」

和也は仲間に尋ねた。

「全国建設連合が向かっているとのことです」

誰かがスマホで状況を確認する。

「あと何分かかる？」

さあ、とばかりに団員が首を傾げる。

街の渋滞に引っかかって車が進めないこんなときに、配転命令を出す神経が信じられない。いざというときの指揮命令系統と判断が混乱して、切羽詰まっている現場が取り残されている。政府の場当たり的な対応で洪水対策に穴が空き、事態は予想以上に混迷していた。

十三時十分

東京都　千代田区　永田町二丁目　総理大臣官邸内　危機管理センター

副官房長官が記者会見で輪番停電の実施と、それにともなう首相のメッセージを発表した。

それでも、竜巻被害への対応と洪水対策、どちらも中途半端なまま、文月たちの思惑が崩れていく。

政府からの発表が少ないこともあって、『東京都帰宅困難者対策条例』に定める施設内待機者、つまり従業員を社内に留めておくほどの事態ではないと自主判断した都心の各社が一斉に帰宅命令を出したため、鉄道の主要駅で混乱が始まっていた。理由は一度、運転が再開されるはず、と政府が発表したにもかかわらず、今度は鉄道会社が、『架線などの点検に時間を要するため、運転の再開時刻は未定』と発表したからだ。

モニター越しに主要な駅の混乱がセンターに届く。

午前中で仕事を切り上げた人々が、改札で辛抱強く順番待ちをしていたが、他に動きそうな鉄道があるとの情報をツイッターから知って、一部が移動を始めた。ところが、しばらくして情報が修正されたため、一度バラバラになってしまった列の順番を巡って小競り合いが発生し、はじき出された人々が駅員に食ってかかっていた。そこへ、早めに帰宅しようと駅へ集まる人の数が増えてくる。駅に来る人、駅から出ようとする人、蛇行しながら改札口の前に列を作る人。人が交錯し、辺りに不満とイライラが立ち込めている。

そんな鉄道の混乱を、マスコミがテレビやネットを通じてリアルタイムで流すため、首相がますます神経を尖らせていた。

「まずいな。これはまずいぞ。鉄道の運転再開を最重要課題と発表したのに、これじゃなんの意味もない」

「首相。今、報道各社に混乱を招くから報道を自粛するよう、申し入れていますから」と長津田がなだめる。

「官房長官、萬谷顧問からです」

話を遮って、受話器を掲げた川藤首席秘書官が長津田を呼ぶ。

どうやら連立民主党の最高顧問のお出ましだ。村岡亡きあと、畠山の首班指名から組閣まで、すべてが萬谷の意向で進められた。

「はい。長津田です」「……おっしゃるとおりでございます。全精力をつぎ込んで対処しております」「……はい。……心得ております」

長津田が電話の相手に向かって頭を下げる。

「……はい。……大至急、検討いたします」

電話を切った長津田が額の汗をぬぐう。

「高島危機管理監。放っておけば都心でパニックが起きるぞ。嘘でもいいから都民を落ち着かせろ」

「停電の復旧時間がはっきりしない以上、憶測の情報は流せません」

最初、洪水対策を都と三区に丸投げして政府決定を先送りし、次に竜巻被害への対応に機動隊と消防、東京都建設協会を移動させる。そのあと、輪番停電を実施してでも、東電に鉄道会社への給電を再開させようとした。今度は、自分を首相にしてくれた萬谷に迎合してパニックを心配し始めている。

「停電については、すべてを電力会社のせいにしておけば、どうせ数日で騒ぎは収まる。ただ、その前にパニックが起きてしまうと、政府の危機管理能力を問われるぞ」

萬谷の電話のせいでマスコミに向いていた官邸の目が、パニックの対応に向いてしまった。もはや洪水のことなど、彼らの頭から抜け落ちているようにすら思える。

パニックという単語に敏感に反応した長津田の指示で、センター内がさらに浮き足立つ。

真冬のエベレストの頂上を極めるなら、技術、装備、メンバー、作戦、どれも一級品でなければならない。スポンサーの事情でアタックの方針を決めるリーダーに率いられた隊の運命など明らかだ。

「危ないですね」加藤が心配そうに頬を膨らませる。「災害のときにパニックが起きる、というのは典型的な『素人理論』です」

加藤という男には理知的な部分と、無遠慮でずうずうしい部分があって、ときに文月を苛立たせ、ときに考えさせる。

加藤が言う『素人理論』とは、ごく普通の人々が、物事や出来事を説明するときに「それぐらい常識だろ」と口にする、曖昧で不確かな理屈のことだ。

パニックについての信念は、まさにそうした曖昧な『素人理論』の一つだ。ところが、人々がパニックを起こすと思っているのは為政者側だけではなく、マスメディアや一般の人々も同じだ。

「どうせ素人理論なんて、愚かで、浅はかで、間違ってばかり」

いつも先回りする加藤に文月なりのプライドを覗かせる。

「そうとは限りません。万人に理解され、そこそこ正しい素人理論もあります。『今日は夕焼けだから、明日は晴れに違いない』というようにね。ただ、この夕焼け理論を信じることが社会的な問題を引き起こすことはない。でも、災害が起きればパニックが起きるという素人理論は危険です」

加藤が片手で顎の辺りをこする。

都内某所　東京地下鉄総合指令所

統括指令長の林田は難しい決断を迫られていた。

荒川の洪水が現実味を帯びてきたにもかかわらず、停電の復旧の見通しが立たない。

東京メトロの浸水対策は、政府や自治体から発表されている浸水想定に沿って対策を施している。

「万が一、洪水が起きたとき、どのように被害が拡大するか、その想定を教えろ」

「堤防決壊後約十分で南北線赤羽岩淵駅、約四時間で千代田線町屋駅、約八時間で日比谷線入谷

駅から、氾濫した水が地下の線路部へ流れ込み始めると予想しています」

「そのあとは」

「はい。さらに、堤防決壊後、六時間で西日暮里など六駅、九時間で上野など二十三駅、十二時間で東京・大手町など六十六駅、十五時間で銀座・霞ケ関・赤坂・六本木など八十九駅が浸水すると思われます」

「地表よりも早くトンネル経由で氾濫水が到達する駅は」

「全部で三十五駅です。東京駅、銀座駅、大手町駅などがそうです」

「その他は」

「霞ケ関、赤坂、六本木など四十四駅では、地表の氾濫水は到達しませんが、線路部は浸水すると思われます」

この悲観的な予想をまとめれば、最終的には、十七路線の九十七駅、延長約百四十七キロが浸水すると見込まれる。さらに、十七路線の八十一駅、延長約百二十一キロでは、トンネルや駅の改札フロアなどが水没状態になる。

「構内への浸水対策は万全か」

洪水時に構内へ水が入る経路は大きく三つある。一つ目は駅の出入り口、二つ目は換気口、そして三つ目は電車が地上に出るときに使用するトンネルの坑口だ。

「駅の止水板はいつでも設置できます」

「とりあえず、換気口はただちに閉鎖しろ」

「了解しました」

「それから、車両基地の防水壁を閉鎖する準備を急げ」

「トンネル内の防水ゲートはどうしましょう」

林田の心配はまさにそこだった。最大の問題は、浸水想定区域内のトンネルに設置された防水ゲートだ。これの閉鎖には、普通でも操作時間のほか列車の運行停止・送電停止・架線処理など、閉扉準備に六十分程度必要になる。

全列車が停止している今、なによりもトンネル内に停車中の列車の乗客をどうするかが問題となる。

洪水の危険だけが迫っている。

「本社からの連絡は」

「十四時三十分をもって給電が再開するとの政府発表です」

「それで電車の運転に必要な電気は確保されるのか」

「それはわかりません」

「じゃあ、どうやって運転を再開するんだ！」

「それは、私に言われても……」

「どこの馬鹿だ。そんな命令を出したのは」

「先ほど申したように、官邸からの指示だそうです」

「できるか！　ボケ」

林田は肩で息をした。

「もう一度、本社を通じて停電の状況を確認しろ」

要するに発表されたのは世間受けを狙（ねら）った対策で、実効性は不明というわけか。こっちは人の命を預かってるんだぞ。

「政府が動かなければどうしようもありませんね」

　手の打ちようがないと、運輸指令が首を振る。

「馬鹿を言うな！　俺たちは鉄道事業者だぞ。政府の良し悪しが安全運転に影響するなら、最初から俺たちに電車を走らせる資格はない。ただちに、第二種非常体制を取るよう本社に要請しろ。そのあとは、総合指令所の上位に現地対策本部を設立し、東京都、警視庁、東京消防庁、気象庁などと連絡を取り合いながら対応する」

　林田は決断した。

　まず、駅間で停車している列車の乗客を大至急、避難させねばならない。

「洪水に備えるため、現在、車輌内、ならびに構内にいるお客様を外に誘導し、止水設備を閉じる措置に入る」

「お客様に外へ出てもらうとして、もしそのとき洪水が発生してしまえば、駅として案内できるのはハザードマップに記載されている避難所ぐらいです。それに、避難所が駅から遠い場合だってあります」

「避難所への案内ができない場合は、駅やその周辺の『三階以上の建物に上ってください』と案内しろ」

「従わなければ」

「従わせろ！」

　林田は最後の決断を行なった。

「停電とは関係なしに全線で運転を中止する。我々の決定を都営地下鉄とＪＲにも伝えろ。大至急だ」

メトロの対応は、正常ダイヤへの復旧から洪水対策へ大きく舵を切った。愚図な官邸など知ったことではない。

十三時二十分

東京都　千代田区　永田町二丁目　総理大臣官邸内　危機管理センター

メトロが「給電が再開しても、洪水の危険が去るまで運転を中止する」と発表した。彼らは政府の指示より安全運行を優先したのだ。しごくまっとうな判断だった。

おそらく、荒川に架かる橋を渡っていたり、荒川近くを走る鉄道会社も同じ決定をするだろう。

もはや政府の指導力が疑われる事態となっていた。

ただし、メトロの各駅では「そんなことなら早く言え」と乗客たちが二転三転する説明にイライラを募らせている。新宿駅の周辺では、改札に並ぶ人々が幾重にも折れ曲がって長蛇の列を作るから、それを横切ろうとする人々の動線を遮断している。人が溢れる地下道は蒸し風呂の状態となって息が詰まりそうだった。

そのとき、官邸のスタッフが駆け込んでくると川藤首席秘書官になにかを告げる。

「あと十五分ほどで、教授たちが到着されます」

「よし。それまで待とう」

畠山首相の希望で、会議がしばしの休憩に入る。トイレに走る者、誰かに電話しに行く者、閣僚たちがセンターを早足で出て行く。

広瀬に呼ばれて、文月と加藤は別室に移った。

「加藤さん。現状をどう思います」

パイプ椅子に腰かけた広瀬が腕を組む。

どうやら、二人は相当親しいらしい。事情がどうであれ、やっぱりなんで公文書管理課の職員がここにいるのか知りたいと思った文月は、ちょっと前に加藤の素性を調べるよう部下にメールを送っていた。

加藤が壁にもたれかかる。

「この国にはずっとパニック神話が根づいています。それを恐れるがあまり、危機への対応を誤った苦い記憶がある」

「福島第一原発ですね」

広瀬の言葉に加藤がうなずき返す。

「広瀬政策統括官。今の官邸は、あのときと同じ間違いを起こす予感がします」

不吉な予言に、広瀬の顔からそれまでの柔（やわ）らかさが消し飛んだ。

文月を置き去りにしたやりとりが続く。

頬（ほ）っぺたを膨らませ、少し怒りを忍ばせた目で、文月は二人の会話を聞いているしかない。本当は、広瀬に加藤の素性と、彼がなぜここにいるのかを確かめたい。

いや、それより、「ちょっと煩わしいんですけど」と思いっきり愚痴を伝えたかった。

「ところで」と広瀬が文月を向く。

「私も精一杯やりますが、彼女のことも一つ、よろしくお願いします」

「心得ています」

加藤が穏（おだ）やかに返した。

「ただ、まだ足りないものがあります」

「それは」

「経験、知識、そして自信のバランスです。経験に基づく判断は的確で、豊富な知識と自信も持っている。それはそれで結構だが、未経験で想定外の事態に即断を求められたとき、いかにも優等生らしい迷いと拘（こだわ）りが覗く」

なるほど、と広瀬が相槌（あいづち）を打つ。

「お任せします」

任せますってどういう意味ですか。まるで筋書きどおりみたいに自分の知らないところで、すべてが決まっているかのごとき二人の会話に慌てた文月は、椅子から腰を浮かしかけた。

「それでは企画官、災害発生時という前提であなたの考えを教えてください。まず、情報と知識の違いは」

文月は身構えた。

「違いって……、両方とも正しい判断に不可欠なものです」

「やはり模範解答だな」と困ったように加藤が頭をかく。「学校の黒板に書いてあるような答えではなく、重要なのは情報と知識は違うということ。情報は他人から与えられるもの、知識は自分で手に入れるものだ」

「それはあなたの訊き方が……」

文月は耳の下辺りが熱くなった。

「企画官にもう一つ訊こう。あなたは災害時の奇跡を信じますか」

「馬鹿な」

「安心しました。奇跡を信じる者ほど努力を知らない」

「加藤さん！　いい加減に……」

「それじゃあ、続きは後ほど」

加藤がさっさと部屋を出て行く。

あとに続く広瀬がドアのノブに手をかける。

「統括官。ちょっとよろしいですか」

文月は広瀬を呼び止めた。訊くなら今しかない。

「なんだ」

広瀬が背中で答える。

「加藤さんって、何者なんですか」

「見てのとおりだ」

「なぜ公文書管理課の職員がこんな所にいるのですか」

「そう突っかかるな」

「だって。納得できません」

文月は本気で怒った。

「突然現れて、いきなり無神経に横に座って、子供にするように私を試して……」

爆発しそうになる感情をなんとか抑え込む。

「俺が呼んだんだよ」

ノブから手を離した広瀬が振り返る。

「元内閣官房秘書官の加藤孝三という名を聞いたことはあるか」

文月は首を横に振った。

「そうか、知らんか。時代が変わったな」

広瀬が小さなため息で応える。

「それでも、これだけは覚えておけ。まだ企画官のお前がとやかく言える相手ではない」

「そんなすごい方だとしても、ご一緒する以上、少しはどんな人なのか教えて頂かないと私だって……」

感情的になるまいと自分に言い聞かせても、つい口が尖ってしまう。

「お前はまだ駆け出しの頃だったから知らないのは仕方ないかもしれんが、東日本大震災のとき、右往左往する当時の官邸を、叩き上げのノンキャリにもかかわらず内閣官房秘書官という立場で実質的にまとめたのは彼だ。彼がいなければ事態はもっと深刻な状況になっていた」

「そんな人がなぜ内閣府の公文書管理課にいらっしゃるのですか」

「あの事故後、彼は内閣府を辞職した。人格者でかつ切れ者として、どの役所の事務次官や局長からも一目置かれていた彼は、熱心に慰留（いりゅう）されたが頑として首を縦に振らなかった」

「理由は」

「知らん」

「一度退職された加藤さんが、再び内閣府に採用されたわけですね」

「そうじゃない」

珍しく広瀬が文月に対して言葉を選んでいる。

「奥さんと暮らす和歌山から、彼を呼び出したのは俺だ。いつかこんなときのために、彼とは公文書管理課付の顧問として無給の契約を結んでいた」

「なぜ統括官は、今回、加藤さんを呼び出されたのですか」

「文月」

「はい」

「質問が多すぎるぞ」

危機管理センター　前廊下

「加藤さんですね」

自分を呼び止める声に加藤は振り返った。階段の手前に同年代らしき紳士が立っていた。上質な生地で、仕立てのよいダークブルーのスーツを着こなしたスリムで長身の男。

加藤とは大違いだ。

「元内閣官房秘書官の加藤孝三さんですね」

男がホオジロザメを思わせる視線を投げている。

「あなたは」

「首相顧問団の速水です」

「ご用件は」

「時代に忘れ去られたあなたが、今さら、なにをしに」

二人のあいだに髪の毛を逆立てるような緊張が放電される。

「あなたに答える必要はない」

「行政マンとしての負け犬は会議には不要です。お引き取り願いたい」

速水が階段を顎でさす。

「私がここから消えるかどうかは、あなたではなく広瀬政策統括官がお決めになる」

「あとで、私から伝えておきます」

「顧問団なるものにどれだけの権限があるのか知らないが、私のような者に構っている暇があるなら、もっと大事なことがあるのでは」

「対策会議は我々が支えます」

「災害対応の経験もないのに?」

「我々には充分な知識と決意がある。硬直した官僚たちとは違う」

「政治家対官僚。三流週刊誌で使い古された対立のイメージだ」

やれやれといった表情で、速水が小さく首を振る。

「箱の中に腐りかけのりんごが紛れていると、やがて箱全体が腐ってしまう」

「腐っているのと熟れているのは違う。それより、他人に忠告するのは簡単だが、自身を知ることは難しいもの。そもそもあなたは官邸の現状を把握できているのかな」

「なんの問題もない」

後ろ手を組んだ加藤は、幾分体を前かがみにさせた。

「首相たちは、官僚に従っているイメージを持たれると、他の人たちから自分が弱虫や負け犬などと馬鹿にされるのではないかと恐れている。それは、面子やプライドが保てないと感じていらっしゃるからでしょう。自尊心や評判といった外面を気にする考えが、彼らの寛容性を妨げている」

「終わった者が評論家気取りですな」

「あなたは、用心棒気取りの知識人のつもりか」

「用心棒に知識はない」

「私が言う用心棒とは、『もうトップは決めたのだ、あとは反論するのではなく、彼をサポートすることが使命だ』とのたまうような輩です。怪しげな用心棒が登場してトップへの進言を妨げるようになると、ますます組織のチェック機能は働かなくなる」

「あれだけの失態を犯した老いぼれが、よく言うよ」

速水の表情に不遜な嘲りが浮かぶ。

「速水さんとやら。あなたは失敗をしたことがないと」

「当然だ」

「失敗しない人生こそが失敗だ」

皮肉に溢れた笑みを加藤は速水に向けた。

速水が咳をするように右の拳を口に当てる。

そのとき、官邸職員が二人の後ろを走り過ぎる。

「どうした！」と、加藤は職員を呼び止めた。

相手が青ざめた表情で振り返る。

「先ほど、荒川堤防の一部が変形して、そこから河川水が墨田区へ流れ込んでいます！」

第二章　レベル2

十三時三十分

東京都　墨田区　八広六丁目地先　荒川右岸　木根川橋付近

荒川堤防の改修箇所が、長い眠りから目覚めた巨大生物のようにゆっくり動き始めた。無駄な事業だと断罪した畠山政権によって今年度の予算をカットされ、工事が中断していた場所だ。

積み上げられたトンパックが次々と崩れ始め、その下から間欠泉（かんけつせん）のごとく泥水が噴（ふ）き上がる。濁流に押されて大きく堤防が湾曲すると、その前で大きな渦（うず）ができ、今度はその渦が堤防の土を削（けず）り取る。堤防上の道路には、川と平行に何本もの亀裂が走り、クレバスのように口を開ける。亀裂を境（さかい）にしてまるで滑（すべ）り台を滑るように、法面（のりめん）が次々と崩れ始めた。

堤防がさらに大きく歪（ゆが）む。

次の瞬間、堤防を支えていた鋼矢板（こうやいた）が、お辞儀をするように陸側へ大きく倒れ込んだ。堤防の天端（てんば）が吊（つ）り橋のケーブルのように垂（た）れ下がると、周りよりも低くなった箇所から一気に水が街へ襲いかかる。

国道6号線の四ツ木橋と木根川橋のあいだの堤防が変形して、墨田区の右岸側へ水が流れ込んだ。

茶色い水は道路で激流となり、電柱の周りで渦を作りながらゴミ箱、看板、植木鉢、自転車、あらゆるものを撥ね上げながら押し流す。津波を思わせる濁った水が車を押し退けながら南西へ向かい、家々を飲み込んでいく。墨田区と江戸川区を隔てる旧中川、そして墨田区と江東区を隔てる北十間川から北の地域が水に沈んでいく。すべての水門では、あらかじめ準備していたポンプを使って一斉に排水を開始したが、それはそのまま大量の電気を使用することとなり、結果として鉄道の運転再開を遅らせる。

さらに、押し寄せる水が旧中川と北十間川を越えれば、錦糸町や亀戸の街を飲み込んでしまう。その先には、都営大江戸線、都営新宿線、東西線が走っている。押上一丁目付近からの京成押上線、そして半蔵門線の押上駅を洪水が襲えば駅にいる乗客たちは溺死することになる。

京成線が走る曳舟や東向島、その東の八広の辺りでは、みるみる増していく水かさに避難する時間さえなかった人々は自宅の二階や大屋根へ駆け上がる。その暇がなかった人々の運命は考えたくもない。

やがて、西へ向かって避難していた人々に細い道で流速を増した濁流が襲いかかる。

流れに飲み込まれる人、必死で電柱につかまって耐える人、近くのビルへ駆け込む人、もはや、いったいどれくらいの人々が洪水の犠牲になったのか見当もつかない。

交差点では壁のように直立した波が二方向から押し寄せ、ぶつかり合い、猛り狂いながら家々を直撃する。窓ガラスが砕け散り、瓦が舞い上がる。沈没した潜水艦に閉じ込められた悲劇が地上で起こり、住民が家の中で溺死していく。

官邸の指示で多くの部隊が竜巻被害の現場に向かわされた結果、洪水対応が手薄になった警察と消防は混乱の極みにあったがなんとか態勢を立て直し、墨田区の浸水地域の住民を救助し、避難させることに全精力を注ぐ方針を固めた。数少ないルートは北十間川を一旦渡り、墨田区の南を経由して台東区へ抜けるルート、さらに隅田川に架かる都道461号線の水神大橋、明治通りに架かる白鬚橋、隅田川唯一の歩行者専用橋の桜橋、そして国道6号線に架かる言問橋などを渡って荒川区や台東区に避難するルートだ。

都知事の要請で、陸上自衛隊に出動命令がくだる。

一方で、停電が復旧する見通しはつかない。

そもそも、東日本大震災を契機に、電力やライフライン施設に対して国の関与を強化するために、新たな災害が発生したときには、どこへの電力供給を優先的に行なうべきか、『災害対策基本法』を改正するとともに、防災基本計画が修正されていたはずだ。

しかし、畠山を長とした対策本部が、竜巻被害への対応にこだわっているうちに洪水の直撃を食らい、一気に混乱が爆発した。

十三時四十分

東京都　千代田区　永田町二丁目　総理大臣官邸内　危機管理センター

「首相、お待たせしましたな」

いきなり十人の男がセンターへ入ってきた。一歩間違えば嫌味な成金を思わせる身なりで、たいして売れないモデルか三十年前のアイドルを思わせる男たちだった。

ブロードウェイのオープニングじゃあるまいし。文月はかき上げた髪を、耳の後ろに回した。

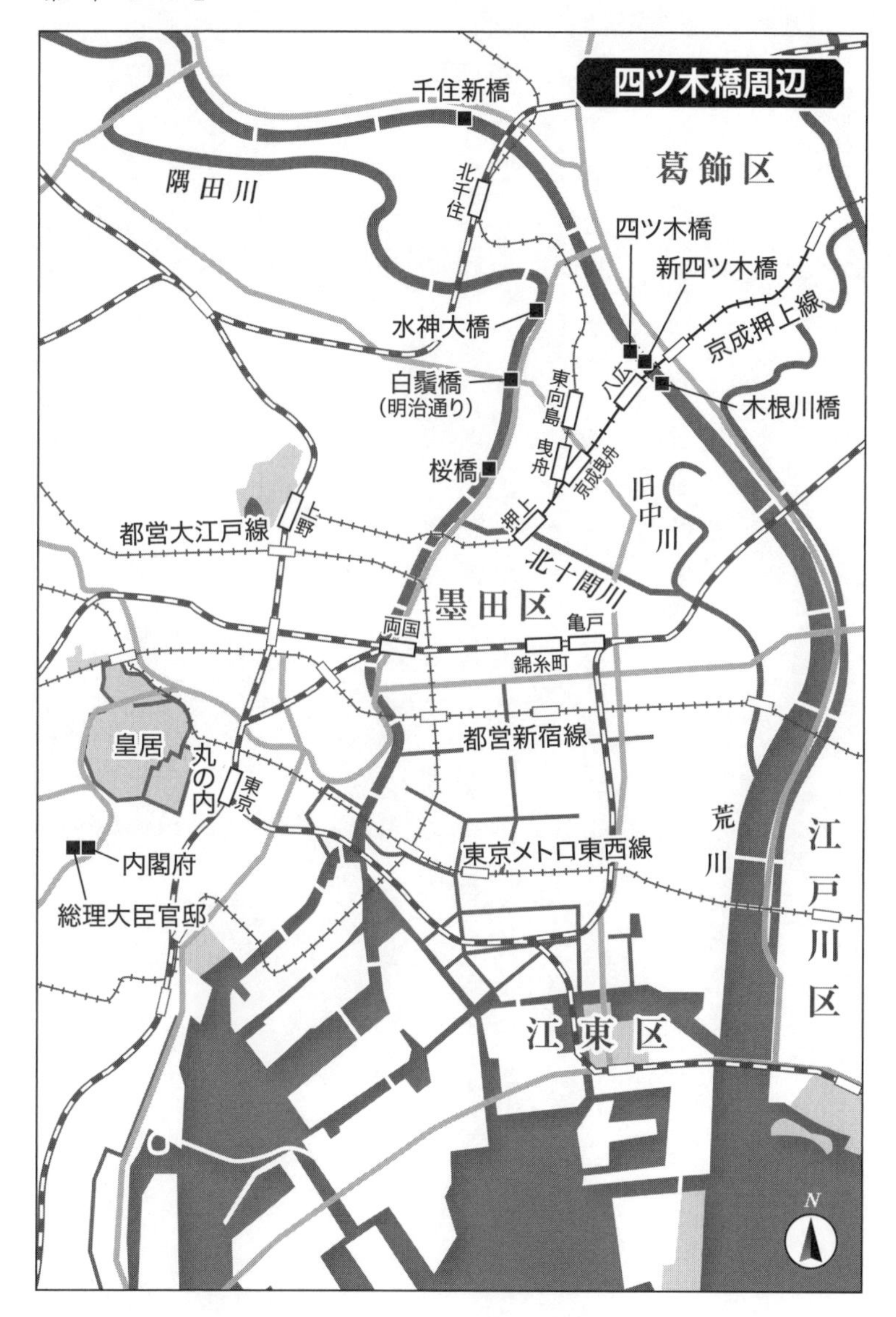
四ツ木橋周辺
千住新橋
葛飾区
隅田川
北千住
四ツ木橋
新四ツ木橋
京成押上線
水神大橋
八広
木根川橋
白鬚橋
(明治通り)
東向島
曳舟
京成曳舟
桜橋
旧中川
上野
都営大江戸線
押上
北十間川
墨田区
両国
亀戸
錦糸町
皇居
丸の内
東京
都営新宿線
荒川
江戸川区
東京メトロ東西線
内閣府
総理大臣官邸
江東区
N

特に先頭の男は、五十代後半にしては上から下までキメている。濡れた髪をジェルでオールバック気味にセットし、一見無地のグレーに見えるがシャドーチェックの生地を使ったスリムシルエットのスーツと、太めのストライプシャツに、クリーム地のパターンネクタイを締めている。足下は目立つ茶色のウイングチップの革靴でキメていた。

「おお。桐谷教授。待っていたよ」

畠山が地獄で仏に会ったような顔でオールバックを迎える。

「状況については、迎えの車の中で秘書官から報告を受けました」

オールバックが腰に手を当てながらポーズを決める。

彼らこそ、その名を知られた顧問団だ。リーダーは東京学院大学経済学部の桐谷教授、その他はシンクタンクの研究員、経営コンサルティング会社の社長などだ。

連立民主党が政権を取ったときから、萬谷は村岡の遺志を引き継ぐため、と官邸に乗り込んできた。村岡の提唱する政策を実現させるのは外部から登用した桐谷たちからなる十人の顧問団だ。萬谷は、村岡と同じく道州制による地域主権をベースにした小さな政府を提唱する桐谷を畠山のブレーンに据えたのだ。萬谷からの指示どおり畠山に重用されて政策決定に携わる桐谷たちは、相談なしのトップダウンで物事を推し進める。

その横暴さと強権に、官邸幹部から「意思決定の過程が見えずブラックボックスだ」と不満が漏れている噂を聞きつけたマスコミが、畠山に顧問団の意味を問うたとき、彼は「政府自ら課題を洗い出し、解決策を構築する自律改革を実施するためだ」と説明した。

ただ、本音は多少異なる。手っ取り早く『改革』をアピールするには、今の時代にトレンドな『外部のブレーン』に頼ることだ。ブレーンたちは、『過激であること』、『マスコミへの露出度が高いこと』、『女性受けすること』といった世俗的な評判で選ばれ、政権運営の能力が評価されたかどうかは怪しいものだ。

畠山の横に用意された席の後ろに立った桐谷が、背もたれに右手を乗せながらセンター内を見回す。

「さて、皆さん。ここからは私たちが仕切ります。これが萬谷顧問のご意志です」

得意げに顎を上げる桐谷に、官邸のスタッフたちがうつむき、苦虫を噛み潰す。

いつものパフォーマンスが始まった。

思えば、初閣議のあと、萬谷から政権を託された畠山は囲み取材の記者たちに、「村岡に代わって道州制の実現で日本を再生する担い手は彼らだ」と顧問団を持ち上げた。それで勢いづいたのかは知らないが、その翌日、桐谷たちは官邸に全省庁の事務次官と局長を集めてこう恫喝した。

『いいですか。我々は連立民主党の政策を実現するためにここにいます。それが国民の意思だ。たった今から、君たちの責務は我々の指示に従うことだ。一切の反論は許さないからそのつもりで』

早くも主役を張る桐谷が、災害対応の知識を披露する。

「緊急災害対策本部は、災害の程度や施設の重要度を考えて、特に必要と認められる場合には、関係省庁の厚生労働省、経済産業省、総務省、国土交通省を通じて、ライフライン事業者に対して応急対策活動を依頼しなければならないはず」

俺はなんでも知っているという牽制球が飛んでくる。

「で、今起きている洪水に対してはどうなっているのかな」と桐谷が内閣官房の高島危機管理監を向く。「なぜこんなことが起きた」

「事前の対策は万全でしたが、それを支える警察と消防に突然の移動命令が出ました」

「この非常事態に、君たちはなにをやっているんだ！」

突然、桐谷が怒鳴り声を上げる。

「『河川法』を見ろ。洪水の危険が迫ったときは、水災を防ぐために必要な場所で必要な措置を行なわねばならないと定めているはず。それぐらいは知ってるよな」

顎で合図した川藤首席秘書官にわざわざ椅子を引かせた桐谷が、横柄に腰かける。

「もちろんでございます」

「ならば、警察と消防の移動が原因だなんてくだらない言いわけで、首相に恥をかかせるな！」

「しかし現に……」

「言いわけはいい。君は出て行け」

「はっ？」

「出て行けと言ったんだ。無能な者はこの場に必要ない」

桐谷が出口を指さす。

まるで、映画でも見るようなジェットコースター的な展開に、文月は息を飲んだ。

「お言葉ですが、命令は首相が……」

高島危機管理監の全身が硬直する。両目を見開いて、拳を握りしめる高島。屈辱が彼の背中にのしかかっていた。

「政府の対応が後手に回った責任は君にある。出て行けと言ったんだ！」

桐谷の情け容赦のない罵声に、センター内が静まり返る。

沈黙していた者はより口をつぐみ、下を向いていた者はよりうつむく。

物事がこじれたときのために逃げ道を用意しておきたい閣僚たちは、沈黙を決め込んで暴走する桐谷を遠巻きにしていた。無益な押しつけ合いが始まり、いい歳をした大人たちの醜態が見苦しい。

死んだ魚の目をして、身をすくめている彼らを見ていると、文月は父のことを思い出した。

東京の大学を出て、公務員試験に合格した文月が役人になると決めたとき、「勉強も仕事もスポーツも、すべて世界一なら自分を自慢しても構わない。反対に、それがなんであれ、お前より優れたものを持つ人が一人でもいたら、何事にも謙虚な姿勢を忘れるな」と父親は諭してくれた。

そんな父は五年前に亡くなった。

決して学があったわけではないけれど、人々に愛され、お葬式では本当にたくさんの人が泣きながら見送ってくれた。そんな父がいたらなんと言うだろう。

すべての責任を背負わされたあげく、顧問団の冷ややかな視線に押され、唇を嚙んだ高島危機管理監が、足早にセンターから退出していく。

「どいつもこいつも。ここからは私が決める」

ため息を吐き出しながら、桐谷がセンター内の官僚たち一人ひとりに威嚇の視線を投げる。

「そもそも君たちは、不本意な指示を受けたときに、賢明なご判断ですとは答えるが、やります、とは口にしない」

そうだよな、と広瀬の所で視線を止める。

「面倒なことは『人に迷惑をかける』の一点張りでゴネ、最終的に相手から『やめる』と言わせるように仕向ける。議論や会議の途中で旗色が悪くなると、言質を取られないようにダンマリを決め込む。そんな面従腹背は私には通用しないよ」

椅子にもたれかかった桐谷が、肘かけをポンと叩く。

「時間がないんだ。状況を的確に説明してもらおう」

この場の王となった桐谷へレクするために、内閣官房のスタッフたちが走り寄る。

畠山によるささやかな指示。つまり、竜巻被害への対応と洪水対策は都と三区に任せること、十四時三十分をもって鉄道の運転を再開すべく東電に給電を命じたこと、輪番停電の実施と国民へ電力需要の抑制を依頼すること、そして、電力供給不足対策本部を設置すること、などなど。

「警視庁と消防庁の対応は」「自衛隊は出動しているんだろうな」

桐谷の短い質問を最後にレクが終了した。

「いいかね、これからの日本は、地域のことは地域で決める『地域主権型社会』でなければならない。それぞれの地域が持っている個性や、本来の能力を発揮するためには、全国一律の押しつけではなく、自分たちの判断で決定することが必要なのだ。今までの中央政府は、何から何まで抱え込んで肥大化、非効率化してしまっている。連立民主党は、中央政府の役割を限定することで本来の機能を発揮させる。それこそが我々の目指す小さな政府だ」

ひとしきり持論をぶってから、桐谷が指示を出す。

「墨田区の洪水については、今までどおり都と当該三区に任せ、国としては全国建設連合を現場に急がせろ。そのあとは都の指揮下に入れる。都に当事者意識を持たせ、彼らが主体であることをはっきりさせる」

頑なまでの押しつけ。

「それでだ」

一通りの説明を受けた桐谷が仕切り直す。

「パニック対策として、緊急車両や警察間の連絡網を確保するために、強制的に一般向けの電話回線を絞る」

「教授。しかし、それでは……」

山本国土交通大臣が異論を唱える。

「停電のために多くの基地局が自家発電でなんとか繋いでいる状況だ。一般の通話のために回線を空けておくなどもってのほか。なにか異存でもありますか」

「いや。そういうわけでは。今現在、政府から明確な指示が出せていない現状で……」

「イエスかノーか、どっちなんです」

「……わかったよ。君の言うとおりだ」

しかし、と堪りかねた様子の広瀬が発言を求める。

「回線を絞ることは、『東京都帰宅困難者対策条例』に反します。それに、民間の建設業者は自衛隊と違ってスマホで情報をやりとりします。その手段を奪えば、さらに対応が遅れます。今は洪水対策に全精力を注ぐべきです。そのために出動してくれる建設業者に回線を割り当ててください」

「私の決定が不満かね」

広瀬が黙る。

パワー志向の強い者は、指示に対して即断させようとする。相手に熟考の時間を与えることなく、自分に対して「敵か」「味方か」を踏み絵させる。

そして、官僚に対しては、「お前の将来を潰してやる」と人事権を盾に脅すのだ。お前の首に巻いた縄の端は、俺の手にあるという余裕をひけらかす。

官僚たちにとって人事が最大の武器であることを、桐谷は熟知している。

「不満らしいな」

桐谷の念押しに、広瀬が長い沈黙で応える。

「否定しないなら、私の提案を認めたとみなすぞ。君はどこの役所の人間だ」

「内閣府で防災を担当している広瀬です」

顧問団の一人、加藤と同年代の紳士然とした男が、チラチラと広瀬に視線を送りながら桐谷の耳元でなにかを囁く。

顎を撫でながら桐谷がうなずく。

「いいだろう、広瀬政策統括官。では聞かせてもらおう。君の懸念はなにかね」

「はい」

だめだ、と加藤がつぶやいた。

初めて聞く彼の言葉の強さに文月は驚いた。

「あれはおそらく、桐谷の常套手段に違いない。相手に『やりたいのか』と訊いて『やりたい』と答えさせる。決して、自分から指示を出さない。結果が思わしくなければ、『お前がやりたいと言ったから』という方便で、厳しく責任を問う。そうすれば、自らの責任を回避できる」

加藤の予言が、何事も曲げない広瀬の性格への不安をかき立てる。

「洪水対策を最優先に、区民の命を守るために必要な対策を講じる必要があります。さらに、洪水が収まったあと、墨田区に流れ込んだ水を汲み出すため、排水機場の他に、臨時の排水ポンプを今以上に準備しなければなりません。そのための電気が必要です。輪番停電のサイクルを見直さねばならない」

「すでに政府の基本方針は示した」

「荒川調節池の運用開始、河川の流量を減らすために荒川上流のダムへ思いきった洪水調整を実施するよう、政府から指示を出してください。担当者は待機しています。ダムに負担をかけることになっても、荒川の水位を下げないと被害がどんどん拡大します」

「わが党の政策について、官僚の分際で私と議論したいわけだ。まったく往生際が悪いね」

　桐谷がくっくっと笑う。

「『論語』の一節に『子曰く、君子は和して同ぜず、小人は同じて和せず』とある。『見識のある者は、単に同調するのではなく話し合って合意を追求するが、見識のない者は本音を隠して表面的に同調する』という意味だ。つまり、孔子は対立回避によって表面上の調和を図るのは下策であると見ていた。孔子の言う真の調和とは、互いの違いを理解した上でそれを尊重し合い、統合的合意にいたることだ。君はまさにそうありたいようだね」

「僭越ですが、ご無礼でしたらお許しください」

　二人のやりとりを見ていた加藤が、クシャクシャのハンカチで額の汗をぬぐう。

「文月企画官。この混乱をなんとかするのはあなたです」

「え⁉」

　思わず文月は声を上げた。

　しっ、と加藤が文月の脚を蹴る。

　センター中の視線がこちらを向く。

天井を見上げた文月は、大きくため息を吐き出す。

「おい、そこ、後ろ。うるさいな。なにか言いたいことでもあるのか」

桐谷の怒声に玉村財務大臣や木野経産大臣などの目が一斉にこちらを向いた。長い物には巻かれろ派の上村外務大臣と江口農林水産大臣が顔を見合わせる。

「君は誰だ。名乗りたまえ」

「内閣府企画官の文月と申します」

好奇の目が文月に集まる。

「私の部下です」

広瀬が中に入る。

「ほう。内閣府の役人は、どいつもこいつも威勢がいいね。せっかくだ。その場所のままでいいから、必要とあれば文月女史にも意見を訊くことにしよう」

桐谷が背もたれに寄りかかる。

十四時十五分

東京都　墨田区　八広六丁目地先　荒川右岸　四ツ木橋

旧中川と北十間川から北の約六・八平方キロの地域が水没した。

四ツ木橋に近い八広の街は、命からがら生き残って浸水地域から出ようとする人、大屋根の上に避難して助けを求める人で非常事態になっている。

もともとこの辺りは細い道が入り組んでいて、歩いていると方向感覚が狂うほどだ。三叉路や、ところどころに行き止まりがあって、タクシーの運転手が入るのを嫌がるほどわかりにくい。その代わり、この街には昭和中期のたたずまいが残り、古い家並が健在で、小さな卸問屋やしもた屋が軒を連ねる。幼い頃、父に連れられて歩いた問屋街の光景が蘇り、身近なところに銭湯のある暮らしはやっぱりいいな、と感じさせてくれる。ただし、日頃は風情があっても、災害時には曲がりくねった小径の残る街は、人々のスムーズな避難を妨げる。押し寄せる濁流に飲み込まれ、流される住民、その先に待っているのは溺死だった。

非常事態の発生に堤防の監視任務を切り上げた水防団は、被災者の救助に回ることになった。四ツ木橋へ続く国道6号線の坂道の途中に土嚢を積んで、なんとか水の上昇を食い止めようと躍起になっていた。

浸水地域のほぼ全域に一階が水没するほどの水が流れ込んだため、6号線の先は広大な湖に変わっている。所々にうつ伏せの死体が浮かんでいた。

橋に向かって駆けてくる人、追いかける水。

手を繋いでいた人が流されて消える。

土嚢までのたった数センチが生死をわけた。

和也たちは、土嚢の壁から身を乗り出して、避難民を土嚢の内側に引き込む。次々とさし出される手。否が応でも助ける者と見捨てる者が選別されてしまう。

「お願い！」

悲鳴が上がる。こちらに伸ばした指の先が震えている。

「つかまって！」と団員の腕にかすかに触れた指が流れに巻き込まれていく。

恐怖と絶望に強張(こわば)った顔が水中に消えていく。

やっと腕を摑(つか)んだ女性の体に何人もの人がすがりつく。

「私も助けて」「痛い！」「ダメ、流されちゃう！」

一人、また一人、はがされるように流れの中へ消えていく。

「なんなんだ、これは」

団員が泣き声になる。

一人でも多く救おうと思った。たった一人を救うことができなかった。

命も、後悔も、悲しみも、水がすべてを押し流していった。

そのあとは一転、辺りは死の沈黙に包まれた。

団員たちがその場にへたり込む。誰もが呆然(ぼうぜん)と天を仰(あお)ぐ。

「お前たちのせいじゃない」「だって」「精一杯やった。でも仕方がなかったんだよ」「なんでこんなことに」「俺、もう帰りたいよ」

誰かがすすり泣く。別の者が頭を抱え込む。

「まだ終わってないぞ」と、和也は両手を叩きながら団員たちを立ち上がらせる。

疲れているのもわかる。胸が張り裂(さ)けそうなほど辛いのもわかる。

しかし、今はまだやることがある。

もっと土嚢を積んで壁を補強しなければならない。

そのとき、背後で何事か言い争う声が聞こえた。

橋の方を振り返った和也は、目を覆(おお)う光景に足を震わせた。いつのまにか、アスファルトの上に気抜けて座り込む避難民が見つめる中、溺(おぼ)れた人々の蘇生(そせい)措置が続いている。まともな医療器具などないから、人工呼吸と心臓マッサージぐらいしか打てる手はない。

「救急車は」「電話が通じません」「通じてもこの水じゃどうしようもない」

そんな会話を火がついたような赤ちゃんの泣き声と、身内の名を呼ぶ絶叫がかき消す。

「政府はなにをしてる！」「俺たちを見捨てるのか！」

怒りと絶望が混じった怒声に和也は目を伏せた。

そのあいだも土嚢を積んだ壁の向こうでは、水位が徐々に上がりつつあった。悪いとは思うが、今は彼らの面倒を見ている暇はない。

水防団としての務めを果たすため、和也たちは作業を再開した。

やがて腰の高さまで土嚢が積み上がり、これでしばらく時間が稼げると胸を撫で下ろしたときだった。無線が和也を呼んだ。

「はい、文月です」

マイクを口元に寄せる。

（団長だ。そっちの状況はどうだ）

「なんとか土嚢の処置は終わりそうです」

（なら、そこは他の者に任せて、誰か一人連れて橋へ戻ってきてくれ）

「今度はなんですか」

（葛飾区へ避難しようとする人々が橋に殺到している。その整理に人を集めている）

「橋は通行禁止のはずですよね」

（その制止を振り切って避難民が対岸へ渡ろうとしている。四ツ木橋と新四ツ木橋は葛飾区側からの緊急車両と物資の搬入ルートに指定されたため、一般人を通すわけにはいかない。このまま

では橋の上で人と車がぶつかり合って危険な状態になる)

マイクを指で押さえたまま、和也は周りを見た。

団員たちが、「行ってください」とうなずく。

「大丈夫か」

「なんとかします」

和也はマイクを口元に寄せる。

「団長。どうしても、そっちへ行かねばならないのですか」

(どうしてもだ)

無線を切った和也は、「あとを頼む」と一人を連れ、避難民をかき分けながら坂道を橋へ引き返し始めた。坂道沿いに低層のビル、古びた住宅や壁が煤けた商店が混在する。

「カズさん。あのマンションに兄貴が住んでるんです」

並んで歩く若い団員が、水が流れ込んだ南の方角に建つマンションを指さす。

それは霧がたなびく湖面にそびえ立つ仏塔に見えた。

「停電の瞬間、エレベーターの中で兄貴たち数人が孤立したそうです。なぜかすぐに自家発電に切り替わらず、閉じ込められた兄貴がインターホンで警備会社を呼ぶハメになったんです」

警備会社が来られるはずもなく、ようやく自家発電で動き出したエレベーターをおり、なんとか部屋に戻った彼の兄がネットニュースを見ると、荒川で洪水が起きたと報じているので慌ててベランダから見下ろすと、なんと東の方角から水が押し寄せてきたそうだ。

「いつかテレビで見た『ポロロッカ』と呼ばれるアマゾン川を逆流してくる潮流を思い出したそうです。水と一緒に色々な物が流されてくるわ、四つ角でぶつかり合って、渦を巻いた水が自動車を押し流すわ、みるみる、マンション前の交差点が池になったそうです」

おそらく、外に出ていた人は流されたに違いない。

死がすぐそこにある状況のせいで、四ツ木橋へ近づくにつれて坂の道路が人で埋まる。背中にバックパックを背負った人、子供の手を引く人、着の身着のままの老人、様々な人が墨田区から脱出するために橋へ向かっている。皆が青白い顔でうなだれている。陰鬱で生気を失った光景の先には賽の河原が広がっていて、三途の川を渡ろうとする亡者が群れているのではないかと錯覚させた。

「なんで進まないんだ」「通行禁止にしているらしい」「馬鹿言ってんじゃねーよ」「誰が止めてるんだ」「そんなの、押しきりゃいいんだよ。こっちは命がかかってるんだ」

とんでもない数の避難民たちが、生きるために橋を目指して列を作る。

ようやく、坂の途中で団長と合流した。

「橋の周辺にいた警察は、四ツ木橋の警備に回されている。決壊箇所を修復するための資機材を通すには橋を確保しなければならない。あそこはもはや戦場だ。その応援に集められた」

「今朝から待機していた建設業者は」

「墨田区内を通って竜巻被害の現場に向かっていた彼らとは連絡が取れない。だから、堤防を復旧させる新たな業者は四ツ木橋の東側から入るしかない」

和也は唖然とした。訓練時の教本でしか見たことのない光景が目の前にある。

橋の手前で、今のぼってきた坂道を振り返ると、ミツバチを思わせる群れとなって避難民たちがうごめいていた。

洪水の危険性については誰より理解しているはずの墨田区民が動揺し、混乱していた。

突然の豪雨と停電、それに追い打ちをかける洪水という予期せぬ事態を、何度も避難訓練を重ねてきた人々が受け止められていない。

そもそも、想定とはなにか。

「この人たちだって、俺たちと一緒で、何度も訓練してきたはずなのに」

和也は唇を噛んだ。

「和也も覚えているだろう。東日本大震災のあとだ。大津波の衝撃にも、原発の事故にも、想定外という言葉がよく使われた。自然界で発生する色々な災害から人々を守るため、国は『起き得ること』『あり得ること』を想定し、どう対処するか決めてきたはずなのに」

団長は東日本大震災が起こったその日、いの一番に現地へ救援に向かった猛者(もさ)だった。

「たとえば、住民は防潮堤が津波を防いでくれると百%信じていたわけではないし、万が一に備えて、地域ごとに津波襲来時のハザードマップも作成されていた」

しかし、ここにも落とし穴があった。

「津波の被害の大きかった大槌町(おおつちちょう)や釜石市(かまいし)では、ハザードマップの内側で亡くなった人は少なかったから、確かにそれは役立っていた。ところが、本当だったら津波のリスクが低いとされる場所、つまり、ハザードマップの外側で多くの人々が津波に飲まれて亡くなっている。想定外の地点で津波に命を奪われて、釜石市では死者や行方不明者の六十五%が、そんな人たちだった」

制度が現実の枠組みを作る恐ろしさをまざまざと見せつける出来事だった。

災害時の『想定』とはなんなのか。

人々は『政府が決めた想定』が安全の証と信じてきた。しかし実際は、それは経済的妥協の上に成り立っていたり、過去の事例といった、ある仮定の上に決められたものにすぎない。

団長の記憶は忘れてはならないが、思い出すには辛すぎる。

「ただ、想定を決めた人々を責めるのは酷だ。俺たちだってそうだろ。人々はお墨つきや認定を与えられると、もう大丈夫だと受け止め、疑うことをやめてしまう」

この先、待ち受けているものを想像するだけで背筋が寒くなった。

東京都　千代田区　霞が関三丁目　新霞が関ビルディング前

男は霞が関ビルディングと新霞が関ビルディングの間の車道に、レクサスＬＳ５００を停めていた。

鉄道が混乱しているせいで、都内に帰宅困難者の姿が目立ち始めているが、外堀通り、桜田通りや六本木通りから一本入ったこの辺りの人通りはそれほどでもない。

左腕のロレックスで時間を確かめてから、男はコンソールの小物入れからスマホを取り出した。相手の番号をタップすると、すぐに電話が繫がった。

（もしもし）

「私だ。ちょっと困ったことになったな」

（これほど大規模な災害は予想もしなかった）

「村岡の死をなんとか収めて、ようやく計画が動き出したと思ったら、政権の力量不足が明らかになってしまう」

（もはやそれは止められない。我々としては、荒療治になるがこの現実を逆に利用するしかない）

「どうやって」

（引導を渡す）

「引導？」

（そうだ。つまり彼らの無能さを徹底的に印象づけ、交代もやむなしと思わせる。そのために甘辛両方の報道をマスコミが流すように仕向けてある。甘いニュースを辛辣なそれが打ち消すことで、余計に無能さが強調される）

「しかし政権全体が崩壊しては元も子もない」

（奥の手は用意してあるじゃないか）

「どうやって登場させる」

（おたくが、ちょっと南の方でも突いてくれれば事足りる。そうなれば、いよいよ救世主の登場だ）

「それでうまくいくかな」

（大衆とは、『もしかしたら』という夢を追いかける。心配するな）

そのとき、誰かが運転席の窓を叩いた。

ふと見ると、警官が窓ガラスをノックしている。

男は窓を半分だけおろした。

「なにか用か」

「もうじき、ビルのロビーで帰宅困難者の受け入れを始めます。失礼ですが、車の移動をお願いします」

「うるさいんだよ」

警官の表情が強張った。

「免許証を」

「今、忙しい」

「聞こえませんでしたか？　免許証を。嫌なら署で話を聞きましょうか」

あとでかけ直す、と男は電話を切った。

舌打ちしながら、免許証を警官にさし出す。

「あなたも都内の状況はご存じでしょ。こんな所に車を停めてもらっちゃ困るんですよ」と、男の名前と住所を確認した警官が免許証を突き返す。

「都内の事情がどうのこうのと言うなら、お前こそもっと他にやることがあるんじゃないのか」

返された免許証をコンソールの小物入れに投げ込んだ男は、エンジンをスタートさせた。

東京都　千代田区　永田町二丁目　総理大臣官邸内　危機管理センター

一から十まで桐谷に加勢する玉村財務大臣と木野経産大臣、いつも黙って聞いているだけの上村外務大臣と江口農林水産大臣、そして、強硬派と迎合派を取り持つ役回りの山本国土交通大臣、つまるところ、揃(そろ)いも揃ってマトリョーシカ人形とたいして変わらない。

それでも会議は進む。

閣僚たちの質問に広瀬が意見を述べ、壁際に控(ひか)えたままの文月がその根拠となる資料を気づかれないように広瀬のｉＰａｄへ送る。

国会の委員会と同じ手筈(てはず)で、ずっと内閣府で議論してきた洪水対策をぶつけているのに、道州制による地域主権政策にこだわる桐谷たち顧問団の壁は厚かった。

「で、どうなんだ」「なるほど」「君たちはどうしたい」「そんなものは論外だ。他には」と、閣僚たちは官邸や内閣府のスタッフから出された案を評価するだけというスタンスだ。

文月は乱暴にパイプ椅子の背もたれに身を預けた。

加藤が額に指先を当てる。

「企画官。こんなときの教訓として覚えておきなさい。時間が切迫した中で重要な合意を形成するとき、集団浅慮が起きると誤った判断と決定に導かれてしまう。さらに皆が同じストレス下に置かれていると、集団内で事を荒立てない方がよいとのプレッシャーから集団思考が発生する。集団は『あやしげな決定』を、現実的でよい結果をもたらす選択肢だと誤解し、それを全員一致の結論だと想定してしまう。ある者が批判的な考えを持っていても集団思考に飲み込まれ、意見が一致するはずだという決めつけは、不同意の沈黙を無視してしまう。桐谷教授に引きずられるこの場は、まさにそんな状況だ」

「そんな他人事（ひとごと）みたいに言わないでください。会議に間違いがあっても、正しい方向へ導くのが私たちの役目でしょ」

文月の不機嫌など、どこ吹く風の加藤がスーツの肩についた埃（ほこり）をつまんでいる。

「我が子に人の道を説くのと同じです。様々な考えを持つ者がいるから、難しいのは正しい道を示すことではなく、それがなぜ正しいかを納得させることです。我々、官僚の仕事の九十五％は調整ですよ」

「こんなときに調整なんて呑気（のんき）なこと言ってる場合ですか」

「これは政治ですよ。閣僚たちの合意がなければ万事は進まない。その覚悟は」

「また私ですか」

「もちろん」

まったく頭にくる。

文月は口を尖らせた。

「うまくいくときだってあれば、そうでないときもある」

「この交渉に失敗したら、明日、日本が米国から攻撃を受けるというときに、うまくいかないこともある、なんて考えます？」

突然、加藤が時代錯誤のたとえを口にする。もしかしてこのオヤジ、毎朝、旭日旗に一礼してから登庁しているんじゃないかと思ってしまう。

「私は野村吉三郎じゃありません」

「あなたが彼と違うのは、あなたが女性だということだけです」

「私は外交官じゃないし」

文月は冷めた言葉を返す。

「内閣府の企画官であろうと外交官であろうと、国を背負っている責任は同じ」

今度は筋論できた。

あれもこれも噛み合わない。

——そもそもどうして、七十年も前の日米交渉の話になるわけ。いったいこの人のどこが切れ者なの。

そのとき。

「輪番停電がうまくいってないだって！」

突然、桐谷の声が文月の頰(ほお)を張る。

文月は我に返った。

今、文月がいるのは人々が救いを求め、夫が危険に晒(さら)されている荒川ではなく、混乱渦巻く危機管理センターだった。

「準備に遅れが生じています」

ずっと桐谷の横に控え、値の張りそうなスーツを着込んだ顧問団の一人が冷ややかに報告する。ようやく文月は彼のことを思い出した。速水正博。米国の大学でＭＢＡを取得したあと外資系の証券会社を経て経営コンサルティング会社を立ち上げ、最近ではＢＳ番組のコメンテーターも務める社長だ。

「遅れ？」

「短時間に実施しようとしたため、周知の方法や区割りを巡(めぐ)って混乱が生じています。さらに、計画的とはいえ急な停電を強(し)いられる各方面から反発が起きています」

「木野経産大臣。そうなんですか」

桐谷が木野を向く。

「聞いてないよ」

鉄道へ電力を供給するための輪番停電は、十四時三十分に開始される予定だったが、まにあいそうもない。東電の発表が性急すぎたため周知不足による混乱が相次いだ。停電実施までの周知や準備期間が一時間もない慌ただしさだったからだ。

「埼玉県の宮沢(みやざわ)知事、千葉県の鈴木(すずき)知事から、被災地での停電実施措置を除外して欲しい旨(むね)の要請が何度も来ています」

それだけではない。

洪水に襲われた三区を除いた東京都区部の停電地域を事務的に決定した結果、インターネットを通じて大量の抗議があったほか、複数の区長が公式に記者会見を開いて、東京電力を非難した。

「東電の見解は」

「電車の運転再開を優先するためには、輪番停電を継続すべきと」

「それは、都があいだに入って調整すべき話じゃないか」

玉村財務大臣はいかにも迷惑そうだった。

そうじゃない。今すぐに、現場の指揮権を官邸に移すべきだ。

「各電力会社の出力増加は」

「実施中ですが、やはり電気を送る送電網の復旧に手間取っています」

さっきまでダンマリを決めていた閣僚たちのあいだで、ようやく「どうすればいいのか」というやり取りが始まる。ところがそれはそれで上村外務大臣、江口農林水産大臣、山本国土交通大臣などは継続すべき、長津田官房長官、玉村財務大臣、木野経産大臣などは中止すべきだと主張して議論がまとまらない。

「桐谷教授。どうすべきかね」

結局、畠山は桐谷に面倒を投げる。

しばらく黙り込んだ桐谷が、何度か速水と目を合わせる。

「我が党の知事からクレームが入っているなら事を荒立てたくない。それに、道州制による地域主権を推し進める政府が、知事の意向を無視すれば政策の整合性と一体感が失われます。もう一つ。輪番停電を強行したところで、洪水にビビっている鉄道会社に運転を再開する気はないんでしょ？　やむを得ませんね」

ついに桐谷の判断で、『首長の意向を尊重するため』と、輪番停電を取りやめる指示が出た。

「しかし、重点的に給電ができないなら、鉄道の運転再開どころか、排水作業に必要となる電力も足りません」

輪番停電の意味はむしろ洪水対策だ、と広瀬が食い下がる。広瀬や文月は、ドミノの牌が百個あれば等しく丁寧に並べようとするが、桐谷たちはご贔屓の牌だけが立っていれば、残りの九十九個は倒れようが関係ないらしい。

「取りやめるとは、もう一度検討してから結論を出せ、という意味だ」

少なくとも、輪番停電を取りやめた場合、鉄道の運転再開にどのような影響が出るのか、東電の責任者と直接話す必要があるはず。

「私が東電と話そう」

すぐに東電の対策本部との中継が繋がった。

「なぜ私がここにいるか、わかっているよね」

開口一番の桐谷の居丈高な態度に、文月は腰が抜けそうになった。

モニターの向こうで東電の担当者たちが顔を見合わせる。

桐谷は、勝手に相手を格づけし、格下と判断した者に「いったいなんのために俺がここに来たと思っているのだ」というブラフをぶつけている。

目を丸くした対策本部長が「承知しております」とうなずく。

なら話は早いと、桐谷が本部長にすごむ。

とにかく恫喝が好きな男だ。さぞかし、彼の研究室の学生は大変だろう。

「首相はまだ輪番停電を許可していない」

（お言葉ですが、先ほど……）

「状況は刻々と変わっている」

（こちらにも各方面から給電の要請が来ております。鉄道の運転再開が最優先なのかどうか、どのように判断すればよろしいのですか）

「そっちで考えろ。そもそも竜巻程度でこんな深刻な事態を招いた責任をどう考えている」

（我々としては最善を尽くしております）

「最善？　なにをもって最善というのかね？」

（ですから）

「嫌なのか？」

（はっ？）

「政府の指示に従えないというのか？」

また、だ。

（電力事業者として利用者への責任も考えなくてはなりません）

もういい、と桐谷が机を掌で叩きつける。

「四の五の言わずに取りやめろ。ただし、洪水対策と鉄道の運転再開に必要な電気は必ず確保しろ。グズグズ言ってると一般電気事業者の認可を取り消すぞ！」

捨て台詞とともに、桐谷が一方的に東電と繋がるテレビ回線のスイッチを切った。

モニターが暗転する。

畠山首相が安堵の息を吐き出す。

「……おかしい。なにか変だ」

文月の横で加藤が突然、独り言をつぶやいた。

加藤が初めて見せる厳しい表情を浮かべている。

危機管理センター　前廊下

廊下に出た加藤はポケットに手を突っ込み、壁にもたれかかった。

速水の恫喝、桐谷の強硬な方針、そこにある真意とは。

加藤はスマホを取り出した。

（もしもし。柳沢です）

「久しぶりだな。加藤だ」

（加藤さんですか。これはこれは。ご無沙汰しております）

加藤が呼んだのは、かつて警視庁から内閣情報調査室に出向して調査官を務め、現在は警視庁公安総務課に戻っている柳沢だ。

（加藤さん。今、どちらに）

「官邸だ」

えっ、と柳沢が言葉を飲み込んだ。

（もしかして、災害対応で）

「そうだ。それより大急ぎで調べて欲しいことがある。頼めるか」

しばらくの間があった。

(他ならぬ加藤さんの頼みですからね。なんなりと)

「畠山政権の桐谷顧問団を知っているか」

(もちろんです)

柳沢の声が曇(くも)った。

「なら話が早い。彼ら全員の過去、思想、人間関係、すべてを調べてくれ」

(期限は)

「一時間だ」

柳沢の声が真剣なものに変わる。

(そういうことですか)

「無理は承知だが、一刻を争う。頼めるか」

加藤はスマホを握る手に力を込めた。

(お任せください。整い次第連絡します)

「すまん」

電話を切った加藤は、センターの入り口に目をやった。

文月の出番がくる。

それも想像以上に厳しい状況で。

東京都　千代田区　永田町二丁目　総理大臣官邸内　危機管理センター

加藤が戻ってきた。

「企画官。私からの二つ目の教訓だ。あなたはアンカリングについて考えたことはありますか」

席に腰かけると、いきなり加藤が問いかける。しかも、やけに機嫌が悪い。

「アンカリング?」

「そうです。最初にくだした判断に、あとの判断がずっとしばられる現象です」

「その話がここで重要ですか」

「だから訊いている」

「色々アドバイスを頂くのはありがたいですけど、そもそもあなたはそれを体験されたのですか」

文月は思いっきり皮肉を込めた。

「もちろん」

「失礼ですが、どこで」

「福島です」

文月は息を飲んだ。

「福一の事故の際、水素爆発や放射性物質が漏れる恐れが明らかになっても、政府が現実を認めにくかった背景には心理的な『アンカリング』、つまり、最初にくだした判断に、あとの判断がずっとしばられる現象があったのです」

つまり、と加藤が息を継ぐ。

「リスクを過小評価していた政府は、圧力容器の深刻な事実が明らかになっても、それまでの経緯に引っ張られて、まだなんとかなると楽観的に考えてしまった。追い込まれた人間が陥(おちい)りやすい心理状態です」

「日本の首相たちがそれでは困ります」

「閣僚である以上、常に自己の過ちと真摯に向き合い、必要ならただちにミスを認めて方針を修正すべきと？」

「もちろんです」

「おいおい。政治家に聖人君子のイメージを求めているなら、その幻想はお捨てなさい。彼らが政治家であるのは、選挙に勝ってから負けるまでの間だけ。政治家でいる間は、新橋の居酒屋で部下から愚痴を言われる立場ですが、政治家になる前と後は、ジョッキ片手に愚痴を言い合う立場。その違いだけです」

「さっきからあなたはどうして、そんな話を私にされるのですか」

「もうじき、目の前の閣僚たちはアンカリングのせいで身動きが取れなくなる」

　加藤の予言はなにを意味するのか。

　そのとき、なにやら、桐谷がじっとモニターのニュース映像を見つめていた。

彼が見ていたニュースは、洪水対策で待機させていた部隊を、政府が竜巻被害の対策へ向かわせた事実をスッパ抜いている。さらに、堤防の補修工事を途中で打ち切ったことが洪水の原因となり、多くの人命を奪ったと政府の不手際を激しく責めていた。

　その横で畠山と長津田が憮然としている。

「桐谷君。このニュースは、さすがにまずいんじゃないか」

「我々の大志のためには多少の障害は乗り越えなくてはなりません」

「しかし、ニュースが伝えるように人命が失われたのは事実だ。君は顧問として、もっと臨機応変に対応してもらわないと困る」

畠山の声にみるみる怒りが満ちてくる。蜜月関係の二人が珍しく言い争っている。

「失礼だが、ではあなた方にできるのですか」

なんだって、と畠山たちが気色ばむ。

「言うだけなら簡単です。しかし、畠山政権にはそんな人材も能力もないでしょ」

桐谷が冷めた目を閣僚たちに向ける。

「だから萬谷顧問は私に任せ、それを受けた私はすべての泥を被ってるんですよ」

桐谷の強弁に、畠山たちの威勢がみるみるしぼんでいく。

立ち上がった桐谷が、右手でスーツの乱れを整える。

「報道規制と引き換えに、洪水を招いた都の責任を問えるニュースソースを渡す。東京都建設協会への移動命令に対して、その合理性を検討せよと指示していたのに都がそれを失念していた。同時に、すでに政府は高島危機管理監に混乱の責任を取らせたという内容です」

「都が反発するぞ」

「織り込み済みです」

長津田の懸念に速水が平然と返す。

「放っておけばよい。文句を言う奴がいたら潰すだけです。洪水への対応は我が党の基本政策に則って自治体と国交省に一任していたということで押し切ります」

桐谷と速水の凄味に押された会議が、一度休憩を入れることになった。

突然、目の前の広瀬が立ち上がった。無愛想に、「ちょっと失礼します」と告げた広瀬が、なにごとかと驚く周囲の視線を無視してセンターを出ていく。

すっと加藤まで立ち上がる。

わけもわからないまま、文月も慌てて二人のあとに続く。

センターを出ると、無言の広瀬が別室に入っていく。

加藤に続いて文月が駆け込むと、後ろ手の広瀬が室内を歩き回る。

ドアの横に立つ加藤が、その様子をじっと見つめていた。

「なぜ彼らは都や東電、そして我々を敵視するのでしょうか」

広瀬が苛立った声で語尾に力を込めた。

「周りに対して『自分の方が公正だ』と信じているからです」

「災害対応への責任では、都も東電も共同体なのに」

「同じ責任を背負っているからこそ、身内への好意と他者への敵意の落差はとんでもなく大きくなる。危機のときだからこそ、桐谷たちは仲間意識を高め、身内には好意的で偏好を見せるが、他者に対しては排斥し、見くだそうとする」

「そこは首相が筋を通すべきじゃないですか。彼は一国の長ですよ」

「無理ですな。顧問団は首相が連れてきた。つまり、自己と同一視する者は身内びいきによって、より好ましく見えてくる」

「閣僚たちは一心同体だと」

「畠山たちはそう考えているでしょう。でも、桐谷と速水はどうかな」

加藤が肩をすくめる。

立ち止まった広瀬が右手で腰をポンと打った。

「どうすれば？」

「おわかりでしょう」

はっ、と悪態に似た息を吐き出した広瀬が再び歩き始める。

何度も髪の毛をかき上げ、胸の前で腕を組み、檻に入れられたシロクマのように広瀬が室内をグルグル回る。

「お待ちください」

文月にとって初めて見る広瀬の動揺と困惑だった。

再び立ち止まった広瀬が、文月に伸ばした右手の指を鳴らす。

「文月。関東地方整備局の二瀬ダム管理所を緊急無線で呼べ」

「お待ちください」

内閣府専用のホットラインを経由して文月は事務所を呼んだ。

「加藤さんは聞いていてください」

広瀬が専用回線に繋いだスマホのスピーカー機能をオンにした。

(はい。関東地方整備局。二瀬ダム管理所です)

すぐに相手が応じる。

「もしもし、私は内閣府の広瀬政策統括官だ。武藤所長はいるか」

お待ちくださいと、先方が無線を替わる。

(武藤です)

「忙しいときにすまん。時間がないから単刀直入に訊く。そちらの状況は」

(よくないですね。ダムへの流入量が減りません)

武藤が躊躇なく言い切った。

「そうか……。なら所長、一つの可能性として教えて欲しい。今できる最大の洪水調整方法は」

（この雨ですからね。下流へ流す水量を最大で約九割低減し、堤防などの損傷の拡大を防止すべきでしょう）

「なるほど」

（ただ、堤体には大きな負荷がかかります）

「現在の最大流入量は」

（毎秒、約千七百トンと予想されます）

「二千近いわけか。厄介だな」

（どうでしょう。サーチャージ一杯まで水を貯める覚悟で、思い切って放流量をゼロにしてみては。おそらく、これで岩淵水門の観測地点で、水位を一・五メートルは下げられるはずです）

「ただし、所長が言うように堤体に大きな負担がかかる」

（大丈夫です。日本のダムはそんなやわじゃない。なによりも、荒川流域だけで何百万人もの人々が住んでいる。我々はできる限りの洪水調節で、その人たちの命を守らねばならない。ただ、局からの指示がありません）

「指示がないのは局の問題ではなくて、こっちの問題だ」

（こちらから局を通じて官邸に確認してもらいましょうか）

「ダメだ。確認して、動くなという指示が出れば君の対策を実施できなくなる。それだけじゃない。確認したことでかえって、国交省に任せるという指示を受けてしまえば、それはそれで官邸の思う壺だ」

（なにか、そちらでトラブルでも？）

「もっと情けない話だよ」

スマホを手に広瀬が考え込む。

「所長。もしもの話だが……」

そこで、広瀬が次の言葉を躊躇した。

(無断でサーチャージ一杯まで貯水していたことが知れれば、最低でも私の首は飛びますね)

武藤が即答する。

「最悪、懲戒免職で退職金はゼロ。つまり今までのキャリアをドブに捨てることになるかもしれん」

(懲戒免職ならハローワークに登録しても再就職は難しい)

「そうなったらどうする」

(田舎(いなか)に帰って畑をやります。それはそれでいい人生でしょ)

電話の向こうで武藤が笑う。まるで、これから新橋で一杯やるかのように楽しげだった笑い声が、やがて静かだけれど凄味のある沈黙に変わっていく。

スマホを握った広瀬が目を閉じた。

文月がまだおよばない世界がある。

(統括官。それでも一つ残るものがあります)

「と言うと」

(治水管理者としての誇りです)

「頼めるか」

(お任せください。準備はできています)

それからもう一つ、と武藤所長がつけ加える。

（この電話はなかったことにします）

「馬鹿野郎！　そんなことしたら、ぶっ殺すぞ」

（今度、そっちで一杯おごってください。それじゃ）

笑い声を残して武藤が電話を切った。

広瀬が天井を仰ぎ見る。

あの、と文月は声をかけた。

「お前はなにも聞かなかったんだ」

広瀬がスマホを内ポケットにねじ込んだ。

「でも、それでは……」

「文月。役人にはそれぞれの立場で職責がある。これは俺の問題で、お前が首を突っ込むレベルではない」

「私では力不足ですか」

「お前の出番はまだだ」

東京都　千代田区　永田町二丁目　総理大臣官邸四階　特別応接室

ゴージャスなテーブルをはさんだソファで桐谷と速水は向き合っていた。

「やけにこの部屋は蒸し暑いな」

桐谷がぼやく。

「教授。予定どおりに会議を進めて頂きたい」

背もたれに寄りかかった速水はネクタイを直す。

「私の理想を実現するためにかね」

「私たちのです」

言葉に気をつけてくださいよ、と速水は指を一本立てた。

「我々の理想を実現するため、教授には最大限の援助を約束する。ただし、決して忘れないように。道州制を実現し、今までにない政治家、政党によってこの国を導くためには固い意思と信念が必要だ」

「しかし、今回の災害は想定外だった。畠山政権の限界が露呈してしまう」

教授の表情が曇る。

「もはや彼らに期待するのは無理です。これからというときに災害に見舞われるとは、ある意味彼らはついていていなかった」

「どう後始末をつけるつもりだ」

「今回の不始末は連立民主党の問題ではなく、畠山と長津田の個人的な資質の問題だと国民に印象づけます」

「どうやって」

「まず根拠もなく二人を持ち上げたニュースを流し、間髪を容れずに真実を暴いたニュースで落とす。その後、立て続けに失態を演じさせれば二人の無能さだけが強調される」

「一寸の虫にも五分の魂と言うぞ。少しは彼らの言い分を聞いてやってもいいんじゃないか」

「自分がどこへ行くのかさえ知らない者に道を訊いても仕方ない」

速水の冷酷さに、しばし桐谷が黙り込んだ。

やがて。

「そこまで言うなら、この災害をとことん利用しよう。二人だけでなく都と区、警察、自衛隊などの無能さと限界が強調され、彼らへの信頼が失われれば、国民はどの色にも染まっていない指導者を自然と求めるようになる」

「官僚たちへの失望が必要なこともお忘れなく」

速水はつけ加えた。

桐谷が真顔で応じる。

「しかし文月は手強そうだ」

「いやいや。決まりごとの中でしか生きられないただの官僚です」

「一つも馬鹿をしないで生きている人間は、自分で考えているほど賢明ではないということかね」

「教科書どおりの対策を立案することには長けていても、所詮は優等生の仕事。修羅場を知る我々とは違う。官僚の思いつくことなどすべてお見通しだから、根底から崩してやる。彼らの心を折るのは簡単なこと。自信をずたずたにしてやればよい。そうすれば二度と立ち上がれない」

「しかし、ここへ向かう車で報告を受けたが、文月が準備していた洪水対策は、正直、見事だと思う」

「これからボロが出ますよ。次々と起こる想定外の出来事、迷走する官邸、ところが判断に許されるのはわずかな時間だけ。緊迫した状況への裁きと決断など、所詮宮仕えの身でしかない文月にできるわけがない。見てなさい。途中で泣き出すか逃げ出しますから」

それより、と速水は桐谷に念を押す。

「最後まで、閣僚や官邸スタッフに考える余裕を与えないまま押し切って欲しい。それがあなたの仕事。私は黒子に徹します」

十五時二十分

東京都　墨田区　八広六丁目地先　荒川右岸　四ツ木橋

急速に天候が回復し始めた。午前中の荒天が嘘のように雨が上がり、一転、雲の切れ間から照りつける強烈な陽射しの下、呼子笛が鳴り響く。

和也たちは四方を水に囲まれて孤立したままだ。

国道6号線には着の身着のまま、命からがら周辺から押し寄せた一万人近い人々が溢れている。途中、水に浮かぶ何体もの死体のあいだを抜け、動けなくなった人を見捨てなければならない地獄を見てきた人々。政策実現という妄想の犠牲になった人々だった。

もはや水防団にはどうしようもない。

「通してください」「どいてください。水防団です!」

洪水を逃れて葛飾区へ脱出しようと四ツ木橋に押し寄せる群衆をかき分けて、団長以下、和也たちは橋の西の袂にようやくたどり着いた。

そこは、まるで戒厳令下の街を思わせた。

橋の手前はバリケードで仕切られ、その奥ではパトカーが道を塞いでいる。堤防の上の道路には赤色灯を回転させたままのパトカーと消防車が列をなしている。白地に青緑のラインが入った機動隊の輸送車から応援の機動隊員が車をおりる。

　墨田区の旧中川と北十間川から北の約六・八平方キロの地域が水没しているため、緊急車両が仮に西から隅田川の橋を渡ることができても、ここまで到達することはできない。越流箇所を大至急復旧するには四ツ木橋を使うしかない。

　バリケードをはさんで避難民と数百人の機動隊員が睨み合う。葛飾区側から車両が到着したときだけバリケードが開けられる。そこへ殺到する避難民が押し返され、強制的に排除される。怒号が渦巻き、クラクションが鳴り響く。

「橋を渡らせろ！」「ダメです」「お前ら政府はなにもしないじゃないか」

　横一列になった機動隊員が、盾で避難民を押し返す。

　人の波が揺れる。

「狂ってる」誰かがつぶやいた。

　その向こうでは、竜の背中のようにうねる荒川の流れが橋を押し流さん勢いで襲いかかり、橋全体が水没しかけていた。そんな四ツ木橋を決死の覚悟で緊急車両の列が渡ってくる。襲いかかる波に、流されて落橋しそうになる車体を懸命のハンドル捌きで立て直す。波を被ったワイパーが壊れたように左右に振れている。点灯したヘッドライトの灯が霞む。

　いつ、どの車が流されても不思議ではない。それでも彼らの勇気が橋を渡ってくる。

　蛇行しながら進む車列は、ときに水煙の中に消えた。

　彼らも命を懸けている。

　和也たち水防団は、橋まで戻ってきたものの、なにをすべきなのか次の指示がない。消防署に連絡を取りたいのに、まるで電話が繋がらない。電話が混み合う『輻輳』状態がずっと続いている。

「電話は全然ダメだ」

「誰かが回線を絞ったな」

和也の周りで、スマホを掲げた団員が困り顔で眉をひそめる。

通常の電話は安定した通話を保つために、一つの回線を占有する『回線交換』という仕組みを取っている。そのため、通話が集中すると回線が不足して繋がりにくくなり、最悪、システムがダウンしてしまう。これは東日本大震災のとき、世間に知れ渡ったトラブルだが、今がまさにそうだった。

「嫁さんが、家の固定電話が使えないから、このあともＬＩＮＥで連絡をちょうだいって言ってきたよ。帰りてえな」

相棒の団員がぼやく。

停電のせいで、コンセントから電源を取っている電話やＩＰ電話は使えなくなっているに違いない。

つまり、事態はどんどん悪くなっているということだ。

「おい。なんかネットも反応が鈍いぞ」

ほんの一時間前までに比べて、ネット回線の反応が鈍くなっている。画像が時々フリーズしたり、メールの送信に時間がかかるようになった。音声通話より輻輳が起きにくいはずが、停電で基地局にトラブルが生じたのか、使用量が急激に増えて回線が混雑しているのか、はたまたサーバーに障害が起きたのだろうか。

情報網の脆弱さが顕在化している。

「あまりスマホのバッテリーを使いすぎるなよ。この状況だと、どこにも充電できる場所はなさそうだ」

　避難するためにはどこへ向かうべきか、どの経路で行けばよいのか、四ツ木橋一帯は地理的にも情報の上でも孤立していた。

「あんたたちは水防団か？」

　機動隊員が駆け寄ってくる。

　団長が前に出る。

「そうです」

「助かった。避難民を押し戻すのを手伝ってくれ」

　疲労困憊（こんぱい）した顔がこちらを向いている。

「そんなこと言ったって。我々は警察じゃないですよ」

「このありさまを見てみろよ。非常事態だ。文句を言っている場合じゃない。一人でも応援が欲しい」

　恐ろしく殺気立っている。こちらの返事も聞かず、手招きしながら隊員が怒声の飛び交う非常線に戻っていく。

　まさかこんなことが起こるなんて。これだけあらゆるものが揃った日本で人々がうろたえている。

　和也は目の前の光景が遠いものに思えてきた。東京で災害が起きていることも、自分がそれに巻き込まれたことも。これって現実なのか。本当は今頃、家にいるはずだったのに、自分は洪水が起きた橋にいて、祐美は官邸で缶詰になっている。

『首相官邸公式アカウント』の政府発表は、すべての対策は都と区が決めると伝えている。どこかおかしい。祐美の話だと非常時に政府はもっと主導的であるはずだ。ということは、官邸でなにかが起こっているのかもしれない。

あいつ、大丈夫かな。

目の前に避難民が溢れているのに、自分たちがその面倒をみなければならないのに、つい、妻のことを考えてしまう。

官邸で独り、八方塞がりになっていないだろうか。一見気が強そうに見えるけど、実はそうでもない。時々、やっぱり自分がいてやらないと、と思うことがある。仕事で力になってはやれないけれど、そばにいてやらねばと思うことがある。

殺気立つ避難民の中に子供を抱いた母親の姿が見えた。両手でしっかり我が子を抱き、小さな額に頬を押しつけてなにかを祈っているように見える。このとき、この場所にいたというだけで悲劇に巻き込まれた親子が痛々しい。

ふと和也は亮太が生まれたときのことを思い出した。

陣痛室のベッドで横になっていた祐美。だんだん陣痛の間隔が短くなり、初産（ういざん）だったこともあって不安を隠せない彼女の手を和也はずっと握っていた。

陣痛のたびに和也の手を握る力が強くなる。

和也も握り返した。

あのとき、和也は初めて『夫婦』の意味を悟（さと）った。

恋人同士のときは、手が触れ合っただけで心がときめいた。

なにをしても楽しくて、次に会う日が待ち遠しくて仕方がなかった。

でも、結婚してからは、そんな感覚はなくなっていった。

代わりに祐美の手の温もりを、なによりかけがえのないものと感じるようになった。

恋愛は夢。

結婚はそうじゃない。もっと静かで穏やかだけど、深いもの。

日々の思い出を一つひとつ、丁寧に積み重ねていくもの。

それを教えてくれたのは祐美だった。

東京都　千代田区　永田町二丁目　総理大臣官邸内　危機管理センター

都心の混乱が増している。洪水だけじゃないはず。今、都内でなにが起きているのか、文月はツイートで現状を確認していた。


『上野駅辺りから発信されたツイート』

〈今は近くの公園で、職場の仲間と様子を見ています〉

〈電話は繋がらず、メールやＬＩＮＥ、ツイッターも調子が悪い〉

〈会社指示なので、早く帰ろうと思ったけど肝心の電車が動いてないぞ〉

〈家まで40キロあるけど、とりあえず本郷方面へ、そして新宿駅を目ざします〉

〈外は蒸してメチャクチャ暑い。でも周りは歩く人でいっぱい。みんな辛そう〉

〈上野広小路から飯田橋へ。途中、何軒か寄ったコンビニに食べ物はほとんどなかった〉

〈スマホでＬＩＮＥやツイッターを定期的にチェックして、電車の運行情報を探しつつ歩いてま

す〉
〈牛込神楽坂を通る頃、メトロが運転を中止すると発表した〉
〈歩くうち、多摩ナンバーの車を見つけたのでヒッチハイクしてやろうかな、なんて考えたのですが、道は大混雑していて歩いているほうが早かったので断念〉
〈新宿に着く頃、ツイッターでは鉄道の運転再開が何時になるかわからないとのこと〉
〈今さら会社に戻っても仕方ないから、このまま歩いて帰ります〉

『外苑前から発信されたツイート』

〈南青山3丁目の交差点辺りで、タクシー待ちをしたり、開いているカフェを探してうろついたりしていましたが、一向に埒があきません〉

〈渋谷へ行けばなんとかなるかもしれないと思い立ち、都バスの行列に加わりました〉

〈満員のバスがくるたびに、行列は少しずつ前に進みますがとにかく暑い〉

〈ムチャ暑い〉

〈そのうち「銀座線が動き出すらしいぞ」と誰かが叫ぶから、走って地下鉄に鞍替えしました。押し合いへし合いしながら階段をおりて、スシ詰めの改札口に並んでいます〉

〈「いつ動くんだよ」と怒声が飛んでくる〉

〈すぐ後ろで気分の悪くなった女性がうずくまった〉

〈どこかで「割り込むな！」と喧嘩が始まる〉

〈ネットで確認したら真逆で、運転を中止するらしい〉

〈やっぱり諦めて歩きます〉

都内に、〈鉄道の運転が再開した〉〈鉄道の運転は当分不可能〉〈隅田川でも洪水が起きそうだ〉〈墨田区が全滅した〉といったデマも広がっている。

どうやら、首都圏の鉄道情報などを発信しているツイッターアカウントなどで、悪質なツイートや動画が拡散しているようだ。

テレビでは全チャンネルが特集番組を組み、この世の終わりかのごとく深刻な表情のコメンテーターが不安を煽る。

センターのサブモニターには、全チャンネルの放送が流れているが、どれも洪水の状況と東京駅、新宿駅、四ツ木橋などの定点カメラの映像を流し、時折、街頭からの中継が入る。

渋谷駅の状況を伝える映像の中で、スマホを見るために立ち止まった男が、後ろから突き飛ばされた。

「ノロノロしてんじゃねーよ」と若者に殴られる。

その横を人々が無関心に通りすぎる。

誰もが喧嘩の仲裁どころではないらしい。

駅前で取り残されつつある人々は、駅で待つか、タクシーを拾うべきか、徒歩で家を目指すしかない。その迷いが帰宅困難者のイライラを募らせ、洪水の情報が狼狽を加速させている。

災害に巻き込まれた人々に救いの手がさし伸べられていない。

もちろん、警察や消防、自衛隊は懸命に動いている。大半の人々は冷静に行動し、助け合ってくれている。

四ツ木橋だけじゃない。都内はどこも混乱が深刻化し始めている。停電、水害、帰宅困難者。

早く手を打たないといけないのに、センターの連中は茹でガエルよりもっと鈍感だった。

「おい。どうした、この報道は。取引はどうなった。これじゃ世論操作なんかできやしない。こいつら危機を煽るだけじゃないか。我々の努力をなぜ伝えない。それがパニックを抑えることになるのに」

サブモニターを指さす畠山に、長津田官房長官が反応する。

「各社に報道を自粛するようにもっと強く要請しろ。危機管理監はどこへ行った」

呆れ顔さえ忘れた様子の官邸スタッフたちが天を仰ぐ。

「桐谷教授のご命令で、この場を外しました」

広瀬の返事に長津田が舌打ちし、桐谷はそ知らぬフリをする。

「首相。関東放送の高瀬社長に電話しましょう」

速水を呼んだ桐谷が、その耳元でなにか告げる。小さくうなずいた彼が、タブレットになにかを打ち込む。

「速水君。交換条件を出したはずなのに、なぜマスコミは言うことを聞かない」

畠山は不機嫌だった。

聞こえぬフリなのか、速水は平然と横を向いている。

「マスコミの報道など、今は忘れてください」と広瀬が畠山を諭す。

「世論はマスコミが作るんだ」

「ですから首相……」

「広瀬統括官！」と桐谷が広瀬を遮る。

いかにも不服そうに広瀬が頬を膨らませた。

左手を肘かけにのせた桐谷が首を傾げる。

「君は島田内閣人事局長を知っているか」

島田忠雄とは連立民主党の衆議院議員で、各省庁の審議官級以上の幹部人事を決定する内閣人事局の局長だ。

「今度、彼と食事をする」

「おっしゃる意味がわかりません」

「この政権はまだ三年続く。つまり、そんな機会は何度でもあるということだ」

獲物を罠に追い込む桐谷の策は、ハイエナ並みに巧妙だ。

じっと、桐谷と広瀬のやりとりを見ていた加藤が、「出ましょう」と文月をセンターの外へ誘う。

「ちょ、ちょっと、どういうことですか」

「ぐずぐず言わずにいらっしゃい」

加藤がさっさと扉の向こうへ消えていく。この非常時になにを考えてるのかしら、と文月はセンター内の視線を気にしながらあとに続く。

加藤が振り返る。

「桐谷は畠山政権を完全に見切っている。では、彼が政権の顧問であり続ける理由は」

「それって、今、必要ですか」

「時間がない。統括官にもあなたにも」

また禅問答が始まった。

「急に言われても」

文月は広瀬が独りで残っているセンターが気になって仕方がない。

「考えるのです」

「なにをですか」

「桐谷の真意を。連立民主党の政策にこだわる割には、閣僚たちを軽んじる理由。都や東電、そして我々を敵視する真意はなにか」

「加藤さんがおっしゃったように、『自分の方が公正だ』と考えているからだと思います」

「浅い。浅すぎる。政治の思惑、人の表と裏、群れの中で生きていくために、あなたはもっとしぶとく、したたかでなければならない」

「そんな手練手管に興味はありません」

「ふざけるな！」

加藤の顔色が変わった。

「あなたには、さっきから私への反発しかない。文月企画官。あなた、なぜ行政官を志したのですか」

「私にだって、行政官としての夢があります」

「夢？　それは結構。でも夢を実現するには走り続けなければならない。あなた、よそ見しながら走ってませんか？」

「なぜそこまであなたに言われなくちゃならないの。今日まで私は一生懸命やってきました」

加藤に一々言われなくたってわかっている。

内閣府に入省したときは、国のために働くと強く思っていた。その気持ちは今も変わらない。

でも、入省して十三年。一事が万事、根回し、調整、事前説明、一つのことを決めるのに、その百倍の労力を必要とする霞が関の現実に疲れているのも事実だ。

　役所独特の仕事のやり方が悪いとは言わない。だって、国の施策である以上、万に一つでも過ちがあってはならないから、関係者の意見を聞き取り、修正し、了解を得る作業は必須だ。でも人間関係の色々が面倒臭くてたまらない。人それぞれの性格、考え方、好き嫌い、それらが障害となってスムーズに事が進まないのは日常茶飯事だ。はっきり言って、メチャクチャ煩わしい。

「私だって、いつも笑って仕事をしていたい。でもそんな日なんて、一年に一週間もない。月曜から木曜は明日のことで悩み、金曜は来週のことで憂鬱になります。それでも懸命にやってきました」

　自分にはどうしようもない現実に突き当たり、足踏みし、ときに撥ね返される日々に、くたびれかけた自分がいる。最近は登庁するのに化粧すら適当になった。

　でも……。

「あなたになにがわかるっておっしゃるんですか！」

　ムキになった文月の顔を加藤がのぞき込む。

「ただ一生懸命だけでは足りない」

「なにが足りないっておっしゃるんですか」

「最後まで逃げない勇気です。これが私からの三つ目の教訓で、かつ最も重要だ」

東京都　西新宿　ＪＲ新宿駅周辺
　停電が続くのは大田区、世田谷区と杉並区を除く東京区部、さいたま市から所沢市にいたる埼玉県南部、野田市、市川市、船橋市から千葉市にいたる千葉県北西部だが、電力供給が不安定になっている茨城県などの近隣地域も含めて、市民生活に大きな影響が出ていた。

洪水対策と鉄道の運転再開に対処するため、と発表された輪番停電が突然取りやめになった。そんな中、ついにすべての私鉄が不安定な電力供給と洪水の影響を考慮して、翌朝まで運転再開は行なわないとの判断をくだした。

なにがどうなっているのか、都民のあいだに憤りが充満していく。

東日本大震災を契機に、平成二十四年に東京都が制定した『東京都帰宅困難者対策条例』の前提が崩れようとしている。

そのきっかけは官邸の三つの判断ミスにある。

第一に警察、消防などを竜巻被害の復旧に回したことで洪水対応が遅れただけでなく、都内の混乱を増長させたこと。第二に、都民に十四時三十分に鉄道の運転が再開されると思わせたこと。第三に、都民への情報を絞ったことで、安否確認と一時滞在施設などにかんする情報取得の機会を奪ってしまったこと。

都内の混乱が放置された状況で、帰宅の手段を失った人々は、職場へ戻ってもビルが閉鎖されているか、空調が止まって蒸し風呂の地獄が待っている。

政府への信頼が揺らぎ始めたのだ。『災害時応援協定』もそうだが、一斉帰宅の抑制、一時滞在施設の確保などは行政と民間の信頼関係で成り立っている。

今はそれがない。政府が築こうとしないからだ。

「政府はあてにならない」「いつ電気が復旧するかわからないなら、どうせ明日は土曜日だから、夜になる前に帰ろう」と人々が考え始めた。

その結果、東日本大震災のときと同じ状況が生まれた。

行くあてを失った大量の帰宅困難者が首都圏に現れ始めたのだ。

小田急線の代々木上原駅では、押されて線路に落ちた乗客が、仕方なしに線路内を歩き始めたのをきっかけに、ホームに溢れていた人々が駅員の制止を無視して次々と線路におりる。これでは、仮に停電が復旧しても鉄道の運転を再開できない。


新宿では、城西電鉄が終日運転休止を発表して駅のシャッターを閉め始めた。

冗談じゃない、と改札周辺で並んでいた利用客が騒ぎ始める。

駅の担当者が拡声器で、「電車を動かさないので、駅構内にお客様を入れると混乱が広がります。なにとぞご理解ください」と説明するが、数時間も立ったまま待たされていた人々が納得するはずもない。

「それなら、なんでもっと早く言わないんだ！」「俺たちにどこへ行けって言うんだよ！」「あんたたち。それって心がないよ。ひどいよ」

私鉄と地下鉄に見捨てられた人々が西口周辺で路頭に迷っている。

それだけではない。都心上空の雨雲が去ったせいで気温がみるみる上昇し、炎天下となった公園や新宿御苑などにいた人々が駅へ戻り始めた。膨大な数の滞留者が居場所を求めて西口の地下に溢れかえる。

その向こうで、百貨店が「臨時閉店します」とアナウンスしている。

どうやら、高級品売り場にまで人が溢れたので、仕方なしに店外へ誘導したいらしい。

納得いかない表情で店内から追い出された人々は、近くのＪＲの改札前に移動していく。

もはや西口地下交番の警察官でさばける数ではない。

一部の人たちが、人混みの中で新聞を敷いて座り始める。

行き場なんてない。

猛暑が人々の神経を逆撫(さかな)でする。

十五時四十五分

東京都　千代田区　永田町二丁目　総理大臣官邸内　危機管理センター

混乱する都内の立て直しを思案しながら文月がセンターに戻ると、首相がしきりにテレビ報道を気にして、マスコミ対策を他の閣僚と相談している。

まるで接戦の開票速報を、固唾(かたず)を飲んで見つめている選挙事務所みたいだ。

どれだけ玉村財務大臣や木野経産大臣が吠(ほ)えようが、ひたすら上村外務大臣や江口農林水産大臣がダンマリを決め込もうが、そして、どれだけ山本国土交通大臣が冷静であろうと努めようが、結論は羽が生えたように飛び回っている。

弱い。あまりに弱い。

それより問題は、こんなときでも持論に固執してぶれない桐谷の方だった。

どれだけ優秀な学者か知らないが、すでに彼自身が国難になりつつある。

今もそう。円卓の向こうで、背もたれに寄りかかり、半身に構えた国難が悦(えつ)に入っている。

文月は目眩(めまい)を覚えた。

「政権の意義が問われている今だからこそ、断固として信念を貫き通さねばならない。ぶれて、たちまち大衆に迎合するマスコミなど本筋ではない。思惑どおりマスコミは、災害イコールパニックのステレオタイプの認識に陥っている。彼らが求めているのはパニックの情報だけだよ。荒川、そして都心のどこかでパニックが起きるのを待っている愚(おろ)かな連中だ」

大学の講義のつもりか知らないが、彼の一言ひとことがこの場から貴重な時間を奪っていく。思えば閣僚でもない、行政官でもない、ただ首相が連れてきただけの有識者なる連中がこの国を振り回している。

広瀬の怒りと焦(あせ)りが、不自然に抑制された声と、額に当てたままの右手の動きでわかる。官僚としての自制心と責任感を考えれば、それが精一杯の意思表示に違いない。

そのとき、メインモニターに四ツ木橋の状況が映し出された。橋を渡ろうとする人々とそれを押し返そうとする機動隊。強烈な陽射しに炙(あぶ)られた人混みが揺れ、怒号が飛び交い、「お願い、通して」と女性が泣き叫ぶ。

見捨てられた人々がそこにいる。

行き倒れの人を救うとき、人目なんか気にしない。溺れている人を助けるとき、着替えの服なんか気にしない。

熱を出して寝込んだとき、おでこに当ててくれた母の掌をどれだけ心強く思ったことか。

人はそういうもの……。

困っている人がいたら皆、手をさし出す。泣いている人がいたら皆で慰(なぐさ)める。それが当たり前だと思っていたのに。

「首相。よろしいですか」

次の言葉を口にすれば、抱え込むものが重すぎて溺れることになるかもしれない。それでも、ヘマをしたら「みそぎ」と称して選挙区に逃げ込む畠山たちと文月は違う。

「今まさに大変な災害が起きています。政府の指示で対処すべき課題が山積みしているはずです」

驚いて振り返った広瀬に、加藤が「大丈夫です」と目で返した。

速水が余興でも見物するような視線を投げてくる。

「だから?」

顧問団の若いメンバーが喧嘩を売ってくる。

「民間の建設業者の力まで借りて対応してるんですよ。もっと我々が指導力を発揮すべきです」

「君、なに言ってんの。建設会社には金払ってやればいいだけでしょ。所詮、連中だってビジネスなんだから」

「あなた、災害派遣に出かけたことあるの? 被災した人々の側で働いたこともないくせになに言ってるの。あなたがブランド店でスーツの丈を合わせているとき、彼らは二次災害の危険をものともせず、打ちひしがれた人々と一緒に泥にまみれてきたのよ!」

「なんだと!」

気色ばむ部下を、速水が「まあまあ」となだめる。

「彼女は戦おうと決心したのだよ。この災害だけじゃない。この場に渦巻く不条理ともね。世界を背負い、この危機に立ち向かう。ジャンヌ・ダルクのようにな。素晴らしい」

速水が教授に目配せする。

「教授。道には様々な石が転がっているものです。蹴躓(けつまず)かせるような石もあるが、簡単に蹴飛ばせる石もある」

「威勢がよいのは結構だが、具体的な指示は都と区から出すと決めただろ」

文月を見下すように桐谷が顎を上げた。

狐のような目に薄い唇。人を小馬鹿にしたように顎を上げる癖。この男の心の中には闇があって、やはりなにかを企(たくら)んでいる。

速水も同じだ。

「洪水対策への自衛隊の増派、竜巻被害へ地元建設業界の派遣、帰宅困難者への対策。すべてを都で対処せよとおっしゃるのですか」

「それも自治体の仕事だ。それとも白馬の騎士になったつもりで、独断で指示を出すかね」

「我々には災害時の指揮命令系統のルールがあります」

広瀬の返事に桐谷が顎をしゃくる。

「指揮命令系統のルールだって？　なら君が独断で二瀬ダム管理所に洪水調整の指示を出した理由を説明しろ」

文月は凍(こお)りついた。どこで漏れた。

「我々の使命は国民の命を守ることです。それゆえ判断しました。逆にあなたにお訊きします。政策の実現にこだわって、我々に見捨てられた人々へどう詫(わ)びるつもりですか」

広瀬はひるまない。

「よく言った。ああだこうだと言いながら、要するに君は政府に従えないわけだ」

そのとき、円卓の電話で誰かと話していた国交省のスタッフが右手で送話口を押さえながら報告を入れる。

「荒川の水位が下がっています！　すでに洪水を起こした箇所で、水位が鋼矢板の天端を下回ったため、水の流入が止まりました」

「ダムの状況は」

「サーチャージに達するほどの満水ですが、なんの問題もなく持ちこたえています」

「地下鉄は」

「旧中川と北十間川から北の浸水区域内にある押上駅周辺では駅の止水板、出入り口の防水扉、換気口の閉鎖、そして東武伊勢崎線曳舟から押上駅間のトンネル坑口に対する浸水対策が早めに講じられたので、押上駅とその南側の半蔵門線の一部区間が浸水したものの被害は軽微です。これ以上、街中の水位が上がらなければ、さらなる浸水の恐れはありません」

背もたれに寄りかかりながらふんぞり返った桐谷が、頭の後ろで指を組む。

「ほら、私の予想どおりだ。この事実を予想していたから今までの決定があった。政府が慌てて動く必要なんかない。堪えて周りを使う、それが政治というものだ。大至急、この情報をマスコミに流せ」

「それは統括官が……」と言いかけた文月を、広瀬が「よせ！」と怒鳴りつける。

ふむ、と桐谷が長津田官房長官を向いた。

「長官。とりあえず、決めるべきことは決まりましたな。洪水も山を越えたようだし」

長津田が右の眉を吊り上げる。

薄ら笑いを浮かべた桐谷が広瀬を指さす。

「広瀬君。君を更迭する」

広瀬の顔がみるみる紅潮する。

「当然、二瀬ダム管理所の所長にも責任を取ってもらう」

「彼は関係ない。すべては私の指示です」

武藤所長の責任を問う、と息巻く桐谷に広瀬が啖呵(たんか)を切った。

「ようやく自分の罪を認めたか。功を焦った独断というわけだな」

「そもそも、治水の『ち』の字も知らないあなたが、無駄な事業だと荒川堤防の改修工事を止めたことが洪水の原因ですよ」

「それは違うよ。私の事業仕分けで、改修工事の必要性を説明しきれなかった君たちの責任だ。勘違いするな、この馬鹿が」

「今の言葉を取り消せ」

広瀬の声が屈辱と怒りに震える。

「なに？」

桐谷が大げさに耳に手を当てる。

「今の言葉を取り消せ！　この三流学者が」

「ということだそうです。首相」

「広瀬君、もう結構だ」

畠山が愛想尽かしをする。

突然、広瀬にレッドカードが出された。

飼いならしている貧乏神を、桐谷が広瀬に放った。

そもそも政治は、国民の幸福という目的を実現するための手段のはずが、畠山政権にとっては政治そのものが目的になっている。権力に酔い、世論に迎合する畠山を桐谷がプロデュースする劇場型の政治が国を司っている。自らの存在感をアピールしたがるけれど、その行き着く先を考えようとしない亡者が国民の運命を握っている。

そんな暗黒の時代に限って、ノアの方舟の時代から災害が起きるものだ。

桐谷による粛清のせいで、とうとうこの場で内閣府からの出席者は文月だけになってしまう。笑みを交わすトップ二人。それを遠巻きにする関係閣僚たち。

「広瀬君のあとは文月企画官に頼む。我が党が女性を積極的に登用する方針なのは知っているよね」

文月の肩にすべてが舞いおりた。

「企画官。いよいよあなたの出番だ」

加藤がつぶやいた。

第三章　レベル3

十六時

東京都心

関東地方に豪雨をもたらした前線は消え去り、照りつける太陽と猛暑が戻っていた。南からの風が日本列島に吹き込んでいるせいで、都心の気温は陽(ひ)が傾(かたむ)き始めてからもどんどん上昇して、ついに三十五度を超えようとしている。

国交省の奮闘(ふんとう)でようやく墨田区への河川水の流入が収まった、東京メトロの早めの判断で地下鉄への大規模な浸水も防げた、と思ったら、東京にもう一つの地獄が現れた。

引き金を引いたのは政府の失態だ。

竜巻による停電が想定外だったとしても、文月たちが待機させていた警察や消防を急遽(きゅうきょ)、竜巻被害の対応に振り向けた直後に洪水が発生したせいで、新たに別の部隊を洪水対策に投入せざるをえなくなった。しかも、皮肉なことに渋滞のせいで、甚大(じんだい)な竜巻被害の出ている野田市、坂戸市、所沢市に応援部隊が到達できていない。

それに加えて、中途半端に鉄道の運転再開を発表したため帰宅困難者を生み出した。

東日本大震災の教訓から、東京都が制定した『東京都帰宅困難者対策条例』では、災害発生から三時間までに、国や都から一斉帰宅抑制の呼びかけを行ない、六時間までに建物の被害状況を確認した上で、企業が従業員を社内で待機させるよう決められている。それと同時に、自治体や国が一時滞在施設を提供し、帰宅支援も行なう決まりになっている。

ところが、連携するどころか、国が一方的に都へ責任転嫁しているあいだに、停電によってエレベーターが使用できなかったり、すでに閉鎖された中小のオフィスビルが、帰宅困難者の受け入れを拒否した。人々も空調が止まって蒸し風呂状態の会社に戻るよりは、今日が週末ゆえに、諦めて徒歩による帰宅を選択し始めた。

それだけではない。都の条例では、行政が安否確認と情報提供の体制整備をせよ、とうたっているのに、政府はそれとは真逆の電話回線を絞る措置を取った。

人々や企業が行政を信用しなくなった結果、都が描いていた災害発生時の帰宅困難者の対策は、もはや風前の灯火だった。

猛暑の都心では、焦がすような陽射しにさらされた人々がハンカチで顔をぬぐい、舌を出した犬のように喘いでいる。

陽炎に揺らぐ高層ビルの谷間を帰宅困難者の列が進む。脱水症状で道端に座り込む人、その横で食べ物を吐き戻す人、意識を失って突然倒れる人、それはまるでゾンビの行進そのものだった。

このまま状況が悪化すれば、東京都で四百万人、神奈川県で七十万人、千葉県で六十万人、埼玉県で三十万人、つまり、首都圏で合計五百六十万もの人々が自宅に帰れない帰宅困難者となる。ロサンゼルスやベルリンよりもはるかに多く、シンガポールの人口とほぼ同じ数の帰宅困難者が都心に溢れる可能性を秘めていた。

東日本大震災のときは、東京都・埼玉県・千葉県・神奈川県から首都圏へ通勤していた人のうち、当日に自宅へ帰れた人は八割だったが、その多くが徒歩で帰宅している。普段なら一時間で帰宅できる人が、あの日は七時間かけて家までたどり着いた。

地震発生後の夕方までに、日本国政府は官房長官の記者会見を通じて「当面鉄道などの復旧が見込めず、交通混乱により二次的被害が発生する恐れがあるため、首都圏で中長距離を帰宅する者は無理をせず、職場で待機するなど冷静に対応するようお願い申し上げたい」と呼びかけを行なったが、ほとんど効果はなかった。

帰宅困難者は、日常利用している交通機関が停止したため、徒歩帰宅者となって公道に溢れるか、バスやタクシーなどの交通手段に殺到したため、東京都区部を中心に猛烈な渋滞が発生して、災害現場に向かう救急車やパトカーなどの緊急車両の通行が妨げられた。

このまま失態が続けば、あのときと同じ非常事態が起ころうとしている。

ようやく都や区、周辺の市が帰宅困難者の受け入れを始めたが、彼らのために地方公共団体が用意できる施設のキャパは、東京都で九万人、横浜市で二万人、川崎市で一万人程度にすぎない。

都の強い要請を受け、非常用発電機などを備えている民間の一部でも対応を始めている。

都内に多くのビルを所有する不動産会社は、帰宅困難者の受け入れ準備を始めているし、一部の百貨店や大学などは彼らを受け入れ、情報の提供や水、食料を配布するなどの対応を行なっている。災害時帰宅支援ステーションを開設したコンビニやファミレスなどでは、トイレや水、休息の場を提供した。コンビニでは、商品の売り切れやトイレの使用に長い列ができるなどの混乱が起きているが、献身的な対応が途切れることはない。

それでも混乱が拡大していくのは、帰宅困難者の数に比べて、対応する民間企業や自治体の施設の数が少なすぎるからだ。

一方で、電源を失い、政府によって回線を絞られた電話の状態は深刻だった。ＮＴＴなどの通信事業者は、最大で約九割の通話規制を実施せざるを得なくなっていた。まるで携帯電話が繋がらないため、公衆電話に人が殺到し、長蛇の列ができた。また、災害用伝言ダイヤルが開設されたものの充分に利用されていない。

不安定な電力供給のせいなのか、メールやインターネットも応答に時間を要し始めている。

そこへマスコミが特番で都内の状況を逐次流し、政府の不手際を責める。

有識者と呼ばれる人々が好き勝手なことをテレビで発言するため、人々のイライラは頂点に達しようとしていた。

東京都　西新宿　東京都庁周辺

猛暑のせいで体調を崩した人があちらこちらで倒れるが、渋滞で救急車が到着できない。

新宿駅西口から徒歩で十分ほどのところにある東京都庁が、「本庁舎で帰宅困難者を受け入れる」と関係先に情報提供した。

西口の地下では、警察官と駅員が滞留者を都庁に誘導し始める。

ツイッターでは、「都庁に行けば食事や飲み物が出る」というデマが繰り返し転載され、拡散していた。

「助かった」と、人の波が都庁へ移動を開始した途端、あっというまに、都庁内の滞留者は一万人を超えるまでに膨れ上がった。

ロビーの壁際にびっしりと人が座り込んでいる。

それでも地下道を抜けてやってくる帰宅困難者の列は途切れることがない。

「公共機関だから拒めないが、これ以上はもう厳しいな」

「センタービル、工学院大学、三井ビル、京王プラザホテルだけでも数千人を受け入れているけど、この勢いで人が集まってきたらヤバイんじゃない」

「これは総務局長に相談するしかない」

「国は俺たちに押しつけるだけで、まるで信用できないじゃないか」

受け入れの準備にあたる職員たちが困り果てた様子で言葉を交わしていた。

東京都　港区　西新橋交差点

道路の混乱も同じようなものだった。

ナビの渋滞情報が届かないこともあって、都心方向へ向かう車線にまで郊外を目指す車が入り込む。信号が消えているから交差点で立ち往生する車、抜け道を探して路地にまで入り込む車のせいで大渋滞が発生している。

洪水対策に多くの警察官が出動しているため、道路は無法状態になってしまった。

「おい。邪魔だよ」

「そっちこそ、バックしろ！」

「反対車線に入ってくるな！」

あちらこちらで運転手同士の小競り合いが発生していた。

事故を起こして交差点を塞ぐ車、諦めて乗り捨てられた車、それらが起点となってどうしようもない渋滞が広がっていく。

東京都　千代田区　永田町二丁目　総理大臣官邸内　危機管理センター

「いいね。いい内容じゃないか」

畠山が悦に入っている。

誰かがつまらぬ取引をしたのか、関東放送があざとく政権を持ち上げるニュースを流していたからだ。センター奥の一番大きなメインモニターにその番組が流されている。畠山と長津田が力を合わせて、初期対応のしくじりにテキパキと対処しているという内容だった。

（この難局に直面している首相と官房長官は、適材適所で的確な指示を出しているようですね）というキャスターの振りに、（まさに獅子奮迅の活躍ですね）とコメンテーターが応じる。

「そうそう。こうでなくちゃ」と長津田が大きくうなずく。

「どうかね、桐谷教授……」と言いかけた畠山が口をつぐんだ。

畠山の視線の先では、桐谷が右端の小型モニターを見つめている。

「メインモニターをあのチャンネルに切り替えてくれ」

桐谷が指先で川藤首席秘書官に命じる。

桐谷が気にするチャンネルでは、一転、政府は自治体、電力会社や鉄道会社に災害対応を丸投げしており、極めて無責任だと伝えている。ここから政府はなにをするつもりなのか、彼らは都内の混乱をどのように収束させるつもりなのか、この問題は他ならぬ政府自身の課題だと結んでいる。

桐谷と速水がうなずき合う。

林事務次官、と桐谷が総務省のトップを呼ぶ。

「都内の混乱の収拾については都ではなく、すべて二十三区に任せる。その旨を都知事と全区長に再度、伝えろ。逆らうなら地方消費税の清算基準を見直すぞと言ってやれ」

桐谷が、より頑なに政府方針にこだわる。

広瀬が退場させられたあと、加藤と並んで円卓に座らされていた文月は発言を求めた。

「すでに洪水対策で手いっぱいの都や墨田区、江東区、江戸川区の一部でなくとも、帰宅困難者の対策を区レベルに丸投げすべきではありません」

「なぜ」

「帰宅困難者の収拾は行政と民間が連携して行なうものです。教授は『東京都帰宅困難者対策条例』をご覧になったことがおありですか。災害発生から三時間までに、国や都から一斉帰宅抑制の呼びかけを行ない、六時間までに建物の被害状況を確認した上で、企業が従業員を社内で待機させるよう決められています。それと同時に、自治体や国は一時滞在施設を提供し、帰宅支援も行なわねばなりません。国も行なうのです」

「すでに彼らは収容施設の準備を始めている」

「民間の協力が充分に得られていません」

「区の能力不足だと」

「そうではありません。国の関与がなさすぎると申しております」

桐谷が蛇のような目を向けてくる。

「お前たちは、やれ危機だのやれ政府主導だとのたまうが、じゃあ訊こう。自身の責任について語ってみろ」

「役所としての、そして自身の職責は常に自覚しております」

「そんな答えは、過去の予算委員会の議事録を見れば何十万回と出てくるぞ。私を舐めてるのか。自覚はしているが責任を取るのは自分ではないという言いわけが丸見えだ」

「私がこの場に同席している目的は、内閣府、ましてや私個人の意見を議論して頂くためではなく、政府が最善の決断をくだすお手伝いをするためです」

そもそも、「政府主導で万事を決める」と宣言したのはあなたたちのはず、という反論を文月は強調した。あなたは「やる」と言ったのだ。

桐谷が鼻でせせら笑う。

「いつもそうだ。お前たちは合意形成ばかり腐心するが、私の全責任で、という決意を聞いたことがない」

「そんなことはありません」

あなたなんかに仲間のことまでそしられたくない。レーニンみたいに自己実現のためには人々の痛みや悲しみを顧みない男、議論ばかりに無駄な時間を浪費し、責任と面子を秤にかけて他人の背中を押すことしか知らない男に言われたくない。

「早く総務省と内閣府の責任で都と二十三区に指示を出したまえ」

蟻地獄が口を開けている。砂の中に隠れているのは狡猾で邪悪な魔物。

文月は沈黙で応えた。

「聞こえなかったのか」

「この問題は自治体や内閣府の問題ではなく、この対策会議の問題と思いますが」

「馬鹿野郎！　四の五の言わずにやれ！」

桐谷の怒声がセンターに響く。

東京都　千代田区　霞が関二丁目　警視庁

柳沢は一枚の写真を前に腕を組んでいた。

今日の午後二時過ぎに新霞が関ビル前の道路で撮られた写真だった。

黒いレクサスの運転席に座っているのは公安の視察対象、呉秀越という中華通信社の記者で、交通課の警官の職質を受けていた。

こんなところで、官邸の近くでなにをしている。東京の混乱を高みの見物でもするつもりか。

柳沢は加藤のために揃え終えた資料に目をやった。

柳沢がかつて内閣情報調査室に出向していた頃、内閣官房秘書官だった加藤と知り合った。ノンキャリとは思えぬ行動力と決断力に柳沢は舌を巻いた。福一での対応を責める意見もあるが、柳沢にはそうは思えない。加藤は最善を尽くし、あの結果はやむを得なかったのだ。

加藤が内閣府を辞職して和歌山へ帰る日、柳沢は彼を東京駅まで見送った。

「私は加藤さんへの批判や、そのことであなたが責任を取られることに納得できません」と無念がる柳沢に、「その話は二度とするな。誰かが責任を取らねばならなかっただけだ。それよりお前はこの国のために、前だけ見て職責を果たせ」と加藤は肩を叩いてくれた。

彼は別格なのだ。

公安警察官であろうがなかろうが、今でも柳沢は加藤の頼みならなんだって聞き届ける。この一時間で、柳沢は桐谷と速水の経歴、人脈、速水の会社の決算、取引状況など、およそ考えられる情報をまとめていた。

すると、そこから呉もかかわる奇妙な事実が浮かび上がっていた。

問題は桐谷ではなく速水の方だ。

国内の極右、極左、テロ組織だけでなく、国際テロリストやスパイも捜査対象とする公安ゆえに当然、協力者も使って呉はマークしてきた。彼の記録から、官邸顧問団の速水との関係が浮かび上がった。『みらい』という名の政治団体を運営している速水が八年前、その設立パーティーで呉と一緒にいるところを写真に撮られている。

しかも、それ以前の速水の経歴にまったくたどり着けない。彼は忽然と現れていた。

速水と呉。

なぜ大災害が発生したこのときに、二人の関係が明らかになるのか。

スマホを取り出した柳沢は加藤を呼んだ。

しばらく呼び出し音が続く。

(すまん。今センターを出た)

加藤の応答に、柳沢の頰が微かに反応した。

加藤が電話に出た瞬間、本当にほんの一瞬だけだが、彼の声にエコーがかかった。

(もしもし)

「柳沢です。一応やってみましたが大した資料はありませんでした」

しばらくの沈黙が返ってくる。

(……そうか。なら仕方ないな)

「申しわけありません。一応お届けしましょうか」

(いや、今の状況だとセンターを外せないし、北門詰所まで出るには色々と面倒臭くてな)

「ロビーの階段を上るのも一苦労ってわけですね」

(最近足腰が弱って階段がきつい。下手をしたら二十分はかかる)

「それはいくらなんでも大げさでしょ」

(いやいや本当だよ。すまん、騒がせて悪かったな)

「では、またなにかありましたらいつでもどうぞ」

(ありがとう。またな)

「失礼します」と電話を切った柳沢は、桐谷たちの資料を急いで大判の紙封筒に詰め込む。それから、机の周りに散らかっていた不要な書類をかき集めて、もう一つ別の封筒を用意した。

「木村！」

部下の木村係長を大声で呼ぶ。

「すぐに車を準備できるか」

「はい」

キョトンとした表情で木村が答える。

「今すぐ正門に回せ。それから、目立つように赤色灯を回転させて待たせておけ」

柳沢は不要書類を詰め込んだ封筒を木村の胸に押しつけた。

「お前はこれを持って正門から車で出ろ。封筒は外から見えるように小脇に抱えるんだ」

木村が目を白黒させる。

「どこへ出かけるんですか？」

「赤色灯を回して内堀通りから246に入り、平河町から参議院議員会館前を通って官邸近くまで行け。そのあと、なにもせずに引き返してこい」

「おりもせずに引き返すんですか」

「そうだ」

「でも、外は渋滞してるし。なんのためですか」

「グズグズ言うな。理由はあとだ」

木村の目が、「なんで課長が行かないんですか」と問うている。

「俺は走っていく」

「走って？」

「二十分しかないんだ！　いいな、すぐに出るんだぞ。正門からだぞ！」

それだけ言い残した柳沢は、封筒を抱えてエレベーターに駆け込んだ。一階に着くと、廊下を正門とは逆の南へ走り、外からは見えない渡り廊下から隣の総務省、国交省を抜ける。国交省の外務省側出入り口から霞ケ関坂を渡って外務省の中を駆け抜けると、南の車両出入り口から潮見坂に出て財務省上交差点を渡り、国会議事堂の南の茱萸坂を駆け上がる。

柳沢は走った。

二十分しかない。

北門詰所で加藤が待っている。

東京都　墨田区　八広六丁目地先　荒川右岸　四ツ木橋

照りつける太陽に炙られ、絶海の孤島に取り残されたように周囲から隔絶されて逃げ場がない避難民たちのイライラが頂点に達していた。数知れない犠牲者の死体をまたぎ、力尽きた仲間を見捨ててもここへたどり着いた人々が戻るところがあるとしても、それは水の中だけだ。

「通せ」「戻ってください」の押し問答が続く。

荒川ではいまだに濁流が渦巻いている。そこには、また違う死がある。

和也たち水防団は、バリケードの内側で機動隊を助けながら横一列に並んで人の壁を作っていた。

「おい、水位が下がっているぞ。今なら渡れるはずだ」

「あれは一時的なものかもしれない。突然、水位が上がったら危険です」

「うるさい。通せ！」

橋を渡ってきた重機が通過した直後、避難民の群れが北側のバリケードを押し込む。突破されてなるものかと機動隊員や水防団が力を合わせて押し返す。そのとき、一人の若者が手薄になった南側のバリケードを乗り越えて非常線の中に侵入した。

「待ちたまえ。入ってはならん！」

機動隊の警告を無視して、若者が橋を駆け出す。

機動隊が追いかけようとするが、その隙に非常線を突破されるわけにはいかない。結局放っておくしかなかった。

車列の横をすり抜けた若者が橋の中ほどにさしかかろうとしたとき、台風が迫る海岸で大波が砕(くだ)けるときと同じ鳴動が上流から聞こえてきた。見ると、まるで津波のような黒い波が押し寄せてくる。荒川の水位は下がり始めているものの、局所的だが浅瀬の部分に速い流れが衝突して乱流となり、周りより水面が盛り上がっているに違いない。その波は堤防の天端(てんば)を洗いながら、流木や車を巻き込んで迫ってくる。

「やられるぞ。戻れ、戻れ！」

機動隊員が若者を呼び戻そうとする。

「危ない！」

和也は叫んだ。

若者が立ち止まる。何事かと上流に目をやった彼が茫然(ぼうぜん)と立ちすくむ。

「早く戻れ！」

和也の声に、若者が慌(あわ)てて引き返し始める。

波の第一波が橋に到達した。橋の上には緊急車両が列をなしている。

仲間に危険を知らせるクラクションが鳴り響く。

何人かが運転席から飛びおりて、葛飾区側へ走る。

その姿が水しぶきに消えた。

車両がせり上がる波に飲み込まれ、押された車同士がぶつかり合う。

先頭のダンプトラックが欄干(らんかん)を突き破る。

前輪が橋から迫(せ)り出して立ち往生したダンプトラックの周りで、川の水が渦を作りながら橋から流れ落ちる。

渦に巻き込まれた若者がよろける。

第二波が到達した。

高さが数メートルもある黒い壁が橋の上流側にそそり立つ。波頭が砕け、まるでオオコウモリの翼を思わせる波が橋に襲いかかる。

橋面で波が崩れる。水煙が舞い上がった。

かろうじて橋に留(とど)まっていたトラックが川へ落ちていく。凄(すさ)まじい水しぶきが上がった。

次の瞬間、若者の姿が波に飲み込まれた。

橋面を覆(おお)った波がイグアスの滝のように橋の下流側へ流れ落ちていく。

やがて、浮上する潜水艦のように橋が濁流の中から姿を現すと、若者が飴(あめ)のように折れ曲がった欄干にしがみついていた。

「私が行きます」

和也は声を上げた。

「ダメだ。あれを見てみろ」団長が上流側を指さす。

次の波が迫っている。

「放ってはおけない」

「カズさん。やめてください。彼は自業自得ですよ」

「馬鹿野郎！　俺は水防団だ」

「そんなのわかってますよ！　俺だってそうなんだから。そんなことよりカズさんになんかあったら奥さんになんて説明すればいいんですか」

彼の言葉に、公園の帰りに抱っこをねだる亮太の笑顔と亮太を抱く祐美の姿が脳裏に浮かぶ。

「嫁さんのことは関係ない！」

「わかりました。じゃあ、俺が行きます」

「ふざけるな！」

「俺、マジですよ。俺はまだ独身だし、それに……」

和也に突き飛ばされた団員が尻餅をつく。

「団長、ロープをお願いします。誰かが行かなきゃならない。そうでしょ！」

立ち上がって和也を押しのけようとする団員を右手で制しながら、和也は詰め寄る。

「誰だって命は惜しい。でもそれはあの男だって同じです」

「だからと言って、なにもお前が」

「俺たち水防団なんでしょ。他の人が行くんだったら俺たちが行くべきでしょ。無鉄砲な若いのが行くんだったら、ちょっとでも分別のある年寄りが向いている。昔からそうじゃないですか」

和也は、「言いたいことがあったら言ってみろ」と揺るがない決意を視線に込めた。

「私は団長よりずっと泳ぎも上手い。さあ、俺の気が変わらないうちにロープをください」

「ちくしょー」と団長が目の前のカラーコーンを蹴り上げる。

「山崎、ロープを二本持ってこい！」

「でも団長」

「うるさい！　グズグズ言うな」

和也は手渡された一本のロープを両肩からたすき掛けにすると、丸く束ねたもう一本を肩にかけた。

「カズさん」と団員たちの泣きそうな顔が、うなだれたまま震える肩が和也を取り囲んでいる。

「絶対に俺のロープを放すなよ。頼んだぞ！」と和也は笑ってみせた。

前だけ見て和也は駆け出した。橋を走る。

そのあいだも次の波が迫る。

橋のアーチ部分の手前にたどり着いた和也は、欄干を乗り越えて若者の腰にロープを回す。

「助けて、助けて」

若者はそう繰り返しながら震えていた。

「しっかりしろ！　さっきの勢いはどこへいった」

「ダメだ。来た」

若者の目が恐怖に覆い尽くされる。

不意に頭の上から波が襲いかかった。

体が押し潰されそうな衝撃に腰が砕けそうになる。

次の瞬間、今度は体が宙に浮いた。

「踏(ふ)ん張れ！」

目の前が暗転し、伸ばした右手が若者に触れた。

とっさに和也はその腕を摑(つか)んだ。

和也は渦巻く流れに飲み込まれた。

洗濯機に放り込まれたように体がグルグル回る。

「祐美！」

落ちてゆく意識の中で、和也は妻の名を呼んだ。

十六時十五分

東京都　千代田区　永田町二丁目　総理大臣官邸内　危機管理センター

大規模な停電に洪水が追い打ちをかけ、桐谷の指示で警察、消防、区部、すべての行政機関が混乱に陥った。洪水の被災者を救出しながら、帰宅困難者への対応を迫られた辻内都知事は非常事態を宣言して、政府に緊急の応援要請を行なった。

特に二十三区の状況は悲惨だった。文月だけじゃない、行政官なら誰が考えたって同じ答えになる意見を押しきり、なんの準備もできていない区に「混乱の収拾は連立民主党の政策に則り、すべて区の責任で対応しろ」と命じたため、案の定、事態を把握できていない区は政府との引き継ぎ不足もあって指揮命令系統が混乱していた。

「どういうことだ」

椅子に身を沈めた畠山が腕を組む。

連絡役を務める官邸の職員が、各区から上がってきた報告を読み上げる。

「都とすべての区が、職員が不足しているとの理由で、一時滞在施設の開設を中止しました」

ついに都と区は、「国からの命令で職員が都内の対応に出払い、受け入れ施設での業務に必要な職員を確保できない」との理由で、今以上の帰宅困難者の収容と新たな施設の開放を中止する決定をくだした。

都は『東京都帰宅困難者対策条例』を、自ら反故にしなければならないところまで追い込まれていた。

「災害対応に向かう自衛隊や建設業の車両が警察の誘導や交通整理を受けられないため、複数の区で渋滞に行く手を阻まれています」

「必要としている組織や関係者への電話回線の割り当てが絞られているため、各区で前線の連絡網が寸断されているとのことです」

次々と悲観的な報告が官邸へ上がってくる。

「なんとかしろ」

いつものように大局を見ようとしない畠山の焦りに、文月はよそ見しながらため息を吐き出した。

焦る2トップをよそに、上村外務大臣や江口農林水産大臣と山本国土交通大臣たちがチラチラと目線を交わしながら、なにか言いたげな仕草をみせる。

上村の視線が山本を押す。

うなずいた山本が咳払いを一つ入れる。

「首相。これは方針の変更が必要ではないでしょうか」

「教授、これはいったい」

さすがの畠山も顧問団に対して不満をぶつける。

「予定どおりです」

「このままでは区の不手際への批判がブーメランとなって我々に返ってくる。君は顧問団長だろうが。なんのために権限を与えていると思っている」

再び畠山が桐谷に声を荒らげる。

「それじゃ、そちらでやってくださいよ」

桐谷が澄まし顔で答える。

「誰の担当ですか？　誰を指名されます？　玉村財務大臣ですか、それとも木野経産大臣？　まさか山本国土交通大臣じゃないでしょうね」

円卓に両肘を突き、顔の前で指を組んだ桐谷が、閣僚一人ずつの名前をあげながらセンター内を見回す。

幾度か瞬きを繰り返しながら短い首を巡らす畠山と長津田の周りで一人、また一人、視線を落としていく。

「あなた方の選択肢は私に任せることだけ。私の理論に懸けて新しい政治を実現するしかない。それが嫌というなら万年野党に戻りなさい」

屈辱的な上から目線と、耐え難い侮蔑の言葉に畠山政権の閣僚たちが青ざめる。

センターを沈黙が支配する。

畠山が席を立つ。

「ちょっと来てくれ」と畠山が長津田、桐谷と速水、そして玉村財務大臣と木野経産大臣を引き連れてセンターを出て行く。

残された山本たちが、何事かと桐谷たちの後ろ姿を目で追う。

彼らと一緒に、センターの喧騒と混乱が消えていくと、あとはお通夜の会場になる。

今しかない。

ずっと畠山たちの目をはばかっていた文月は、官邸スタッフの村松主任を呼んだ。

「都庁の棚橋総務局長と話せますか」

「呼んでみます」

丸顔で童顔の村松が答える。

「今は手一杯で電話に出られないそうです」

すぐに村松が受話器の送話口を手で押さえる。

「時間がありません。一分で結構ですからと頼んでみて」

村松が、電話の向こうの担当者と交渉する。彼の受け答えからして、どうやら先方は冷たい反応のようだ。

「企画官。用件はなんですかとのことです」

「一時滞在施設の開設について話があると伝えて」

直接、文月が局長と話したい旨を伝えても、「今は混乱する各所の対応で手一杯だからあとにして欲しい」と拒否された。

村松と先方のあいだで何度か押し問答が続いた。政府からの一方的な指示に、相手が不信感を募らせているのは明らかだった。よくない兆候だ。

替わるわ、と文月は村松から受話器を受け取る。

「内閣府の文月です。局長をお願いします」

（ですから）

「あなたでは話にならないわ。局長を出しなさい！」

しばらくの間があった。

（棚橋です）

「ご無沙汰しています。文月です」

（申しわけないが、手短にお願いしたい）

「一時滞在施設の開設を再開してください」

（なにを言ってるんですか。そちらがすべてを投げてくるから、こっちは大変ですよ）

「いつ頃、開設のための作業を再開できそうですか」

（さあ、明日か明後日か、その辺り(あた)りでしょうな）

やはり都の反応は予想どおりだ。取りつく島もない。

文月は唇を噛(か)んだ。

官邸と都のあいだに亀裂が入っている。

「局長。『東京都帰宅困難者対策条例』に記載したように、施設の開設は帰宅困難者への最重要対策ですよ」

（そんなことはわかってますよ。でも、政府は災害対応をこちらに任せたのですから、優先順位についてもこちらで決めます）

「局長、残念です。あの条例には私もかかわらせて頂きました。関係者で真剣な議論をして、最善の策をまとめたはずなのに、肝心なときにそれが実現できないなんて。しかも、こんなときに都と官邸の間に溝ができたことが残念でなりません」

（失礼だが、それは都の問題でしょうか）

「違います。ただ、どちらが悪いという責任論に意味などありません。行政は被災者へ最善の対策を講じる必要があり、それが滞(とどこお)りなく実行されているかを確認するのは私の責務です」

（なんの権限で）

「畠山首相の権限です」

電話の向こうが沈黙する。人に思いを伝えるのは難しい。

しかしここで、やましさや引け目から文月が引いてはいけない。

何より被災者のために。

「なにを迷われているのですか！　時間がありませんよ。厳しい状況ですが、都心に溢れ始めた帰宅困難者のために、一箇所でも多くの一時滞在施設を準備しなければなりません。指示の出し手と受け手が同じ意識を持つ必要があるのです」

文月は語気を強める。

やがて、小さなため息が返ってきた。

（企画官。嫌味の一つも言われ、不快な思いをするのは明らかなのに、なぜあなたが電話してきたのですか）

「あの条例を作ったときの苦労を知っているからです。都の皆さんと何度も真摯な意見交換をさせて頂いたからこそ、条例の内容には自信があります。今必要なのはその実行だと確信があるからです。肝心なときに原理原則しか口にできない連中になんて構っていられません」

電話の向こうで、棚橋が笑った気がした。

（わかりました。作業を再開させます）

両手で顔を覆いながら文月は息を吐き出した。


受話器を置くと、先ほどから席を外していた加藤が文月を別室から呼んでいる。

「どうされました」

文月が部屋を移ると、加藤が数十枚の書類を机の上で広げていた。

「これは、たった今届いた桐谷と速水の調査結果です」

何枚かを手に取ると桐谷と速水、二人の身上が詳細に調べ上げられている。

「これをどこで」

「それは重要な問題ではない」と、加藤が文月の手にある書類を指さす。

「あなたが持っているのは、八年前に発表された桐谷の論文です。彼は道州制による財政再建、議員定数の削減とセットにした小選挙区制の改編。都の解体と都税収の再配分、そしてそれらの政策を実現するために新しい政治家の育成が日本を再生させると書いている」

「新しい政治家ですか？」

「そうです。面白いことに同じ頃、速水が『みらい』という名の政治団体を立ち上げ、地方、並びに中央で百人を超える政治家の卵を育成している。新人が選挙に出馬するためには供託金、事務所の人件費や家屋費、通信費、広告費など相当の金がかかるものですが、この政治団体の資金は潤沢（じゅんたく）ですね」

「どうやって金を集めているのですか」

「真っ当にやっています。政治資金規正法に違反しない個人献金やパーティーなどです。ただ問題はパトロンの素性です」

　加藤が別の書類を文月に手渡す。

「一回の政治資金パーティーにつき、二十万円を超える支払いについてはその氏名、住所などを政治資金収支報告書に記載する必要があるのはご存じですよね。ところが『みらい』の報告書には、個人名や団体名は一つも出てこない」

「それがなにか問題でも」

「引受先を二十万円以下の小口に分けることで、パー券の購入者名を隠しているとしか思えない」

　文月は頬に空気を溜(た)めた。

「ただし、速水の会社の顧客の多くが中国系で、しかも破格のコンサル料を受け取っていることは明らかになっています。あまりの好業績に国税が目をつけている」

「二人の目的は」

「わからない。しかし、すべては合法的に行なわれている」

　一度言葉を切った加藤が文月の目を見つめる。

「おわかりか、企画官」

「なにがですか」

「姿を見せないなにかが潜(ひそ)んでいる」

「なんのことです」

　文月の問いに加藤が一枚の写真をさし出す。

　それは交通事故現場の写真だった。どこか河川堤防沿いの交差点で、車体が押しつぶされて横転した輸送車かなにかに見えた。よく見るとボディに、『国土交通省』と書かれている。

「それは国交省の衛星通信車です。今日の昼過ぎ、堤防改修エリアへ向かう途中で何者かに襲われたと思われます。乗っていた二人の職員のうち一人は意識不明、もう一人は脚と腰の骨を折る重傷です」

「襲われたってどういう意味です。それになぜ国交省の災対車が……」

　冷や汗とも脂汗(あぶらあせ)ともつかないものが勝手ににじんでくる。

「改修エリアの補強工事を混乱させることが目的だとしたら」

「そんな恐ろしいことが……」

「あくまでも私の仮説です。しかしもし真実なら、その陰謀に立ち向かうのは企画官、あなたです」

　そのとき、センターの外から畠山たちの声が聞こえた。

東京都　千代田区　丸の内一丁目　東京駅　丸の内中央口

　都知事の要請で東京駅へ先発派遣された東部方面隊第一師団、第一普通科連隊の橘二佐は、駅前の混乱を見つめていた。

　過去の災害派遣に比べて、今回の中途半端な指示と出動態勢はなんだ。

　なすべき事と、なさなくてよい事の区別がついていない。

　それでもようやく自社の発電所を持つＪＲが、「あと三時間ほどで上野東京ライン、中央線、山手線、京浜東北線の運転を再開する」と発表した。

　出所不明の「まもなく電車の運転が再開されそうだ」というデマに、何度も駅へ引き返させられた人々がいる。もうなにも信用できない、誰も当てにできないと諦めてそのまま自宅へ向かおうとする人々、ようやくの運転再開を知って駅へやってくる人々、彼らが入り乱れて丸の内の駅前と歩道が大混乱に陥っている。

　なにかのきっかけで人の動きが滞留した場所を起点に、身動きの取れない状況が広がっていく。

　スタジアムのロックコンサートを思わせる群衆が駅前を埋め尽くし、丸の内周辺だけでも数万にのぼると思われる帰宅困難者が溢れていた。

「なんでこんなことに」

部下の東山一尉がつぶやいた。

「やるべきことをやっていない連中がいるということだ」

橘は新丸ビルの遥か向こうにある霞が関の方向へ目を向けた。

「東日本大震災の前例があるのに、また同じ過ちを繰り返している」

「しかし、今回は送電機能が大きな被害を受けると同時に、荒川が洪水を起こすという首都圏直撃型の災害です」

「我々の本隊がなかなか都心へ到着できないこと、墨田区で孤立している人々への救援が遅れていること、そしてここへの警察の配備が手薄なこと。どれも災害のせいとは思えない」

「政府の無策ですか？」

「みんなホント、よく耐えているよ」

「この暑さと、錯綜する情報、インフラの停止。人々の忍耐はどこまで持つでしょうか」

東山の懸念に橘はため息で返す。

「政府が帰宅困難者への情報提供を制限しているため、彼らは心理的に追い込まれている」

「彼らのイライラが暴力という形で爆発することはないでしょうか」

目の前に溢れる人々、苛立つ人々の残虐性とは。

「ないとは言えない。動物のあいだでは当たり前の、仲間を殺すことへの抑制が人間にはない。互いを襲うための唯一の武器として、拳と歯しかもたない人類は、仲間を殺すことへの強い抑制は不必要だったからだ」

南スーダンに派遣された当初、多くの人々は平静だった。しかし、そこへ武装勢力が現れると、たちまち阿鼻叫喚の世界へ変わる。銃で頭を撃ち抜かれ、ナタで腕を切り落とされる。発作的な暴力による予期せぬ混乱はどこでも起こり得る。

「彼らはそのうち殴り合うと」

不安げに東山が帰宅困難者に目を向ける。

「わからん。ただし、人間は進化の過程で知恵をつけたはずなのに、種を滅ぼしうる攻撃や暴力を相変わらず制御できないでいる」

「この場所はかなり危険な状態なんですね？」

「今のは文化人類学者の見解だ。俺は日本人というものはもっと思慮深いと信じている」

ただし、と橘はつけ加える。

「人の中に鬱積する攻撃的エネルギーを測ることは不可能だ。それにもし一度タガが外れてしまうと、人間はその暴力性をむき出しにすると言われている。さらに、周囲の暴力はしばしば他者の攻撃的行為をうながすといった証拠さえある」

「帰宅困難者の中に不満が蓄積されているのは間違いないでしょうね」

「堪え難い暑さの中で情報を阻害され、帰宅の足を奪われている。やがて政府はなにもしてくれないと知ったとき、それらの感情が入り混じって爆発することになるかもしれない」

今の都心はそんな危うさを秘めている。

パニックが広範囲に起きることはなくても、なんらかの事件をきっかけに、限定的な暴力が爆発する可能性は否定できない。

現に警察と消防が政府に振り回され、自衛隊の到着が遅れている。誰も都心の混乱を収拾できないまま、徒歩で帰宅しようとする人々に体調不良者が出ても緊急車両がこられない。

「部隊の配備が完了するのは」

「まだ一時間はかかるとのことです」

政府の命令によって東京都練馬区の練馬駐屯地から、軽装甲機動車の先導で隊員を満載した七三式中型トラックや七三式大型トラックなどの輸送車両が災害派遣に出動したが、激しい渋滞のせいで遅々として進むことができない。

そこへ急遽、都から「混乱を収拾するため、都内各所へ向かって欲しい」と陸自に要請が出されたせいで配備計画が迷走している。すでに墨田区を目指して出動していた部隊は、引き返そうにも引き返せない。

「すべてが遅い。官邸の連中に言ってやれ、あんたたちがここへ来てみろと」

突如、丸ビルの方向で人の波が揺れ、争う声が聞こえた。

「何事だ」

橘たちは表に出た。

こちらへ逃げてくる男を、橘はタックルするように捕まえた。

「なにがあったのですか」

「いきなり混雑の中に地下駐車場から給油車が出て来た。止めようとする人と運転手たちのあいだで小競り合いになって、そのあとは……」

どうやら、自家発電用の燃料を給油に来ていた車が原因の騒動らしい。

「政府はなにをやってんだよ」

橘の腕を振りほどいた男が、駅へ駆け込んでいった。

「こい」と橘は東山を連れて、群衆をかき分けながらトラブルの現場に走る。

人波のあいだから見えたのは、殴り合う四人の男たちだった。

二人は立ったままで殴り合い、そのすぐ横で運転手らしき男が馬乗りになって若者の顔をしこたま殴りつけている。

野次馬が周囲を取り囲む。

「やめなさい！」

橘と東山は、男たちのあいだに入ってそれぞれを引き離す。

「放せよ！　あいつが悪いんだ」

「落ち着いて」

「来いよ！」

橘が押さえている若者が、運転手を指さして挑発する。

「なんだ、このガキ。まだやるのか」

「やめんか！」と橘は運転手を怒鳴（どな）りつけた。

こんなくだらないことで。

両者の言い分を聞いてやり、それぞれをなだめ、どうにかその場を鎮（しず）めた橘たちは駅に引き返し始めた。

歩きながら東山が額（ひたい）に手を当てる。

「皆がおかしくなり始めている」

極限状態に置かれた人々の行動は、その時そのときの空気や衝動的な扇動によって変化するものだ。ときには怒りに集団の理性が流されてしまうこともある。

「今なら、群衆の行動が暴発して無秩序で危険な事態が起きるかもしれんぞ」

橘は照りつける太陽を見上げた。

「やっぱり日本で暴動が起きるなんて信じられない」

怯（おび）えた目の東山がつぶやく。

「この場所ならあり得る」

「なぜこの丸の内なら起きるのですか」

「一九八〇年にイギリスのブリストルのセント・ポール地区で起こった暴動と同じだ。あの暴動では、ある限定された地域の中で人々の怒りが共通の敵、すなわち警察に向けられた。今、ここでは、それが政府に向こうとしている」

つまりこの先、政府の不手際による事件が連続して起こり、それをきっかけに何者かが人々を扇動すれば、今の状況下なら丸の内で暴動が起こる。

東京都　墨田区　八広六丁目地先　荒川右岸　四ツ木橋

どこか遠くで鐘の音が聞こえた。重く荘厳（そうごん）な門が和也の前にそびえ立っていた。

門戸を両手で押し広げようとしたとき、目の前が灰色になった。

グホッと口から肺の空気を吐き出した勢いで和也は意識を取り戻した。

和也はどす黒い水の中にいた。

全身が風鈴の短冊のごとく濁流に弄（もてあそ）ばれる。

それでも和也の手はまだ若者の腕を摑んでいた。

思いきり、足で水を蹴る。

こんなところで死んでたまるか。和也は奥歯を嚙みしめた。

ふっと頭が水面から出た。

うねり、そそりたち、猛り狂う荒川の水が和也の周りで渦巻いている。

和也の命を支えているのは、仲間と繫がっている二本のロープだけだった。

岸では一列に並んだ水防団の仲間が命のロープを支えてくれている。

右手で若者の腰を摑み、彼の頭を水から引き上げて、その顎を摑んで顔を上に向ける。彼の首に回した左手の肘で気道を確保してから、同じ左の掌で頰を叩く。

「しっかりしろ！　目を覚ませ！」

口から水を吐き出した若者が意識を取り戻す。

その瞬間、彼の目が恐怖で満たされた。

「助けて！　溺れる！　溺れる！」

若者が和也にしがみつく。

馬鹿野郎。そんなことをしたら泳げない。

「落ち着け！」

体を入れ替えた和也は若者の背中に回ってその体を支えようとするが、パニックになっている若者は身をよじって和也にしがみつこうとする。

「ダメだ！　二人とも沈んじまうぞ」

真冬のようにつま先の感覚がなくなってきた。

「溺れる。溺れちゃう」

若者は暴れるたびに水を飲み込み、いっそうパニックに陥る。

「体の力を抜けって！」

「助けて！　助けて！」

「俺に任せろ！」

「もうダメだ。ママ！」

若者は完全に我を失っている。

「黙れと言ってるだろうが！」

和也は、若者の顔面を右の拳で殴りつけた。若者が気を失った。

かわいそうだが、今はこれしかない。

若者を背中からしっかり抱きかかえて、彼の顔が水面に出る姿勢を確保する。

和也の準備ができたことを確かめた団員たちがロープを引き寄せる。

次々と波が押し寄せるたびに、二人の体が水に沈む。

「頑張れ！」「もうちょっとだ！」

ロープを引く岸壁の団員たちが声をからして和也の名を呼んでいる。

和也は仲間と繋がる二本のロープを左手で握りしめた。

死なない。絶対に死なない。俺は生きて帰る。

何度も水に沈み、何度も流されそうになる。

流れに吸い込まれそうになる意識を繋ぎ止め、感覚がなくなった両手で若者とロープを掴んで放さない。

仲間の声が近づいてくる。

堤防がすぐそこに見えた。

急に体がふっと軽くなった。

和也は、首根っこを摑まれ、堤防に引き上げられた。

半べそをかいた仲間が歓声を上げながら駆け寄る。

「大丈夫か」団長の声が震えている。

奥歯がカタカタと音を立てて、息が切れて声も出ない。堤防の上で仰向けになった和也はただうなずくしかなかった。

「よかった、よかった」と何度も繰り返す仲間たち。ハイタッチしながら「よっしゃ」と叫ぶ声が涙声に変わる。

仲間たちが意識を失った若者を手際よく毛布にくるんでやる。

「救急車は？」

和也は、機動隊員に尋ねた。

「ここへは近寄れません」

「彼の様子は」

「よくないですね。大量に水を飲んでいるし、肺炎を起こす可能性もあるから早く病院へ連れていかないと。ドクターヘリを要請しますので、到着すればあなたも病院へ」

機動隊員の申し出に和也は首を横に振った。

「私は大丈夫です」

「無茶しやがって」

顔をくしゃくしゃにした団長が泣き声になる。他の団員たちも肩で息をしながら和也を取り囲んでいる。

「ありがとうございました。助かりました」

泣きそうな顔、笑いかける顔、安堵に嗚咽を上げる顔が和也をぐるりと取り囲んでいる。自分の無茶な行動を後悔しながらも、和也は仲間の信頼に胸が熱くなった。

「こんな馬鹿、二度とするなよ。嫁さんに合わせる顔がなくなるじゃねーか」

団長がかすれた声を絞り出す。

祐美……。

また家族のもとへ帰ることができる。

些細なことで喧嘩して他愛のないことで笑い合う、いっぱいおもちゃで遊んだあと、先に風呂から上がる亮太のために祐美を呼ぶ日々が今日からも続く。

腕で顔を覆った和也は、肘の内側で両目を押さえた。

十六時二十五分

東京都　千代田区　永田町二丁目　総理大臣官邸内　危機管理センター

文月の中に新たな疑念が根を張った。

ＪＲが運転の再開準備を進める。荒川からの水の流入が収まったため、懸命の排水作業と並行して、被災民の救助と孤立した人々への飲料水などの供給が行なわれている。竜巻被害への対応は被災地域周辺の地元建設業者を中心に態勢が組み直された。

都内が混乱し、人々が路頭に迷い、救いを求めているのに、すべてを他人に丸投げした桐谷は、「いざというときの手の内を持っておきたい。内閣府発案の対策を出せ」と文月に迫っていた。周りをイエスマンの顧問団で固め、桐谷の一言ひとことに彼らはうなずき、文月に冷笑を投げかける。

モニターに映る丸の内の非常事態は、遠い中東の紛争を伝えるニュースのごとく見過ごされ、四ツ木橋から届く緊迫した報告は顧問団の耳を素通りしていた。

なぜか事態が深刻になればなるほど、桐谷は意固地になっていく。彼の一言は、他者へ事をなすりつけるための誘導尋問ではないかと思えた。

「見てみろ企画官。なぜ区が有効な手を打てないか。理由は簡単だ。どこかで、なぜ我々がとふてくされているからだ。もし、自分の家が暴徒に襲われようとしているなら、命を懸けても守ろうとするのだろうに」

「自分の家を守ることと、広域を守ることは違います」

「同じことだよ。皆が危機感を共有できていないだけだ」

誰より危機感を共有してくれない桐谷がモニターから視線を戻す。

「いいか。組織というものは、ギリシャ時代から階級というもので成り立っている。組織には決める者と従う者が必要だ。区の連中は我々の政策に従う側なのに自覚していない。君はどうだ」

「そう理解しております」

「本当かな？　じゃあ訊こう。君はそもそも役所という組織をどう理解している」

腕を組んだ速水が、自慢げに身を乗り出す。

「私は、欧米の先進企業に友人も多い。君など知りもしない世界だ。そこで共通しているのは、有能な若者をトップに据えない会社に成長などないということだ。やれ年功序列だ、経験が浅いといったくだらない理由で昇進を見送るのが日本の悪癖だ。役所はその典型じゃないか。お前たちが日本を腐らせた」

速水が嫌味たらしく首を回す。

「総合職試験をシングルで通り、ピラミッド社会で着々とキャリアを積み上げてきた。夫は、そう、商社勤務かな」

こんなときになんの話を。

「普通のサラリーマンです」

「家に帰ってきたら上司の愚痴ばかり聞かされるわけだ。今も無能な区のせいで、どこかで右往左往しているんじゃないのか」

速水の揶揄に、顧問団から笑い声が漏れる。

「違います」

「ほー。居場所はつかめていると」

「はい」

「どこにいる」

「私的なことはお答えしたくありません」

それなら、と文月は思った。文月にも訊きたいことがある。つまり、所詮は顧問の一人にすぎない速水がなにを考えているのか。

「社長の貴重なお話は興味深く拝聴しました。では、一つお聞かせください。多くの優秀な方々と親交を結ばれているゆえ、日本の政治状況に懸念を抱いて新たな政治家を養成されているのですか」

　思わぬ文月の反撃に顧問団がざわつく。

「『みらい』なる政治団体の資金は潤沢とのこと。その資金力は既存政党を上回るかもしれない」

「それがどうした」

「資金を提供する者には必ず思惑があるはずです。『みらい』のパトロンの思惑とはなんでしょうか」

　文月は少し首を傾げてみせた。

「新しい日本の創造だよ」

「道州制と選挙制度の改革で」

「そうだ」

「そのためには都の解体と再編も必要だと」

「もちろん」

「それは純粋に政策の問題だと」

「当たり前だ」

「そうでしょうか。先ほどからの教授とあなたのご指示を見ていると、ことさら東京都を敵視されているように思えますが」

「どういう意味だ」

「予算規模、影響力、なにより民政党の都知事。つまり、なんらかの理由で、都の存在が邪魔だとお考えなのかと」

　文月は真正面から速水を見つめる。

速水が能面のような表情を向ける。

センターを沈黙が支配した。

やがて、速水がふっと目線を切った。

「私を挑発するとは、君は自信家だね」

「いいえ。誰より自分がいたらないことを知っているつもりです」

「いたらない者に、この難局を任せるわけにはいかない」

「私を選ばれたのは桐谷教授です」

「教授の思い違いだったらしい。こんなときに、余計なことを考えているということは、君には危機対応の能力が欠如している」

「そのご判断はお二人にお任せします。ただ、あなたがおっしゃる能力と謙虚さは違います」

「自分は謙虚だと」

「常にそうあれと教えられました」

「誰に」

「父です。父はよく言っていました。できる能力とできるかどうかを知る能力は違う。自分が人より優秀だと自慢する者に限って、なにが人より劣っているかを考えないと」

自慢話が好きな者には小心者が多い。いつも褒められないと不安になるからだ。

「良い家族に恵まれたと」

「良い上司にもです」

「教授のチームはどうかな」

「皆さん、優秀な方々ばかりと思います」

「そう思うなら、我々に加わらないか。君は政治家向きだ」

「お断りします」

「なぜ」

「いたらない自分には、まだ身の丈に合った行動が必要だと考えています。背伸びをして、塀の向こうを見た気になるのと見えているのは違う。それに……」

「それに？」

「それに、私には信頼できて何事にもまっすぐ向き合う仲間がいます」

速水がプイと横を向いた。

ここまで逆らった以上、彼はどこかで反撃してくるに違いない。おそらく、厳しい反撃を。

そのときだった。

「これから、ヘリで都内の視察に出かける」

突然、畠山がメモを片手に、文月と速水のやりとりに割って入る。

畠山がとんでもないことを言い始めた。

なにを馬鹿な。

今は、センターにどっしり構えて指示を出すことが首相の使命なのに。

「首相。今、外へお出かけになるのは適切ではありません」

気持ちを切り替えた文月は立ち上がった。

「なぜだ」

「こんなときに首相がお出かけになっても都心の混乱は増すだけです」

「いいニュースが入ったんだよ。これはいけるかもしれない」

文月を無視した畠山が仲間を呼ぶ。

「荒川で溺れかけた青年が救助された。彼のためにドクターヘリが出動を要請されている。これは使えるぞ。おい、ちょっと来てくれ」

再び、畠山が長津田や桐谷たちを連れてセンターを出て行く。

東京都　渋谷区　道玄坂　ＪＲ渋谷駅

半蔵門の公益法人に勤める原田は、なんとか渋谷へたどり着いてトイレを済ませてから、田園都市線の渋谷駅に行ってみたが状況がまるでわからない。ＪＲ渋谷駅、東横線渋谷駅も同じだった。

仕方なくタクシー待ちの長蛇の列に並んではみたけど、まったく行列は動かない。

照りつける太陽。

焼かれるアスファルト。

立ちのぼる陽炎。

午後四時前、猛暑の中で一時間ほど並んでいたら、もう少しで私鉄が動くとの噂が入ったので、タクシーを諦めて駅へ戻った。ところが、突然、「本日中の運転再開はなし」とアナウンスがあって、しばらくすると全員駅の外に追い出され、人々がパニック寸前になっている。

それから三十分が経ち、今度はＪＲが動くとの情報が入る。

駅前に溢れる人々が一斉に走り出す。

誰かが転ぶ。

目の前で「押した」「押さない」の喧嘩が始まる。

鞄を振り回すおっさんを足蹴にする学生風の若者。

なんなんだ、このギスギスした空気は。

もう何回も騙されたから、とてもJRの駅へ向かう気にはなれない。

どうとでもなれと、ハチ公の前に座り込んだ。

「誰か。誰か」

突然、歩道に倒れた高齢者を抱きかかえた女性が、救いを求めて声を上げる。生気を失った目でそれを眺める人々がいる。

原田が見て見ぬフリをしていると、たまらずに数人が駆け寄る。

しかし、運び込む所などない。

東京が虫の息になっていた。

東京都　大田区　大森本町　ボートレース平和島前

品川の金融機関に勤める石原は、会社に泊まる選択もあったが、犬を飼っているから迷うことなく徒歩帰宅を選んだ。

歩きやすい靴など持ってるわけないから、紳士靴で横浜へ向かって歩く。

歩き出してから、まずコンビニでペットボトルの水を購入した。

田町から品川駅の前を抜け、箱根駅伝のコースと同じ、鮫洲から大森海岸へとひたすら第一京浜を南へ歩く。

歩道は帰宅する人が行列をなし、国道は車で遥かかなたまで大渋滞していた。

途中、警察署や消防署などでは、「トイレあります」などの案内板が出ている。トイレを借りた大井(おおい)消防署ではテントが張られており、「食事は大丈夫ですか」と訊かれたから、もしかしたら非常食が提供されたのかもしれない。

自転車屋さんが混んでいる。

疲れているので自転車が欲しいとも思ったけれど、そのままやり過ごした。

この辺りは電力事情がマシらしく、たまたま食堂が営業していたので、小休止をかねて食事をとることにした。注文した品がくるあいだに足をほぐしていると、厚かましいことに、なにも食べずにトイレだけ貸して欲しいと店に入ってくる人が引きもきらない。

十六時三十五分
　　　東京都　千代田区　永田町二丁目　総理大臣官邸内　危機管理センター　別室

畠山たちが良からぬ算段をしているあいだ、なんとか気持ちを落ちつけた文月と加藤は別室に入っていた。

もしかして、この狭い部屋が関東の最後の砦(とりで)なのかもしれない。

「加藤さん。教授と速水たちの目的はなんだと思われますか」

「企画官。あなたの考えは」

文月は疲労がにじんだため息を吐き出した。

「動機は別として二人、特に速水は子飼いの政党を作るつもりですね」

「理由は」

「自己理想の実現」

加藤がうなずく。

「新人が選挙に勝つためには現職議員の基盤を奪わねばならない。道州制によって選挙区の改編を行なえば、現職議員にとってはお国替えさせられるのと同じです。しかも、定数削減した小選挙区制なら、少ない候補者数で複数当選させられる」

「『みらい』が大勝できるというわけですね」

「では企画官。東京都の解体はなんのためだと思います」

「東京都の特権剝奪でしょうね。小国の国家予算をも凌ぐ彼らの歳入を、地方へ配分するという公約は受けるでしょう。ただし、そのためには都知事が邪魔になる」

「この災害は、年末の都知事選で民政党の辻内都知事の政治生命を奪う絶好の機会です」

「しかし、『みらい』の勢力拡大は連立民主党に反旗を翻すことになります」

「速水にとって畠山などどうでもよいのです。顧問への就任は政権奪取の下準備と思えばどうでしょう。彼は、もはや災害対応の不手際を責められるのが必至の畠山政権後を考えているとしたら」

加藤の言うようにすべてが繋がっていく。

ただもう一つ、大きな疑問がある。

「速水の会社と同じく、もしかして中国の資金が、『みらい』に流れ込んでいるのでは」

「ここからは私の妄想になります」

「彼は、自らの理想実現のために中国と取引したということですか」

「ありえる。中国寄りの政党を立ち上げるために潤沢な資金を供給するというのは、かの国にすれば国益にかなっている。彼らが日本の既存政党の弱体化に目をつけているとしたら。道州制をきっかけにすべての首長を中国寄りの人物にすることを狙っていたら。たとえ道州制になっても、首長のトップに君臨するのはやはり都知事です」

「でも速水の思惑がそうであっても、彼の上には教授がいるじゃないですか」

「桐谷が上位者に見えるのは、顧問団というフィルターを通しているからです」

加藤が内ポケットから一枚の写真を取り出した。

写真の右下に日付と時刻が打ってある。

今から八年前の記録。

どうやら防犯カメラの映像のようだ。

「『みらい』を立ち上げた時の祝賀パーティーでの写真です」

加藤が写真の一点を指で押さえる。

「ここで速水と並んでいるのは、中華通信社の記者です」

「この男がどうしたのですか」

加藤が片方の眉を吊り上げた。

「彼は工作員として有名です」

もしかして今、この国を押し流そうとしているのは荒川の濁流ではなく、おぞましい陰謀なのか。

少しだけ正体を見せた『なにか』に、文月は両腕に鳥肌が立つのを感じた。

十六時四十五分

東京都　墨田区　八広六丁目地先　荒川右岸　四ツ木橋

国交省による懸命のダム放流量と河川水門、そして調節池を使った制御の結果、荒川の水位が低下し、墨田区の北部を湖に変えた洪水への対策が本格化している。そのおかげで橋の周辺の殺気立った雰囲気も沈静化しているが、かと言って、湖の真ん中にポツンと取り残された避難民たちを取り巻く状況がよくなったわけではない。

荒川が安全だと考えた途端、周りの人々は橋に殺到するだろう。機動隊はまだまだ警戒を緩めるわけにはいかなかった。

「カズ。国が変なことを言ってきたぞ」

突然呼ばれた機動隊の指揮車から団長が戻ってきた。

「なんですか」

とりあえず着替えを終えた和也も、仲間のもとに戻ってきていた。

「これから政府のヘリが、ドクターヘリの代わりにお前が助けた男を迎えにくるから、それにカズも一緒に乗れとのことだ」

「なんで私が」

「わからん。まったく連中はなにを考えているのか」

思えば、和也たちには四ツ木橋の周辺で起こることしか情報がない。たった一本の橋だけでこれだけの騒動になっている。都心の他のエリアで、今まさになにが起きているのかと、ワンセグでテレビ報道を確かめると、驚くべき状況が目に飛び込んでくる。

暴動か革命が起きたのではないかと思わせる混乱が都心を埋め尽くしていた。

羊の群れのように押し合って動く人の波、帰省ラッシュの高速道路を思わせる車の大渋滞、電気が止まり、洪水が起きただけで東京は救いようのない混乱に陥る。

首都圏への過度の人口集中だけが原因とも思えない。

和也は祐美のことを考えた。

いつか、彼女が「今度の政権はどうしようもない。それでも私は彼らを支える」と言っていたのを思い出した。

東京都　千代田区　永田町二丁目　総理大臣官邸内　危機管理センター

「先ほど、荒川で救助された男と水防団員を病院へ連れていく途中に、丸の内で帰宅困難者を励ますというシナリオだ。ヘリで行く」

センターに戻ってきた畠山が開口一番、こう言った。

もはや、なにもかもが桐谷と速水の計略に思える。

——なんですって。

文月は震えるほどの怒りを感じた。

この男のあざとさはいったい。

「たった一人の国民の命も疎かにしないという、政府の国民第一の姿勢をアピールできる妙案です」

　長津田が続く。

　いい加減にしてちょうだいと文月は席を蹴った。

「首相。おやめください！」

　皆が文月の剣幕に驚く。

「なにをムキになっている」

「絶対におやめください」

「君の意見など訊いていない」

　呆れ顔の長津田が突き放す。

　桐谷が吐き捨てる。

「一企画官が生意気を言うな」

「この危機に、浅はかな行動はおやめください。しかも、重傷者を病院へ運ぶ途中に寄り道する必要がどこにあるのですか」

「誰が浅はかだと！　もう一回言ってみろ！」

　桐谷の剣幕を無視した文月は首相に矛先を向ける。

「首相。ご自身の立場をお考えください。首相が視察にお出かけになるということは周囲も動かねばなりません。その影響を認識されていますか」

　首相が官邸を離れて視察に出かけるなら、秘書官、ＳＰのほか、関係省庁の担当者など数十人単位の人間が随行する。現地でも警備担当者、案内を担当する自治体や企業の幹部など百人規模で動員されるのが普通だ。たった五分の視察だとしても、その準備にどれほど時間が必要なのか、この男は理解していない。

「当然だ」

「視察先の安全は誰が確認するのですか」

「現地の機動隊員と警官に任せる」

「彼らは避難民の誘導と整理で手一杯です。それだけじゃない。飛行ルートの選定、その直下の安全などを今から確保するのは不可能です」

「荒川と、ちょっとだけ丸の内に寄るだけだ。それぐらいはなんとかなるだろう」

「もし、ヘリになにかあれば首相のご安全が保証できません」

「できない理由ばかり並べ立てるんじゃないよ」

長津田が噛みつく。

「そんなことがないように、日頃からヘリの整備がされているはずだ。そうじゃないのかね、山本大臣」

桐谷の振りに山本が黙ってうなずく。

文月は、これみよがしに首を振ってみせた。

「同じく、ヘリに万が一のことがあれば、地上には帰宅困難者が溢れています」

「非常事態なのだ。最悪のことばかり考えても仕方ないだろう」

苛立ちを顔にみなぎらせた畠山が腕を組む。

非常事態を認識していないのはあなただ。

「首相が動かれるということは、なんにせよ重大な決断を行なう場合に限られます。政府としての災害対策を策定し、その指示がどの程度進んでいるか、区と政府が書面上でまとめた計画だけではケアしきれない部分がないか、首相ご自身で最終確認をするために、現地に出向かれるといった目的でなければ意味はありません」

「一人の被災者も疎かにしないという首相のご意志を示すのだ」

長津田の浅慮を今まで黙っていた加藤が言下に否定する。

「被災者は荒川の男性一人ではありません。官房長官がおっしゃるパフォーマンスは、被災者の神経を逆撫（さかな）でするだけです」

いいですか、と加藤がつけ加える。

「首相が現地に入ることは、被災地にとって朗報が届くということでなければならないのです」

「もういい！」

桐谷が切れた。

「これはここにいる全員が認めた決定事項だ。文句を言うな。山本大臣。国交省のヘリを使うから準備を頼む」

躊躇（ちゅうちょ）する山本が、ちらりと文月と加藤を見る。

「もっと冷静な判断をお願いします」

文月が食い下がる。

「先ほどから首相はマスコミの反応を気にされていました。今回の視察は総スカンを食らう恐れがあります」

「黙れ！」

桐谷の怒声。

「いいえ、黙りません。もし、ここで意見を言うことを許されないなら、外して頂いて結構です」

「本音が出たな。どうせ君は、ここから逃げ出す口実を探していたんだろう」

「なんですって」

「最高のシチュエーションだよな。自分は正論を言っている。それを受け入れてもらえない以上、この場にいる意味はない。自分から退席すると無責任のそしりを受けるから、私から退席処分にさせる。なかなか計算高い」

文月は唇を嚙んだ。

言いたいことは山ほどある。目の前の馬鹿で、愚かで、狡猾な大学教授に浴びせたい罵声など星の数では足らない。

山本、江口、上村。文月が視線を向けた途端、彼らがうつむいていく。

助けてくれる者などいない。しかし、文月は内閣府の企画官だ。広瀬が放逐されたあと、良識を失ってはならないのは文月と加藤しかいない。

「ヘリが到着次第、出発する。大臣、大至急準備させてくれ」

「山本大臣、考え直してください」

山本が一瞬、口ごもった。いかにも苦しそうな目を彷徨わせる。

文月はこの場でずっと冷静だった彼の良心を信じた。彼は国務大臣なのだ。

「承知いたしました」

群れの掟にあらがえない山本が、集団思考に飲み込まれた。

首相が視察に出かけているあいだ、会議は桐谷と長津田が仕切ることになった。「首相が出発するまで休憩する」との長津田の声に、メンバーが席を立ち始めた。

机に置いた両の拳を握りしめたまま、文月は荒川の状況を映し出すモニターから目を逸らした。

「企画官」

加藤の一言に、文月の中でなにかが切れた。

バンと机を叩いた文月は、センターから走り出た。

階段で三階のエントランスホールへ駆け上がる。

ただ悔しかった。

「あなたしかいないんですよ」

振り返ると加藤が立っていた。

慌てて文月は右手の甲で頬をぬぐう。

「気持ちはわかりますが、どれだけクズであっても彼らは今、日本政府です」

「あんな人たちのために、どうして私がこんな目に。なぜ？　閣僚たちのいい加減さが許せなくなって出しゃばったから？　それとも女だから？」

「あなたは選ばれたからです」

「あんな連中に選ばれるなんて真っ平御免です」

「そうじゃない。選んだのは広瀬統括官です」

「統括官が？」

どういうこと。

「彼はこの事態を予期していました。自分がトラブルに巻き込まれたら、そのあとに対処できるのはあなたしかいない、とこの場へ帯同したのです」

「加藤さんも統括官が？」

「彼には、なにかあったらと以前から頼まれていましたが、昨日、ついにお呼びがかかった。畠山政権の混乱を危惧して相談を受けた私は、きっとなにかお役に立てるだろうと志願しました」

「志願……ですか」

「そうです。前から、あなたとご一緒したいと考えていた。あなたの噂を彼からずっと聞いていました」

加藤が穏やかに、一言ひとことを嚙みしめる。

「そんなこと急におっしゃられても……」

文月は混乱していた。

「いつかこんな日がくるだろうと腹をくくっていた。そしてもしその日が来たら、あなたならやるだろうと信じてきた。だから、だからこそ、一キャリアとしてではなく、人々のためという志を胸に自らを奮い立たせなさい！」

加藤の叱責が頰を打つ。

「最後の最後まで、私があなたを支えます」

小気を悟られたくないから文月はわざと横を向いた。

少しだけ、少しだけ時間をください。

一息ごとに折れかけた心を鎮めていく。

最後に、頰一杯にためた息を吐き出した。

「落ち着きましたか？」

文月はうなずいた。

「結構。文月企画官。どれだけ軽くて浅い人間でも、それが閣僚ならば官僚は補佐しなければならない。そうでしょ」

「私だって、そのつもりで今日まで頑張ってきました」

「言ったはず。そういう問題ではない。あなたが簡単には真似できない努力を積み上げてきたことはわかります。それには心から敬意を払います。でも、今、あなたに求められているのは努力ではなく結果を出すことです。畠山のためじゃない。国民のためにね」

「官僚としてなすべきことは理解しています。今、このときだって精一杯やっています。まだ足りないのですか」

「あなたは官僚の責務を知っているにすぎない。責務を果たすことを仕事としてしかとらえていない」

「だって、仕事じゃないんですか。共働きの私たちは毎朝、二人でお弁当を作って、息子を保育園に送り届けて、仕事をして、帰りにはスーパーで買い物してから夕食作って洗濯します。主人が忙しいときは面倒くさいと思うこともあるけど、この仕事をやめようと思ったことはありません。それは……、それはこの仕事に責任を感じているからです。それじゃダメなんですか」

「あなたが日々、忙しい毎日を過ごしてきたあいだに変わったことがある。なんだかわかりますか？」

文月は小さく首を横に振った。

「あなたの立場と周りの期待です。大したことない苦労で手に入れた成功と、多くの困難と苦労で手に入れた成功とはなにが違うのか。前者は幸運で後者は誇りです。あなたには災害対応のプロとしての誇りがあるはず。もはやあなたは広瀬統括官の代わりを務めなければならない立場なのです。もしどこかに陰謀があるなら、なおさらです。国に仕える者だからこそ、正真正銘の危機に襲われたら、その先のすべてを失うことになっても国難に挑まねばならない。その覚悟は？」

弱気を見せたくない文月はうつむいた。

「……わかりました」

「聞こえない！」

「わかりましたって、言っているでしょ！」

ムキになって顔を上げると、見たこともない柔和な加藤の笑顔があった。

文月よりずっと長く生きて、荒波に揉まれ、ほぞを嚙んで這いつくばっても、何度も立ち上がってきたであろう男の目がそこにあった。

文月はふと父親の面影を思い出した。

十七時十五分

東京都　墨田区　八広六丁目地先　荒川右岸　四ツ木橋

頭上でヘリのエンジン音が響く。

東の空から、一機の大型ヘリが近づいてくる。

ついに政府が重い腰を上げたのか、と人々が空を見上げる。「なにをやっていた」「なにをしてくれるんだ」「遅いじゃないか」、怒りと期待、様々な思いを込めた視線が入り混じっていた。

白地に赤と青のストライプが入ったヘリを、和也は今年の出初式で見たことがある。あれは国土交通省の『あおぞら』だ。

突然、橋の袂で機動隊員が避難民を押し返しながらバリケードを広げる。どうやら、ヘリを着陸させるらしい。

「それにしても乱暴な対応だな」

団長がつぶやいた。

ヘリが高度を下げ、ダウンウォッシュに埃やら紙くずが舞い上がり始めると、「危ない、危ない」と避難民たちもあとずさりを始める。

避難民と機動隊が睨み合う真ん中にヘリが着陸した。

キャビンのドアが開くと、がっしりして、耳にイヤホンをつけたＳＰに守られた男がおりてきた。小柄で日焼けした痩せ顔に大きな耳。生え際の後退した髪を整髪料でオールバックに撫でつけた男。あれは畠山首相だ。

お付きの者に案内されながら、畠山が機動隊の指揮車へ向かう。

「なんだ、ありゃ」

「白馬の騎士にでもなったつもりか」

団員たちから失笑が漏れる。

しきりに愛想笑いを振りまきながら周りに手を振るが、応える者など誰もいない。

冷ややかな視線が、裸の王様を見つめている。

「一命を取り留めた男性をすぐにヘリへ収容したまえ。病院へ運ぶ」

不自然に大きな畠山の声が聞こえる。

すぐに、担架に乗せられた若者がヘリに収容される。

畠山が「もう大丈夫だよ」と彼の手を握る。

機動隊員が和也に、こっちへこいと手招きする。

「お呼びだぞ」

団長が和也の背中を押す。

「勘弁してくださいよ」

「日本の総理大臣とヘリに乗せてもらえるなんて滅多にない機会だ。光栄に思え」

「本気でそう思ってます？」

「思ってるわけねーだろ。ただな、お前が行かないとあの邪魔なヘリが離陸しない」

恨めしい視線を団長に投げてから和也は渋々前に出た。

機動隊員たちが両側に引いて、和也の前にささやかな花道を作る。

その先で、笑顔の畠山が和也を待ち構える。

「お手柄だった。君は水防団員の鑑だ。大丈夫か。病院まで送ろう」

畠山が両手で和也に握手する。

「ご厚意はありがたいのですが、私は大丈夫です」

「いやいや、あれだけのことがあったんだ、病院で検査を受けないとダメだよ。君のご家族のためにもね」

周りのお付きの者が、有無を言わさず和也の背中を押す。現行犯逮捕された容疑者のごとく和也はヘリに押し込まれた。

広いキャビンで和也が助けた若者を医師が検診している。一列前の座席に座らされた和也はシートベルトを締めた。

向かい側に首相、ＳＰ、お付きの者が一列に並ぶ。

どう見ても畠山は、新橋の居酒屋でくだを巻いているオヤジだった。

ヘリが離陸する。

窓から外を見ると、避難民たちが「お前らなにしに来た」と拳を振り上げている。

ヘリが水平飛行に移る。

「それでは、これから丸の内に向かいます」

機長がキャビンを振り返った。

丸の内？　なんのために。

ヘリは東向島から曳舟の上空を通過し、隅田川を越え、浅草の街から馬喰町（ばくろちょう）の上空を抜ける。隅田川を越えると、眼下は政府に見捨てられた帰宅困難者で溢れていた。

「君のことを奥さんも心配されているだろう」

「妻はこのことを知らないと思います」

「君の奥さんのことだ、さぞや立派な女性に違いない。是非、今度会って直接お礼を言いたいものだ」

畠山が満足げにうなずく。

前方に東京駅と、その向こうに門柱を思わせる丸ビルと新丸ビルが見えてきた。東京駅の上空を通過したヘリは、丸の内のロータリーの上空で旋回（せんかい）を始めた。足下では、四ツ木橋のときと同じように、丸の内警察署の警官と駅員が帰宅困難者を整理しながら着陸に必要なスペースを空けようとしている。

　ところが、帰宅困難者たちが従わない。あちらこちらで、両者が押し合い、言い争いになっている。

　機長が不安げに振り返る。

「着陸されますか」

「当たり前だ」

　畠山が、一転、不機嫌に答える。

「機長、あれを」とコパイが前方を指さす。

　ロータリーの南、ＫＩＴＴＥ（キッテ）ビルの方角から小さな黒い物体が飛んでくる。

「なんだ。あれは」

　黒い物体が突然、飛行コースを変えた。

「危ない！　エンジンに吸い込まれる」

　機長が慌ててサイクリック・スティックを倒し、機体を右バンクさせながら右ペダルを踏み込むと、急角度で機首を西へ向けた。

　機体が大きく傾く。

　キャビンの連中が体を背もたれに押しつけながら両足を踏ん張り、手すりにつかまる。

　機体が大きくバウンドしたと思ったら、背中で爆発音がした。

　悪路を走るジープのごとく、機体が激しく上下左右に揺れる。

　今まで規則的だったタービン音が、息切れする不連続音に急変した。

　ブブブブブ、連続したアラームが機内に鳴り響く。

エンジンの異音がさらに大きくなった。

「Mayday! Mayday! This is JA83KT. Engine stall!」

ズンという衝撃と一緒に、体から重力が消えたと思ったら、「推力回復しません！」とコパイが叫び、機体が平面スピンに陥って操縦不能となった。

「墜落するぞ、なにかに摑まれ！」

機体がぐるぐる時計方向に回転を始める。

畠山の悲鳴がキャビンに響いた。

ヘリが急激に高度を失い始めた。

東京都　千代田区　丸の内一丁目　東京駅　丸の内中央口

橘二佐は不安げに、陽が西に傾いた空を見上げていた。

これから首相が現場視察のために丸の内上空に飛来するらしい。しかも、着陸して帰宅困難者たちを励ましたいとの連絡が入った。

愚の骨頂だ。危機管理のなんたるかをまるで理解していない。

墨田区の被災民への対応や都内の混乱対応に部隊を振り分けられたせいで、たかだか三十人程度の警官が、駅員とともに着陸場所を確保するために動員された。本当はもっと多くの部隊を効率的に配置できるはずなのに、官邸のせいでいまだに移動中の部隊が多くいるからだ。

その結果、駅前や構内の帰宅困難者の整理があと回しにされてしまう。

「そりゃこうなりますよね」

東山一尉が吐き捨てる。

「官邸がいかに素人かよくわかるだろ」

「そんな男が、我々の最高指揮監督権者ですか」

「仕方あるまい」

橘は、この場に来てからもう何回目かのため息を吐き出した。

「来ました」

東山が北東の空を指さす。

国交省の災害対策用ヘリコプターは、災害状況を正確かつ迅速に把握することが本来の目的で、最大搭乗者数は操縦士も含めて十四名だ。

東の方角から進入してきたヘリが、着陸場所を探しながら高度を下げ始めた。

ところが、ロータリーの帰宅困難者の整理が終わらない。

「なんで俺たちがどかなきゃならないんだ」「なんでこんなところにヘリが着陸するんだよ」「なにをしてくれるって言うんだよ」

人々が警官や駅員に噛みつく。

「空けてください！」「危ないですから、どいてください！」

あちらで場所が確保できたと思ったら、こちらで人垣が崩れる。

着陸できないヘリが上空で旋回を始める。

もう何時間も混雑と暑さという耐えがたいストレスに晒されている群衆だ。そこへ今度は、ヘリの爆音とダウンウォッシュが彼らのイライラを増長する。

「まずいですね」

「司令部に連絡して、ヘリの着陸を諦めさせろ。危険すぎる」

東山にそう命じた橘の目に、南の方角から飛来する黒い物体が目に入った。

「なんだ、あれは」

「ドローンですね。どこかの報道かユーチューバーが、この場を撮影しようとしているのかもしれない」

北へ飛ぶドローンとヘリの距離が急速に縮まる。

強烈な西日のせいか、互いが相手に気づいていない。

「近いな。危ないぞ」

両者がたちまち接近する。

「ぶつかるぞ！」

次の瞬間、ヘリが機首を西に向ける。横倒しになるかと思うほど機体が傾く。

ドローンも西へ向きを変える。

「危ない！」

東山が叫んだ。

ドローンがヘリのエアインテークに吸い込まれた。

大きな爆発音とともに、エンジンから炎が噴(ふ)き出す。

推力を失ったヘリが急速に高度を失う。

ヘリが平面スピン状態に陥った。

「落ちる！」

駅前のロータリーで帰宅困難者が逃げ惑(まど)う。ところが、もともとラッシュ時の山手線を思わせる群衆が集まっているのだ。一メートル進むだけで何人もの群衆をかき分けねばならない。

人々が押し合い、ぶつかり合い、右に揺れ、左に揺り戻される。

そんな混乱の中へ、逃げ場のない帰宅困難者の頭上に、バスほどの大きさのヘリが落ちてきた。

轟音を響かせながら機体が横倒しになった。

機体が折れ曲がる。

折れたローターが青龍刀のように四方へ飛び散る。

削られた敷石の破片が鉄砲玉のように辺りへ弾かれる。

とても正視できない無残な死が撒き散らされる。

機体に押しつぶされた人。

折れて飛び散ったローターに直撃され、体がバラバラに四散する人。

悲鳴が渦巻く。

辺りが血に染まる。

路上に倒れて痙攣を起こしている人、足がおかしな方向に曲がったまま墜落現場から這い出ようとする人、ゾンビを思わせるおぼつかない足下で徘徊する人。

彼らの周囲についさっきまで人だった物体がいくつも転がっている。

なんとか事故を免れても、恐怖で動けなくなった人が次々と気を失って倒れる。

さらにその外では路上に膝をつき、口を押さえ、今なにが起こったのか理解できない人々が凍りついていた。

「司令部に連絡！　大至急応援を乞え」

橘は無線通信手に怒鳴る。

「救急車ですか」

「かき集められるだけ集めさせろ！　それから増派部隊をここへ向かわせるよう依頼しろ」

「しかし、道が渋滞です」

「馬鹿野郎。無理ならヘリを使わせるんだ！」

連絡係にそう伝えた橘は駅から駆け出した。

東山が続く。

「どいてください」「通してください」

群衆をかき分けて進む。

「お前たち、なにやってんだよ！」「どうするつもりだ。この馬鹿が！」

周囲から罵声が飛んでくる。

一々、構ってはいられない。

なによりも、この場所の空気が急激に悪化していることを橘は察していた。

道にまかれたガソリンと一緒だ。

マッチ一本で引火する。

第四章　レベル4

十七時三十分

東京都　千代田区　丸の内一丁目　東京駅　丸の内駅前広場

「なんとかしろ！」「おい。誰か、これを外してくれ」「なんでこんなことになった！」

どこかでテンパった怒鳴り声が聞こえる。

しきりに金属が擦れる音と、枕を壁に打ちつけるような鈍い音が耳の中で響いている。

真っ白だった視界がぼんやり像を結び始めると、おぼろげに見えてきたのはリベット留めの壁に囲まれた狭い空間と簡易ベッドを思わせる安っぽい座席で、なぜかすべてが横倒しになっている。

空気が漏れる音と、なにかが焦げる臭いが鼻をついた。

うめき声を発しながら和也は目覚めた。クサビを打ち込まれたように体の節々が痛んで、関節が曲がらない。クラクラする頭を左右に振って意識を取り戻すと、チャイルドシートでむずかる子供みたいに、男が目の前でもがいている。

「こいつ、誰だっけ？」と記憶の糸を手繰り寄せる。

そうだ、内閣総理大臣の畠山だ。

頭の中で、おもちゃ箱をひっくり返したように記憶が弾ける。

和也は四ツ木橋から、畠山のせいで強引にヘリに乗せられた。

――他の連中は……。

痛む首をひねって操縦席を見ると、機長とコパイがベルトに支えられたまま、計器盤にしなだれかかっている。口の端からよだれが垂れ下がり、二人ともまるで動かなかった。

墜落の衝撃は半端ではなかった。操縦席の風防も、キャビンドアの窓ガラスも粉々に砕け散り、機体のフレームが飴のように曲がっている。

生きているのが不思議だった。

「おい。これを外してくれと言ってるだろうが」

畠山が呼ぶＳＰも耳から血を流し、首を垂れたまま動かない。

「落ち着いてください」

和也はもう一度頭を振った。

ライオンと鉢合わせしたチンパンジーみたいに畠山が歯をむき出しにする。

「君か。あー、名前はなんだったっけ。……そんなことはいい。このベルトを外してくれ」

「首相。まずは落ち着いてください」

「私は官邸に戻らねばならないんだよ！　早くしろ！　おい、早くしろって言って……」

「落ち着けって言ったろうが！」

和也の怒声に言葉を失った畠山が、酸欠の金魚みたいに口をぱくつかせる。

「どうやら生き残ったのは、あなたと私だけらしい。神に感謝するんですね」

後部座席を振り返ると、荒川の濁流で助けた若者がぐったりしている。脂汗のにじんだ手を伸ばして頸動脈にそっと触れると脈はなかった。四ツ木橋に救急車が来さえすれば、こんなことにはならなかったはず。

和也は、まず自分のベルトを外してから畠山の面倒をみてやる。腹に食い込んだベルトのせいで畠山が「苦しい」とうめく。

四苦八苦してバックルを外し、ようやく畠山の体が自由になる。次は、世話の焼ける彼を連れてここから脱出しなければならない。

上から垂れ下がった座席ベルトを摑んで懸垂の要領で体を持ち上げる。機体が左側を下に横転しているから、サンルーフみたいに空を向いた右側のキャビンドアによじのぼる。

なんとか機体の外へ出た和也は、辺りの様子に言葉を失った。

目を背けたくなる光景が和也の前に現れた。

丸の内ビル、新丸の内ビルや日本生命丸の内ビルが取り囲む丸の内駅前広場の中央で、ヘリは横倒しになっている。広場の緑地帯やタクシーレーンにまで所かまわずヘリのローター、扉、ガラス、エンジンの破片、あらゆる物が飛び散っている。機体の下から突き出ている誰かの手足、バラバラになって性別すらわからない体の一部。五体は揃っているが、腰の辺りから不自然に折れ曲がった死体。

機体の周りは凄惨な血の海だった。歩道に残された何本もの赤い筋が敷石の模様なのか、遺体を引きずった跡なのか、もはやわからない。

いつか映画で見たソマリアの首都モガディシュで、アメリカ軍のヘリが民兵の真っ只中に墜落した事件を思い出す。

畠山の現場視察が招いたのは、容赦ない死と流血と痛みだった。

難を逃れた人々がミステリーサークルのように墜落現場を取り巻いている。

そこここで気丈な人々が怪我人を介抱していた。

「駅から薬をもらってこい！」「どこかに医者はいないのか」「救急車は！」「駅に自衛隊がいるんだろ。無線で呼んでもらえ」

重傷の怪我人をなんとか助けようと声をかけ合っているが、手の施しようがなくてオロオロするだけだった。残念だがどう見ても素人による処置にしか見えない。

キャビンの中から引き上げ、そのまま地面におろした畠山を、和也はとりあえず機体の横に座らせた。

「あんた、この光景を見て自分のしたことをどう思う」

畠山がふくれっ面を和也からそらす。

「これは私のせいじゃなくて、パイロットの操縦ミスが原因だ」

「そうか……。ならここで留守番してな」

「おい、独りにしないでくれ」と泣きつく首相を置き去りにした和也は、救護の応援に向かう。

「なんだよ。あんたは」

男が和也に毒づいた。

「俺は消防団員だ」

「消防団かなんか知らんが、あのヘリに乗ってたんだろ！」

喧嘩腰の表情で男がヘリを指さす。

「ちょっと事情があっただけだ」

「これだけの事故を起こしといて、どんな事情があるって言うんだ！」

「俺は無理やり乗せられただけだ。それに、今は怪我人の手当てが先だろうが！」

和也は、「どいてくれ」と男を押しのける。その勢いに他の連中も和也にスペースを空けた。

和也の周りに人垣ができた。記念写真のように並んだ野次馬たちが心配そうに見守る。

「皆さん、協力してもらえますか」と和也は周りの人たちに呼びかけた。

まず、倒れた人々のショック症状を確認する。

目は虚ろか、呼吸は速いか浅いか、冷や汗が出ているか、唇が紫色か白く変色しているか、痙攣が起きているか、皮膚は青白いかなどを確かめていく。

「この方は水平に寝かせてあげてください」「こちらの方は、両足の下に上着を丸めて三十センチほど高く上げてください」「この方の症状は軽そうなので、ネクタイとベルトを緩めて、声をかけながら元気づけてあげてください」

和也のてきぱきとした指示に、人々が素直に従い始める。

「この方は重症ですね」

ショック状態で意識を失った男性を、筋肉に無理な緊張を与えないように仰向けに寝かせた和也は、その横で両膝をついた。

すぐに、心肺蘇生のための胸骨圧迫を始める。
一、二、三……、規則的にカウントを取る。
「自発呼吸がない。呼吸不全に陥っている」

次は人工呼吸だ。右手で怪我人の口を開け、左手で顎を上げて気道を広げた喉に息を吹き込む。

顔を上げた和也は、独りうつけて立つ男に声をかけた。

「ＡＥＤを取ってきてくれ。駅のどこかに置いてあるはずだ。急げ！」

ＡＥＤは心室細動の致死的な不整脈に対処するため、電気ショックを与える医療器具だ。

「なんで俺が」

「グズグズ言ってる場合か！　この人が死ぬぞ」

和也に怒鳴りつけられた男が、不承不承（ふしょうぶしょう）の表情で野次馬の中へ駆（か）け出した。

十七時四十分

東京都　千代田区　永田町二丁目　総理大臣官邸内　危機管理センター

発生から七時間近くを経て、関東を襲った災害への最終的な対応が決まりつつあった。

ただ、それは官邸の指導力とはなんの関係もない。

まず竜巻被害へは、千葉県と埼玉県の知事の判断で、それぞれの地元建設業が対応することに決まった。結局、畠山がさし向けた部隊は現地に到着することさえできず、東京へ引き返す羽目になった。

洪水の被害については、二瀬ダム管理所と荒川調節池の洪水調整で墨田区への水の流入が収まったため、旧中川と北十間川の各水門だけでなく、あらかじめ用意されていた非常用ポンプをフル稼働させた排水と同時に、警察と消防の他、陸自の第一ヘリコプター団と東部方面隊の第十二ヘリコプター隊を投入した救助、ならびに緊急物資の輸送作戦が始まった。決死の覚悟で四ツ木橋を渡った全国建設連合が、砕石（さいせき）と押さえ盛土による改修エリアの補強と復旧工事に着手した。

武藤所長の予想どおり、荒川水系のダムは満水の水圧にもビクともせずに耐え切っている。このまま荒川の水位を抑え込めれば、新たな洪水が起きることはない。

送電網の復旧計画が決定し、ようやく給電再開の目処が立ち始めた。

帰宅困難者への対応は都が中心になる。

残された問題は愚かな首相のせいで地獄と化した丸の内だった。

丸の内の駅前広場で墜落、横転したヘリ、路上に散らばる死傷者、逃げ惑う人々、一向に到着しない緊急車両。都心の真ん中で、ビジネスでもファッションでも最先端のエリアだった丸の内が孤立集落と化した。

思わず目をそむける惨劇に長津田や玉村たちが、モニターを見ながら凍りついている。

「首相は？　首相は大丈夫か」「おい、早く警察を送り込めよ」

長津田たちの狼狽に、秘書官たちが円卓上の受話器を摑み上げて警察庁、警視庁、思いつく警察署に片っ端から電話をかけ始める。

文月は固唾を飲んで墜落現場の様子を見つめていた。

エンジンから煙を上げながら横転したヘリ。

メインモニターでは、丸の内駅前の数箇所に設置された定点カメラの映像が周期的に切り替わる。そのたびに官邸のスタッフが遠隔操作でズームの倍率を変えながらヘリの様子を確認しようとする。

「おい。そこで止めろ。なにか動いたぞ」

長津田がモニターを指さす。

サンルーフみたいに空を向いたヘリのキャビンドアから人の頭がのぞいた。

そして、もう一人。

「生きてるぞ。あれは誰だ」

えっ、と文月は口を押さえた。

和也。

不意の目眩に文月はよろめいた。

——なぜそんなところに。

動悸が激しくなり、耳の奥で心臓の鼓動が響く。

口を押さえた文月は、喉元から込み上げてきそうな熱い塊を叫び声と一緒に飲み下した。

机に置いた書類がなぜか歪んで見えた。

額の汗をぬぐう仕草で人知れず涙を払うと、和也がヘリの中から引き上げた畠山を、歩道におろしてやる様子が見えた。多数の死傷者が出た墜落現場で、ヘリの残骸の横に畠山が座る。

「首相だ。やった！　首相が生きているぞ」

畠山の無事に沸き立つセンターの興奮が、文月の横を素通りしていく。

文月は思いつく限りの神様に感謝した。

すると、そこでじっとしていればいいのに、休むまもなく和也が怪我人の処置を始めた。

こんなときでも、人のことばかり考えている。

もういいよ。もうやめて。

無茶ばっかりして。

「警察はどうなっている！」

長津田が怒鳴っている。

「現場付近には、丸の内警察署交通課の警官が三十名配置されているだけです。ただ、彼らにも多くの死傷者が出ているようです」

「なんだと。では、誰が首相を守るんだ」

「陸上自衛隊の先発隊がおります」

「人数は」

「十五名です」

「たった十五人だと」

「はい」

「他の連中は」

「都の要請で、陸自の大半は洪水被害の対応に投入されています」

「誰がそんな偏った配置を許可した」

官邸スタッフを叱りつける官房長官。

「お言葉ですが、センターのご判断は洪水も帰宅困難者の対応も、すべて都と区に任せるというものでした」

長津田が、チッと舌打ちする。

「仕方がない。至急、駅前の自衛官に首相を警護するよう命じろ。それから洪水対応に出動している機動隊の一部を回せ。最も近いのは」

長津田が焦る。

「永代橋に警視庁第四機動隊の三百二十名がいます」

「大至急、移動命令を出せ」

官邸のスタッフが受話器を取り上げる。

「何分かかる」

スタッフが受話器の送話口を押さえる。

「およそ三十分」

「遅い！　遅すぎる」と長津田が机を叩く。

この会議が招集されてからまだ六時間、十分ごとに状況が変化する事態に、もはや愚痴るしか能がない木偶の坊たちの狼狽が続く。

そんな閣僚たちを横目に、文月を含めた官邸スタッフたちは、緊急事態に対処すべく走り回る。長津田たちがどれだけ我を忘れて動揺しようが、文月たちは、急遽、首相の救出作戦を検討、実行しなければならない。

周囲の反対を押しきってパフォーマンスを試みた愚かな男だが、日本の首相だ。

殺気立った駅前広場の被害者たちを、復讐に燃えた加害者へ変えないためにも、彼らが危害を加える前に首相を救出しなければならない。

「自衛隊を突入させろ」と、突然、桐谷が声を発する。「増派部隊を完全武装で出動させるんだ」

「なんのためにですか」

文月は当てつけの息を吐き出した。

「わからんのか」と桐谷がモニターを指さす。「あの状況だ。パニックに陥った帰宅困難者たちが首相に危害を加えることだってありえる。十五名程度で守りきれるわけがない」

そうだそうだ、と猿のおもちゃみたいに手を叩く顧問団が情けない。

「もし帰宅困難者たちが不穏な動きを見せるようなら、たとえ発砲してでも首相を救出するんだ」

前のめりの桐谷に官邸スタッフたちが呆(あき)れ果てて作業の手を止める。

「愚かな！」

加藤の低く抑制された声がセンター内に響く。

揺れる議論に右往左往する視線が加藤に集まる。

加藤がゆっくり立ち上がる。

「帰宅困難者に発砲するですって？　ありえません。彼らになんの非もない。すべての人々が、この困難な状況にも冷静に行動してくれている。もし、不用意な発砲でそんな彼らの中から死傷者が出たら、あなたはなんと弁明するのか」

「困難な状況だからこそパニックが起きる」

「その困難な状況を作ったのはお前たちだろうが！」

加藤が桐谷を罵倒(ばとう)する。

「あなたたちは、それでいいのか。教授の言いなりでいいのか」

威嚇(いかく)するようにセンターを見回す加藤に沈黙が応(こた)える。

「官房長官、財務大臣。あなたたちは、ヒトラーの命令だからやった、と平然と裁判で主張したホロコーストの当事者であるアイヒマンと同じだ」

「黙れ。彼らはすでにパニックに陥っている」

「そんなことはない！　決してない！　教授が考えるほど群衆は単純で愚かではない」

加藤が桐谷ではなく、閣僚たちに向かって叫ぶ。

文月も続く。

「東日本大震災を思い起こしてください。あのとき、どこでパニックが起きましたか？　自分が逃げるために他者の行動を妨げる反社会的行動が起きたでしょうか。津波の危険に直面した釜石の小中学生は、互いに助け合いながら避難して危機から逃れました。他にも被災した人々が助けあった事例は枚挙にいとまがない。今回もそうです。都心に帰宅困難者が溢れ始めて四時間近くが経過していますか。どこかでパニックが起きていますか？　なのに、武器の使用を考えるなんて馬鹿げた話です」

センターの端まで通るように、文月は毅然とした声を発した。

桐谷が応じる。

「アメリカでは、災害時にはパニックが主要な問題だと八割の人が考えている」

「そんな仮説を盲信する指導者に限って、パニックを恐れるあまり、その発生を回避しようとやみくもに情報を出し渋ります」

上村が天を見上げ、山本が腕を組む。

「ではパニックは心配しなくてよいのだな」

「……はい。都心では」

「どういう意味だ？　どこか他で起きると言うのか」

「頭の中で処理できる情報が少なく、思考の範囲が狭い人に限ってデマや迷信を信じ込みやすい。そんな人が身近にいらっしゃいます」

「君はまさか」

山本国土交通大臣が背もたれから身を起こす。

「そうです。私はこのセンターでパニックが起きることが心配です」

「やれやれ」と、速水が小さく首を振る。「賢者は聞き、愚者は語るだな」

上村が心配げな表情を浮かべた。

「企画官。君の意見には留意しよう。それより確認したい。大事なことだ。君の言うとおりパニックが起きないなら、丸の内の状況は放っておけばよいのだな」

「いえ。放っておいてよいわけがありません」

「他になにがあると言うのだ」

江口農林水産大臣が反応する。

「今の丸の内で懸念されるのはパニックの発生ではなく、災害時の異常認識の難しさです」

「異常認識？」

「そうです。実は、パニックより深刻なのは、人々が異常事態そのものを信じられないことです」

目の前の現実が異常事態になっていても、人々はそれを事実として受け止めるまでに時間がかかる。まさに想定外の出来事が頻発した東日本大震災で見たように、一般の住民も、行政官でさえも「まさかこうなるとは」と茫然とするばかりだった。

「つまり、一時的に思考が停止するのです」

「茫然自失の状態か」

「私たちの日常はあまりに安全で穏やかなので、突然、目の前に非日常が現れると、人々は両者の落差を認識できません。その結果、必要以上に物事を楽観的に考えたり、逆にどうしてよいかわからなくなって、茫然と立ちすくみます」

日常の『確かさ』は異常事態の認識を歪ませてしまう。

「あの様子をご覧ください」

文月はモニターに映し出された丸の内の群衆に視線を移す。

「停電と電車の運転停止という異常事態を受け入れられないまま、目の前でヘリが墜落し、多数の死傷者が出ました。それだけでも、およそ起こり得ない非日常なのに、まだ続きがあります」

「続き?」

「彼らは、ほとんど警察もいない、緊急車両も来ないというさらなる非日常にまだ気づいていない」

「なぜ」

「教授が情報を絞られたからです。興味本位の非被災者はよいとして、生き延びるための情報が必要な被災者に必要な情報が届いていません」

「くだらない。企画官ごときがなにをぐだぐだと……」

人の話を最後まで聞きなさい、と山本国土交通大臣が教授をたしなめる。

「人々は怪我をしたら救急車が、事故が起きたら警察が来るのが当たり前という日常に慣れきっている。ところが今の丸の内はそうではありません。帰宅困難と墜落事故だけでもとんでもない状況なのに、なにかあっても助けが来ないという現実を突然知ると、極めて危険な心理状況が生まれます」

「どんな」

背もたれから上村が上体を起こす。

「絶望です」

「すまない。言っていることが理解できない」

今度は江口が反応した。

「興味本位の非被災者と、生き延びるための情報が必要な被災者とでは、欲する情報が異なります。ネットも繋(つな)がりにくい中で、電話回線を絞る対応によって、被災者が必要な情報を入手できなくなっています」

文月は一息の間をとった。

「災害に巻き込まれた人々は、興味を引く混乱だけをピックアップしたマスコミからの情報を冷静に受け取り、見えない部分も含めてなにが起こっているかを掴むことは苦手です」

「その結果、なにが起こるのかね」

「情報を絞れば、インパクトのある場面だけを抜き出したメディア情報が、『今そこで起きている現実はこれなんだ』と人々の頭に刷り込まれてしまいます」

「一種の洗脳かね」

「そうではありませんが、ある種の思い込みが発生します」

つまり、と文月は説明の密度を上げる。

「情報の多様性が低下している今、丸の内の人々は目の前の悲惨(ひさん)な出来事が都心のあらゆるところで発生し、警察や消防がその対応に追われ、結果、誰も自分たちのことなど助けてくれないと思い込みます。それこそが絶望です」

江口、上村、山本だけではない。玉村や木野の眉間(みけん)にも戸惑いの皺(しわ)が刻(きざ)まれ始めた。

「玉村大臣。心理的な『アンカリング』をご存じですか」

「アンカリング？」

「最初にくだした判断に、あとの判断がずっとしばられる現象です。東日本大震災のとき、時の政権が判断を誤った最大の要因がアンカリングでした。同じ過ちはなんとしても避けなければなりません」

胸の前の腕をほどいた山本が口を開く。

「長津田官房長官。駅前広場の自衛隊員に武器の使用を禁じるよう命じてください。同時に帰宅困難者に状況を認識させ、一時滞在施設の情報を流すためにも、電話回線を絞る対策を撤回し、現地での広報と群衆整理のために機動隊以外の警察官の増派をお願いします」

「いや。しかしそれは」

長津田の視線が桐谷に流れる。

その先に座る桐谷は、「お好きにどうぞ」とばかりに澄まし顔でよそ見していると思ったら、今度は速水を呼び寄せてひそひそ話を始める。

「官房長官。ＪＲが唯一運転を再開すると聞いて、多くの人々が東京駅へ向かっています。このままだと、駅前広場がもっとひどい状況になるのは明らかです。時は一刻を争います！」

山本が語調を強めると、他の閣僚たちからも異存は出ない。

「わかった。わかったよ」

長津田が渋々、目の前の受話器を摑み上げた。

ようやく長津田が折れた。

一つ山は越えたけれど、人々を絶望という闇から引き戻す方法がまだ見つからない。

東京都　千代田区　永田町二丁目　総理大臣官邸内　危機管理センター

センターを出た加藤は、衛士に命じて速水をトイレに呼び出した。

しばらくして速水がやってきた。

「なんの用かな」

速水の仏頂面を前に、加藤はわざとらしく小首を傾げてみせた。

「呉秀越は元気か」

呉秀越とは速水と写真に写っていた、中国共産党政権が直接管理する中華通信社の記者だ。

速水の目が少しだけ揺れた。

加藤は、柳沢から手に入れた呉との2ショット写真を速水の鼻先に突きつけた。

「特派員として日本国内で活動する呉が、国内外で情報を集め、機密扱いの報告書を作成し中国指導部に提出しているのは有名な話だ。どうりで、私の素性をお前が知っているわけだ。私の電話を盗聴するぐらい、簡単なことらしい」

「くだらん。様々な国や地域に派遣され、政府要人や企業家、知識人などに直接、取材ができる立場にあるジャーナリストは、どの国の人間でもスパイとして疑われるものだ」

即座の反応が、かえって速水の動揺を教える。

加藤は話題を変える。

「お前たちには不測の事態だったろうが、今日の災害で畠山政権の力量不足が露呈してしまう。短時間の出来事ゆえに役所やブレーンたちのフォローや準備がまにあわず、初期対応段階で発生した政府のミスジャッジを修正できないからだ」

「それで？」

「災害対応の不備、丸の内の混乱、武器使用の指示など、不要な混乱を引き起こした責任は、いずれ免れない。連立民主党政権の屋台骨が揺らぐ事態と判断したお前は、すでに政権後を考え始めている」

速水が鼻で笑う。

「私は連立民主党の顧問だぞ。畠山内閣が崩壊すれば連立民主党そのものが吹っ飛ぶ。政権後などがあるはずもない」

「そうかな。今、硬軟両方の報道で畠山と長津田が晒し者になっている。内閣の権威が失墜するのも時間の問題だ。政府批判のニュースも、逆に持ち上げるニュースも、お前の仕業だろ」

「妄想も甚だしい。それに内閣の権威が失墜するということは、桐谷教授のそれも失墜するということだ」

「桐谷さえ切り捨てる腹ならどうだ。教授が上位者であるという序列が、そもそも隠れ蓑だ。なにかあってもお前が批判に晒されることはないからな。だからお前はあえて表に出ない」

速水が沈黙する。

「お前は、国民に既成政党の限界を印象づけたあと、混乱の当事者を議員辞職させ、その補選に『みらい』のメンバーを立候補させるつもりだろ。目的は連立民主党を乗っ取り、中国寄りの新政権を誕生させるためだ」

「お前はど素人か。連立民主党に国民が愛想を尽かせば補選で勝てるわけがない」

「選挙に合わせて中国が事を起こせば？」

「事を起こすだと」

「そうだ。たとえば尖閣諸島に押し寄せた中国艦艇と海保が衝突する。その混乱を『みらい』の党首が見事に収め、中国が退いたように見せかければ国民は拍手喝采する。つまり出来レースだよ」

「加藤。一つ忠告する。病院へ行ってこい」

　速水が加藤の鼻先に顔を突き出す。

「村岡の夢を継ぐとうたい、災害対応の不手際を責めて東京都の特権を剝奪し、道州制実現のきっかけとする。都の歳入は都税だけでも六兆円、さらに地方消費税だってある。その一部を地方へ配分するか、財政赤字の解消に充てるという公約はさぞかし受けるだろう。小選挙区の改編を行ない、現職野党議員の選挙基盤を崩せば連立民主党、事実上の『みらい』政権の基盤は盤石になる。日本の既存政党の弱体化に目をつけた中国の入れ知恵じゃないのか。彼らにすれば、『みらい』による道州制が実現すれば、各首長に中国寄りの人物を送り込める」

　加藤は値の張りそうな速水のスーツの肩の埃を払ってやった。

「だが速水、覚えておけ。連立民主党がどうなろうと知ったことじゃない。しかし、この国を売り渡すことは許さん」

　踵を返した加藤は速水に背中で告げた。

「もう一つ言っておく。文月になにかあったらお前の喉をかき切るぞ」

東京都　千代田区　丸の内一丁目　東京駅　丸の内駅前広場

　大きく陽が傾き、強烈な西日が照りつける。

　行く当てのない数万の人々が溢れる駅前広場で、橘二佐以下、十五名の隊員は墜落現場で負傷者の対応に追われていた。

最先端の洒落た高層ビルに囲まれた広場で、血と汗と糞尿の混じった臭いが漂い、負傷者たちがそこかしこに横たわっている。ガーゼも消毒液もないイラクかアフガニスタンの野戦病院を思わせる光景だった。

現場は応急処置が必要な怪我人で溢れている。

「この人は意識がない。側臥位で寝かせろ。下あごを前に出して気道を確保し、両肘を曲げるんだ。それから上側の手の甲を顔の下に入れ、上側の膝を九十度曲げろ。こっちは出血性のショック状態だから足側高位だ。ただし、頭部に怪我がないかを確かめろよ」

橘の指示に隊員たちが動く。

怪我人の多くが裂傷を負っている。切り傷とは異なり、皮膚と肉が無理やりズタズタに引き裂かれているため、人々は激痛に悶絶し、口から泡を吹いている。裂傷は対処が厄介で、傷口をタオルなどで押さえて止血するしかない。傷口が開いている場合は滅菌されたガーゼを使用し、不潔な布を用いてはならないが、今はやむを得ない。それだけ出血の激しい人がいるのだから大至急、病院へ運ばねばならないのに救急車がこない。

「怪我人を安全な場所に移す。五枚以上の上着を、ボタンをかけたまま繋げて担架の代わりに使え」

応急処置に追われる隊員たちの迷彩服が血で染まり、戦闘靴が血だまりを踏みつける。

橘の少し先で東山一尉が、ふくらはぎの肉を突き破って脛骨が飛び出た男の足をタオルで縛りながら、悶え苦しむ彼が舌を噛まないように手袋を咥えさせる。

「二佐、負傷者の出血が止まりません！」

振り返った東山が叫ぶ。

傷口を押さえつけているタオルがみるみる赤く染まる。

「足のつけ根を強く縛るんだ。ただし、強く縛りすぎると血行障害を起こすぞ。それから、結び目は傷口の上は避けろ」

別の場所で怪我人の手当てを続けていた隊員が駆け寄ってきた。

「処置用の薬が必要ですが、持参した個人携行救急品は救急品袋、救急包帯、止血帯だけです」

「駅やホテルから消毒液、タオルや毛布など、止血に使える物はすべてもらってこい！　それから、骨折部を固定する副子（ふくし）に使える段ボールや雑誌もだ。急げ！」

橘は襟（えり）を摑んで引き寄せた彼の耳元で指示を飛ばす。

戦場でもない都心の真ん中で、なぜこんな絶望的な状況が起きるのか。そこかしこにうめき声と悲鳴が溢れ、死神の臭いが漂う。

「二佐、司令部から連絡です」

今度は無線係が橘を呼ぶ。

「なんと言ってきた」

「広場に墜落した畠山首相を警護せよ、ただし小銃の使用は禁止するとのことです」

なんだと……。橘は八八式鉄帽のツバを指先で押し上げた。

「怪我人を放っておいて、この騒動を引き起こした張本人を丸腰で守れってか」

「川西（かわにし）一佐が、二佐と直接お話ししたいそうです」

川西一佐は第一普通科連隊長だ。

無線係が受話器をさし出す。

二度深呼吸して気持ちを落ち着けた橘は、受け取った無線の受話器を耳に当てた。

「丸の内の橘です。命令をもう一度お願いします」

(畠山首相は無事だ。墜落したヘリの横に避難しているから、ただちに身柄を確保して、その警護に当たれ。ただし、周囲の人々に首相がいることを決して知られてはならん)

「駅前には負傷者が溢れています。その処置はどうせよとおっしゃるのですか」

(一通りの処置が終われば、あとは救急隊に任せろ)

「彼らはいつ到着するのですか」

(今急がせている)

「隊長。そんないい加減なことでは……」

(二佐!)と声を荒立てた川西の勢いに、橘は命令への不満を飲み込んだ。

無線をはさんだ沈黙が続く。非常時の決断が軽いものであるはずがない。こんなときだからこそ、現場にいるからこそ、橘は隊の良識を信じたかった。

(橘二佐。お前の気持ちはよくわかる。しかし、これは命令だ)

助ける者の優先度はどう決めるのか。死への距離より、要人優先なのか。現場の判断は司令部とは違う。

「……了解しました。ただし、私がこの命令に承服していないことを記録に残してください」

乱暴に無線を切った橘は部下たちを見た。

広場の隅から隅までを埋め尽くした帰宅困難者から首相を守るために払う犠牲とは。

「東山一尉。全員を集めろ!」

「まだ応急処置が終わっていません」

「三分で終わらせろ」

やがて、剣闘士の試合が終わったあとのコロッセオのごとき惨死と血の海に満たされた駅前広場で、橘は部下たちの中心に片膝をついた。

「よく聞け。これから我々は首相の警護を行なう。ただし、小銃は携帯しても、その使用は一切許さん」

「あんな奴を守るのですか」

東山が啞然と口を開ける。

「口を慎め。畠山首相は我々の最高指揮監督権者だ」

「この任務が終わったら転職を考えます」

「グズグズ言ってると首相のSPとして出向させるぞ。これも任務だ」

今の今まで重篤な怪我人の面倒を看ていた。それも終わらないうちに首相を守れときた。部下たちが納得できないのももっともだ。

「怒り狂った人々が襲ってきても武器は使えないのですね」

部下が気抜けた声を出す。

「そうだ」

「でもその方がいいかもしれません」別の隊員が、やけに明るく応じる。「だってそうでしょ。あまりに理不尽な命令だから、これからもっと頭にくることが起きたら、私たちがあの男に銃を向けちまうかもしれない。隊長はどう思われるのですか」

彼が真顔で尋ねる。

「俺か？」

「そうです」

「訊くな」

橘が理解している『人を守る』ということは、こんなことではない。

あんなクソで、タコで、出来損ないの男のためにと誰もが思っている。しかし、それは口にすべきことではない。

「すみません。通して頂けますか」

立ち上がった橘は、振り返りもせず群衆の中を歩き始めた。

「お願いします」「通ります。お願いします」

殺気立つ人、茫然自失の人、広場を埋め尽くす何万もの人々が渋々道を空ける。

十八時

東京都　千代田区　永田町二丁目　総理大臣官邸内　危機管理センター

自衛隊への武器使用についての伝達と電話回線の開放、警察官の増派指示、事態鎮静化への手は打った。

秒単位で物事を進めなければならない状況だけれど、物事はセンターの中だけで決まっているわけではない。センターだけで動いているわけでもない。

東京駅へ集まる帰宅困難者の数は増え続けている。すでに駅前広場にいる人々、今現在、広場へ向かっている人たちに、政府がしっかり対応しているという情報が必要だ。そのためには、丸の内近傍でもっと多くの一時滞在施設を開設し、人々に「そこへ行けばなんとかなる」という安心と希望を与えることが重要だ。

「村松主任、棚橋局長をお願い」

文月は再び、東京都の棚橋総務局長と連絡を取る。

「どうぞ、お話しください」

相手が電話に出る。

文月は受話器を耳に当てる。

「文月です」

（今度はなんでしょうか）

受話器の向こうから、およそ穏やかでない都庁の喧騒に混じって棚橋の声が抜けてきた。

「お願いがあります」

一度、文月は深く息を吸い込んだ。

「丸の内の近傍にもっと一時滞在施設が必要です」

（今、努力していますが、丸の内だけを優先するわけにもいきません。その状況はご存じですよね）

「都のご担当が大変な状況に置かれていることはよく理解しております。しかし、丸の内の混乱を収めるには、駅前に集まった人々を収容する施設とその広報が必要です。どうかご理解くださ い」

（またですか。要するに面倒臭いことは全部こちらでやれと？　いったい、何社の民間業者に連絡し、交渉しなければならないと思ってるんですか！）

「承知しています」

（職員たちは必死でやってますよ。まだ足りないとおっしゃるなら、そっちでも応援してくださいよ）

棚橋の怒りはもっともだ。

円卓を囲む多くの連中は、他人事のように文月と棚橋のやり取りを傍観している。敢えて火中の栗は拾わない閣僚たち。

災害発生時には指示が決定され、伝達され、人が、組織が動く。

末端まで血が通って、初めて、すべてが円滑に動くのだ。

その源は関係者の一体感なのに、今は砕け散ったガラスのようにバラバラだ。

「丸の内の状況が緊迫しています。駅前のビルを保有する不動産会社の数はそれほど多くはありません。彼らを説得して、ビルの開放をお願いしてください。それが、無用の混乱と衝突を避け、人々の命を守ることになります」

文月は感情を殺し、懸命に訴える。

すべての非は官邸にあるのだ。

しばしの沈黙があった。

（文月企画官。一つ、お訊きしてよろしいですか）

「なんでしょうか」

（官邸からの連絡は、なぜいつもあなたなのですか）

「正直に申し上げます。危機管理センターでも様々な意見があります。そんななか、具体的で実効性のある提案を任されたのは私だからです」

（あなたの意見？　官邸の意思は統一されていないのですか）

「私の意思が官邸の意思だと思って頂いて結構です」

（それが無理強いでも）

「そうです」

（言いますね。でもそれはつまり、私の部下たちだけでなく、関係者全員にさらなる負荷をかけることになるんですよ）

「局長。誰の負担かどうかではなく、人々を救えるかどうかでお考えください。皆さんがお怒りになるのは重々承知していますから、ご担当の方々が私のことを罵ってくださって結構です。とんでもない役人がいる、とツイッターに投稿して頂いても構いません。その代わり、丸の内の混乱を収め、これ以上犠牲者を出さないためになにが必要かを考えてください」

（あなたのおっしゃることはもっともです。しかし、政府がついてきてませんよね）

「政府のことなど考える必要はありません。あなた方です」

文月は額に手を当てた。

「あの条例は、局長以下の実務の専門家によって作られました。だからこそ、政治家がなんと言おうと、そこで想定した事態に直面したとき、条例の定めに従う必要性を一番よく理解しているのも皆さんのはずです。違いますか」

（やってますよ。でも、こっちだって職員の数に限りがある）

「事態が変われば対応も変えなければならない。それが災害対応だと、あのとき議論しましたよね」

局長が沈黙する。

「どんな困難にも慌てず、粘り強く、折れずに対応することが必要だ、と局長は会議で述べられたじゃないですか」

(しかし)

「局長。なんとおっしゃられても私は引きません!」

受話器の向こうから再び沈黙が返ってくる。

(負けました。あなたのご意思、確かに受け取りました。ただ、代わりに、私からも一つお願いがあります)

「なんでしょう」

(あなたの陰で首をすくめている連中に伝えて欲しい)

「なんなりと」

(クソッタレ!)

東京都 千代田区 丸の内一丁目 東京駅 丸の内駅前広場

介抱していた怪我人が、和也の目の前で息を引き取った。

なんとかしたかったのに、なんとか助けたかったのに、力が及ばなかった。

和也は呆然と敷石に座り込んだ。

虚しさに体の力が抜け、周囲の景色がモノトーンに変わる。墜落現場の喧騒が耳から遠ざかり、和也は底なしの穴に放り込まれた喪失感に囚われた。

髪の毛をかき上げながら、「ちくしょー」と叫んだ。

顔を覆った指の隙間から、戦闘服の男たちがやってくるのが見えた。

自衛隊員が一列になってこちらへ来る。

「東部方面隊第一師団、第一普通科連隊の橘二佐です」

隊長らしき男が敬礼を向ける。

「ヘリに首相と同乗されていた方ですね。お怪我は」

和也は小さく首を横に振った。

「それは幸いです。救急車両が到着するまで、我々が警護いたします」

「警護って……」

和也は次の言葉を飲み込んだ。畠山にちらりと視線を投げる。確かに、人々がここに畠山がいることを知ったらなにが起こるかわからない。

でも……。

「自衛隊には他にやることがあるでしょ」

「これは命令です」

視線を落とした橘の頰がかすかに反応した。彼を責めるのはお門違いなのだ。

愚かなパフォーマンスの結果、大事故を起こした張本人が帰宅困難者の真ん中に取り残されている状況に官邸は大騒動だろう。祐美だって大変に違いない。そう思うといてても立ってもいられなくなった。

「こんなときになんですが、あなたたち無線を持っていますか」

和也は唐突に尋ねた。

「私は荒川水防団の文月と言います。首相に無理やりヘリに乗せられてここまでやってきましたが、このありさまです。今まで怪我人の手当てをしていましたが、その方はたった今亡くなりました。こんなときにわがままとは思いますが、官邸にいる家内に私が無事なことを伝えたいのですが」

無線係が、「どうします」と橘を見る。

「残念ですが、今は無理です」と申しわけなさそうに橘が断りを入れる。

「官邸と連絡を取る方法は」

「難しいでしょうね。ただ、そのうち警察が来るでしょうから、彼らに頼んでみてください」

それだけ告げると、橘が墜落したヘリの横で部下たちと円陣を組む。

「あんたたち、自衛隊なんだから怪我をした人の手当てを手伝ってくれよ」

誰かが遠くから隊員たちを呼ぶ。

申しわけなさそうに隊員たちがうなだれる。

「俺が行く。お前たちはここを動くな」

そう告げた橘が群衆の中にわけいる。やがて人垣の中から罵声が聞こえてきた。

「なんでなんですか！」「だってこれだけ怪我人がいるのに」「どうして他の隊員も手伝ってくれないんですか！」

「ですから」

苛立つ人々を鎮めようと橘が事情を説明している。苦しい言いわけであることが、時折見える彼の表情ににじんでいる。

「俺たちだって怪我人を助けたいけど、命令だから仕方がないんだ！」

そう言いたいに違いない。

和也は広場を埋める人々から、なんとも言えない投げやりな空気を感じ始めていた。言い方は悪いが、それは淀(よど)んだ泥水を思わせる。

遠くで人波が揺れる。

突然、駅が騒然としてきた。

どうやら、こんなときなんだから構内を開放しろ、と人々が駅員に詰め寄っているようだ。

「なんで入れないの」「もうすぐ警察が来ますから、その指示に従ってください」「これだけ怪我人が出ているんだぞ」「我々もホテルを開放するなど、精一杯の対応をしております」

一旦落ち着いたようにみえていた東京駅の丸の内中央口で、帰宅困難者と駅員のもみ合いが始まった。

ヘリの墜落が混乱の引き金を引いた。人々が、ここに畠山がいることを知れば、彼らの中に溜(た)まっている悪しきものが一気に噴(ふ)き出すだろう。

東京都　千代田区　永田町二丁目　総理大臣官邸内　危機管理センター

丸の内の状況が緊迫していた。

すでに自治体、関係省庁、東電、JRなども連携して動き始めているのに、この場の秩序のなさはなんだ。

「違う違う、そうじゃない」「いつ警官隊が到着するか、警視庁に確認取ったの」

円卓上の電話の着信ランプが次々と点滅する。

左肩で受話器をはさみ込んだまま、右手で隣の電話のダイヤル操作を行なう。

「東部方面隊に首相警護を増派する指示は伝えました。その他には」

経過報告を入れた村松主任が、次の指示を乞う。

「文月企画官、やっぱり私が言ったとおりだろう。機動隊が到着しだい、暴徒を強制排除するよう命じるしかない」

円卓の向こうから桐谷の薄ら笑いが聞こえる。

「結局、強権が必要なのさ。機動隊には武器を使用させるしかあるまい。君はさっきから偉そうに言ってるが、群衆の行動はパニックから暴動へ移行しただけだ。刻々と状況が悪化しているのに、君はなにを考えている」

桐谷が指さすモニターの中継映像には、首相を守る自衛隊員とその周りの群衆が映し出されている。

火薬庫の中でマッチをするような一触即発の状況に桐谷が勢いを盛り返した。

「見てみろ、帰宅困難者の殺気立った様子を。首相の身になにかあったらどう言いわけするつもりだ」

「首相を守るために銃が必要という発想自体が、群衆の暴発行動ありきで事態を認識されていらっしゃいます」

「モニターを見てみろ！　怒り狂った人々が、いつ首相に襲いかかってもおかしくない。君みたいに悠長なことを言ってる場合か」

怒りと嘲り。オセロの色と同じく桐谷の感情は、もはや二種類しかない。

文月は受けて立つ。

「いいですか。皆さんの暴力行為ありきの思い込み、つまり素人理論は危険です」

「我々が素人だと」

桐谷の目に再び敵意が浮かぶ。

「勘違いしないでください。私が言う『素人』とは世間のそれとは違います。何度も申し上げますが、災害＝暴動の思い込みのことを言っております」

さっきから口の中がヒリヒリ痛む。気がつくと唾液が一滴も残っていない。

「どんな災害の下でも、『破壊衝動』に突き動かされた『ジキルとハイド』的な行動を人間が取るわけではありません。人間はバカでも、理性を失うのでもなく、その合理性に限界があるだけです」

「それじゃ、今の墜落現場の状況をどう説明する」

「どんなときでも、どこにでも暴力的で短絡的な人間はいます。丸の内の駅前にこれだけの人が集まっているわけですから、そんな輩（やから）がいる可能性だって当然高いはず。彼らを諌（いさ）めるのと、大規模な暴動を抑えるのは別次元の話です」

「十五名の自衛隊員でなんとかなると」

山本が不安げに問う。

「それは不穏分子の数にもよります。ですから、今、機動隊を回されたわけでしょ」

「だから言ってるだろうが。騒乱罪の適用を前提にして、機動隊に武器を使用してでも鎮圧命令を出せよ」

桐谷が迫（せま）る。

「騒動の原因は政府にあります。そして、丸の内の人々が騒乱罪のいう、『多衆で集合して暴行又は脅迫を行う兆候』など認められません。仮にそうなったとしても、武器の使用は最終手段であるはず。端から武器の使用ありきという、個人の感情でものを申されては困ります」

「ことは首相の命にかかわる問題だぞ」

「我が国は法治国家です」

「人命よりもか」

「国を治めるために、なにより順法の意思を示さねばならないのは首相ご自身です」

「非常事態だぞ」

「私たちの反対を押しきってお出かけになったのは首相です。当然、そのご覚悟はあるはずです」

ギリギリのところでせめぎ合いが続く。文月の知識と意思、そして行政官の意地をかけた攻防が続く。

内心は髪の毛が逆立ち、奥歯が軋(きし)むほど一杯いっぱいだ。

「文月企画官。とりあえず広場の自衛隊員に武器使用を認めないことは承知するが、もし首相や彼らに危険が迫っていると判断したときは、ただちに警視庁第四機動隊に武器を使った鎮圧命令を出す。いいな」

長津田が言い切る。

銃を向けられたことのない者に限って、人に銃を向ける意味を知らない。

もし、機動隊が一度でも武器を使用すれば、駅前広場は混乱の極(きわ)みに陥る。日本中がその場面を目撃し、国家への信頼は地に墜(お)ちる。そうなれば、もはや手の打ちようがない。

顧問団の連中が、わざとらしい拍手で長津田の決定を承認する。

これからなにが起こるかわからない。そのたびに臨機応変な対応が求められる。くだらない議論に時間を割いている暇はない。官邸として最善の決断をくだし、それをただちに実行せねばならない。


目眩を覚えた文月は「ちょっと失礼します」と席を立った。

とにかく独りになりたかった。

廊下に出た。

「文月企画官」

呼び止める声に振り返ると、速水が立っていた。

「悪いことは言わないから、独りよがりをなんとかしたまえ。将来がなくなるぞ」

「私の将来にまで気を遣って頂いて恐縮です。でも私は、今このとき、都心で苦難に直面している人たちのことを考えているだけです」

「救世主気取りかね。世渡りの下手な女だ」

「浮いてますね」

文月の言葉に、「なに？」と速水が怪訝そうな表情を返す。

「こんな非常時なのに、あなたのご発言は浮いてます。きっと人の痛みをご存じない」

「痛み？　どうやら君は安っぽい浪花節の人生が好きらしいな」

「そうかもしれない。でも私はあなたのように国を売ったりはしない」

「君の人生などなんとでもなるんだぞ」

「ご自由に。なにがあっても受け入れます。たとえ泥を食むことになっても、他国に飼われた人生よりはマシ。一つ教えてください。あなたはなんの見返りもないのを承知で人のために働いて、汗をかいて、誰かに心から感謝されたことはありますか」

速水の顔がかすかに歪んだ。

失礼します、と彼を置き去りにして、文月は廊下の反対側にあるトイレに入った。

蛇口を思いっきりひねる。

水の音に紛れて、言葉にならない悪態を吐き出した。

息が荒くなって、顔が火照っている。

流れ出る水で顔を洗う。

洗面台に手をついて、目の前の鏡を見た。

目の下にクマができて、唇が白くなった女性がこちらを見ている。

くたびれた顔なのに、「あなたはよくやってるわ。頑張ってるわよ」と鏡の中の自分が励ましてくれた。

すべてが徒労に終わっているような無力感、情けなさと不甲斐なさが涙に化けるのを懸命にこらえた。

泣かない。こんなときに決して泣いたりしない。

そのとき、蛇口の横に置いたスマホにメールが着信した。

部下からのメールだった。

新たな非常事態か、と慌ててメールを開く。

するとそこには、思いもしない、そして信じたくもない知らせが記されていた。

文月は顔から血の気が引くのを覚えた。

胸が早鐘を打つ。

「ちょっとよろしいですか」と電話でセンターの加藤を呼び出した文月は、ついさっき彼から諭(さと)された三階のエントランスホールの隅へ上がる。

加藤が階段で追いかけてきた。

「企画官。突然、なんでしょうか」

加藤が文月を案じてくれている。

少しの沈黙があった。

「これって事実ですか」

怪訝そうな加藤に文月は部下からのメールを向けた。

スマホを掲(かか)げた手が震える。

そこにアップされていたのは、文月の部下が調べた加藤の過去だった。東日本大震災のとき、官邸で福島第一原子力発電所の事故対応に当たっていた加藤の逡巡で、原子炉の水素爆発が起きた事実が暴かれていた。

「……間違いありません」

加藤がうなずいた。

そんな、と文月は言葉を失った。「こんなのはデマです」という答えが返ってくると信じていたのに。

加藤への信頼が音を立てて崩れ落ち、その瓦礫(がれき)で頭の中がぐちゃぐちゃになると、失望と悲しみが入り混じって、代わりに耐えがたい怒りが込み上げてきた。

こんな時に。桐谷や速水と戦わねばならないこんな大事な時に。

「加藤さん……、だって、あなたは……、あなたって……」

舌がもつれる。

見捨てられた痛みと裏切られた絶望が文月に本当の孤独を教える。

「あなたはずっと偉そうなことを言ってたくせに、結局は役立たずだったんじゃない！」

地に墜ちた信頼が卑しい罵りの言葉となって溢れ出た。

口を真一文字に結んだ加藤が文月を見つめ返す。

彼の瞳の奥に、澄んではいるけれど、深く沈んだ闇が広がっている。

加藤は何度か口にしかけた言葉を、その度に飲み込んだ。

やがて……。

「あの年、三月十一日の時点では、炉心溶融が進行し、放射性物質が漏れて広範に拡散するという悲観的な可能性から、安全な容器の中で放射性物質を閉じ込めておけるという楽観的な可能性までありました」

天を仰いだ加藤がすっと目を閉じる。

文月は、はっと息を飲んだ。

加藤の肩が小さく震えている。

「翌日、三月十二日、大量の放射性物質が大気中に放出される恐れ、さらに水素爆発を防ぐ目的で充塡された窒素ガスまでもが抜けてしまう恐れを承知の上で、我々はベントの実施を決断しましたが操作マニュアルの不備や、高濃度の放射線に現場が汚染されていたことで作業は難航してしまった。そして、ついに十五時三十六分、一号機の原子炉建屋は水素爆発を起こして大破した」

「あなたの責任だったのですか」

「そうです。マスコミは楽観論を強調していましたが、すでに事態は『原子炉が冷やしにくい状況』ではなく『冷やせない状況』でした。さらに、『放射性物質が外に出てしまう可能性がある』などという悠長な状態ではなく、ベントを実施すれば、『放射性物質が外に出てしまうことが確実な状態』だったのです」

　加藤の表情が苦悩に満ちていく。

「我々は、それを知っていた。原発事故など経験したことのない対策会議は当然、紛糾しました。右を向けという者、左を向くべきだという者、いや下だ、上だ、と完全に迷走していた。それでも、水素爆発を防止するためには、十一日のうちにベントを決断すべきだったのに、最後に判断を委ねられた私は会議を説得できなかった。懸命に努力したのです。必死でした。保身や将来など恐れてはいなかった。すべてを失うことになっても構わないと心に決めていた。しかし……」

　加藤の声がかすれる。

「昨日のように覚えている。……私は迷いのせいで勇気を見失った」

　加藤が胸の奥から、大きく息を吐き出した。

「私の非力が多くの人の苦難を生んでしまった」

　固く唇を嚙んだ加藤が文月を見つめる。

「人に裏切られた傷は癒せても、自分を偽った傷は癒せないのです。あなたにその轍を踏んで欲しくない。どんな誹りを受けることになろうと、あなたは真実から逃げてはいけない」

　加藤が言葉を繫ぐ。

「あのとき、私には原発事故にかんする知識も経験もなかった。なにが最善かを決めきれない迷いが、私の勇気を奪(うば)ったのです。でもあなたは違う。文月企画官には豊富な知識だけでなく、災害の現場で泥に塗(まみ)れた経験もある。あなたなら正しい決断ができる。誰がなんと言おうと、あなたの判断は正しいのです。陰謀が渦巻(うずま)き、官邸が狼狽(うろた)えている今こそ、あなたの勇気が必要なのです」

じっとこちらを見つめていた視線を加藤の方から切った。

「一つ、余計な動きをしました。いくら武器を使用しないとはいえ、今の状況では十五名を犬死させることになりかねない。また、長津田と桐谷の支配下に置かれた第四機動隊と群衆のあいだでなにが起きるかもわからない。よって、密かに陸自の第一空挺団に出動命令を出しました。もし混乱が収拾できなくなった場合は広場に降下せよ、と伝えてあります。いまの統幕長は福一のときの戦友です」

加藤の言葉が続く。

「空挺団への最後の命令はあなたが出すのです。ギリギリまで状況をみて彼らになにをさせるのか、その最終決断をくだしなさい。隊長にもそう伝えてあります」

「誰の権限で」

「あなたからの指示は、畠山首相からのそれだということにしてあります。ご心配なく。色々とルートはあるのです。仮にそれがバレても、私の計略だったと伝わるよう手筈(てはず)は整えてあります。これが私の官邸での最後の務めです」

「どちらへ」

それだけ伝えると、「私はこれで失礼します」と踵を返した加藤が玄関に向かって歩き始める。

「文月企画官。あなたはもう独りで大丈夫です」

立ち止まった加藤が背中で答える。

「加藤さん。いったい、どうされるおつもりですか」

「あなたがおっしゃるように、機動隊や自衛隊は決して国民に拳を振り上げてはならない。しかし、今の状況では局所的とはいえ、帰宅困難者と機動隊のあいだで偶発的な衝突が起きる可能性があります。それを止めなければならない」

「どうやって」

「群衆の怒りを一身に受ける政府関係者がいれば大丈夫です」

「まさかあなたが」

「こんな老体でもまだ使い道はあります」

加藤を追った文月は、彼とロビーへ続く進路を塞いだ。

「加藤さん、危険すぎます！」

「私の最後の務めです」

加藤は落ち着いている。その顔には、正真正銘の決意が浮かんでいた。

「そんなのおかしいわ。絶対、おかしい」

「ここで逃げたら私は本当に抜け殻になってしまう。企画官。私がここへ戻ってきたわけは、あなたを助けるためだけではない。もう一つは、私自身にケジメをつけるためです。ですから行かねばならない」

「お願いだから、考え直してください」

「企画官。偽りのない真っ直ぐな道があなたには見えている。だから、閣僚たちが迷子にならないよう壁になってください」

「壁？」

そのとき、階下から文月を呼ぶ村松の声が聞こえた。

「企画官。早く戻らないと速水たちがなにをするかわからない」

「やはり速水ですね」

「そうです。桐谷は、村岡の政策を実現するために押し立てられた代役で、純粋に自らの理想にこだわる学者にすぎない。しかし速水は違う。彼はこの国を闇へ導く。企画官。あなたは邪悪な陰謀を退け、道を示す高い壁にならねばならない。決して揺るがない壁です」

深々と頭を下げた加藤が文月の横をすり抜ける。

「加藤さん！」

声だけが加藤を追いかける。金縛りに遭(あ)ったように足が動かなかった。ものすごく大切なものを失う予感に文月は震えた。

早足で歩く加藤の後ろ姿が玄関から消えていく。

両の拳を握りしめた指の関節が白く変色していた。

千葉県　船橋市薬円台(やくえんだい)三丁目　習志野(ならしの)駐屯地

第一空挺団は、陸上自衛隊の団の一つで、特殊作戦群が創設されるまでは陸上自衛隊唯一の空挺部隊だった。

習志野駐屯地の中には司令部、宿舎、格納庫などが配置され、すぐ隣には演習場があって空挺団の各種訓練が行なわれる。特に空挺降下の訓練に使われる高さ八十三メートルの降下塔は有名だ。また、敷地に隣接して航空自衛隊の習志野分屯基地があり、地対空ミサイル部隊である第一高射群第一高射隊が駐屯している。

松林が見事な駐屯地の正門から少し入ったところにある二階建ての団司令本部。

習志野を拠点とするパラシュート降下部隊は、輸送機から降下し、道路や橋を破壊して敵の輸送路を断(た)ち、拠点を奇襲するといった作戦を展開する。こうした戦術をゲリラ戦、もしくは遊撃戦と呼ぶが、ゲリラ戦は誰でもできるものではないため、厳しい選考基準をくぐり抜けた隊員を、特別なレンジャー教育で鍛(きた)え上げる。

陸上自衛隊の数ある部隊の中で、最強と呼ばれる第一空挺団は、自ら『精鋭無比』と誇るだけあって、その訓練は陸自で最も過酷だった。

そんな猛者(もさ)たちを束ねる第一空挺団長の三好(みよし)陸将補は、後ろ手に窓の外を見つめていた。東京に未曾有(みぞう)の災害をもたらした線状降水帯の名残(なごり)らしい入道雲が、南の島を思わせる青空に浮かんでいる。

「団長。統幕長より命令です」

振り返ると、副団長の高橋(たかはし)一佐が命令書をさし出す。

「統幕長から？」

「はい」

三好は命令書に目を通した。

思えば自分たちは、この紙切れ一枚でどこへでも出動せねばならない。ＰＫＯであろうと、治安出動であろうと、防衛出動であろうとだ。だからこそ、「事に臨(のぞ)んでは危険を顧(かえり)みず、身をもつて責務の完遂に務め、もつて国民の負託にこたえることを誓います」との宣誓にふさわしい任務であって欲しいと願う。

ところが。

三好は命令書から顔を上げた。首相と彼を警護する先発隊を救うために、必要とあれば丸の内の駅前広場に降下せよと言ってきた。

「ずいぶんと思い切った作戦ですね」

「降下するかどうかも含めて、直前に官邸の企画官から最後の指示がくるそうだ」

三好はただならぬものを感じていた。今の政権にこんな決断ができるとはとても思えない。

「高橋一佐。防衛大臣がこの作戦の発動を指揮したと聞いているか」

「いいえ」

「もしそうなら、統幕長が執行する作戦そのものが存在しないはずだ」

「統幕監部に確認しましょうか」

三好は顎に手を当てた。なにかが動いている。

「いや。待て」

あの思慮深い統幕長が腹をくくるなにかがある。たった一枚の命令書の向こうに、おそらく重大な意思がある。国と人々を思う意思が。

「団長。部隊編成と出動準備はいかように」

「横田基地で待機させている第一普通科大隊に準備をさせろ。低速度での進入が必要になるだろうから、C-130輸送機を使い、四十名ずつ六機で降下させる」

三好は机の引き出しから、もう何年も使っていない灰皿を取り出した。

「十分で準備させろ。それから高橋一佐。この命令書はなかったことにしろ」

「と申しますと」

「この作戦は誰からの指示でもない。なにかを訊かれたら、この私にしかわからないと答えろ」

「しかし」

「いいな。これは命令だ」

三好の思いを察した高橋一佐がうなずく。

三好は灰皿の中で命令書に火をつけた。

「団長。一言だけ訊かせてください」

「なんだ」

「どうして、あんなクソ野郎を我々が守るのですか」

「口を慎め！　日本の首相だぞ」

三好は再び窓の外に目をやった。

景色だけは盛夏の勢いに満ちている。

「それでも、もし彼を守り切れたら、そのケツを蹴り上げてよろしいですか」

振り返った三好は上目遣いに高橋を睨みつけた。

高橋が揃えた靴の爪先に視線を落とす。

「その前に除隊届けは提出しておきます」

無言のまま、三好は窓外に向き直った。

「失礼しました。至急、部隊に出動準備を整えさせます」

高橋がドアのノブに手をかける音が聞こえた。

「高橋一佐」

三好は背中で高橋を呼び止めた。

「あれが、お前の除隊届けをかけるほどの男か」

十八時十五分

東京都　千代田区　永田町二丁目　総理大臣官邸内　危機管理センター

丸の内の墜落現場では、再び騒然とし始めた帰宅困難者の真ん中に、畠山と彼を守る十五名の自衛隊員が取り残されていた。駅前広場の状況は限定的とはいえ、暴力行為の兆しを見せ、もし彼らになにかあれば、機動隊には武力で暴徒を鎮圧せよと命令が出ている。

過去の暴動には類似したパターンがある。まず不満をため込んだ群衆がいて、そこになんらかの非合理で偶発的な流血事件が起きる。それが群衆の自制心が崩壊するきっかけとなり、やがて人々の怒りが警察を向くことで暴動に発展するのだ。

広場を埋める群衆の心を絶望から救うために、一時滞在施設の準備ができ次第、彼らにその情報を流さねばならない。それが広場の興奮を鎮めることになるはず。

時間とともに現場の状況が文月を追い越そうとする。おそらくここからは秒単位で事が進むかもしれないけれど、なんとしても悲劇を避けることが文月の使命だ。

センターに戻った途端、四方八方から矢継ぎ早の質問が飛んでくる。

「どこへ行ってた、企画官。どんどん状況が悪化しているぞ」「次はどうするんだ」「やるべきことはわかっているのか」

思わず尖りそうな声を文月は飲み込んだ。

「企画官。事態はますます悪くなっているように思えるが、すでに講じた対策で充分なんだね」

山本の問いに、上村外務大臣たちも心配げに文月を見る。

「一時滞在施設を開設し、それぞれのビルに備蓄されている飲料水や非常食などを提供することで、ＪＲの運転が順調になり、混雑が緩和されるまで建物の中で帰宅困難者に待機してもらいます」

「その進捗状況は」

「東京都が鋭意努力してくれています」

「遅い！」

桐谷が痺れを切らした。

「この対策を実現させるためには、様々な民間業者との調整が必要です。常にトップダウンで命じるだけのあなたに、その大変さはおわかりにはならないでしょう」

「わかっているさ」

「そうでしょうか。政治や行政とは、本来、多様な問題のすり合わせであり、そこから最善を見つけることであるはず。だからこそ、根気よく逃げずに務めねばならないのです」

「やめたまえ」と山本が仲裁に入る。「教授。企画官の判断が間違っていると思うなら、具体的な代案を出したまえ。それがないなら、企画官の対策の効果を信じるしかない」

サイボーグのように感情表現が平板な速水を横目に、桐谷が身を乗り出す。

「防災の専門家だからこそ企画官に敬意を表して、彼女の対策を認めているじゃないですか。ただ、遅いと言ってるんです。どれだけ優れた対策でも時機を逸すればただの駄策になってしまう。政策の立案と実行は別の能力ですよ。仕方がない。私が局長と話をしましょう」

「無駄です」

　文月は即座に否定した。

「なんだと」

「教授が話をされても物事は先に進みません。あなたが、広報の方法、帰宅困難者の誘導の仕方について具体的な指示を出されるならそれも結構でしょう。しかし、先ほどの東電とのやりとりのようにただ罵倒するだけなら、首相の現地視察と同じです」

　桐谷の引きつった頬に文月への溢れる怒りを感じる。

「都の職員たちは懸命に動いてくれています。迷って、悩んで、それでも対応してくれています。不安で、逃げ出したいのに懸命にこらえている人たちの気持ちがわかりますか？　彼らになにをしてあげられると思います？　子供の頃を思い出してください。親とはぐれて泣いていたとき、あなたの前に屈んで声をかけてくれた大人がどれだけ心強かったか。教授のように立ったままで声をかけたって心は伝わらない」

　子供の頃、嵐の夜、窓を叩く雨粒と稲妻に怯えた文月は頭から布団を被って震えた。今、丸の内にはあのときの文月と同じ人々が溢れている。

東京都　福生市　航空自衛隊　横田基地

　真夏の太陽が滑走路の白舗装を焦がす。

　これから空挺団を丸の内に送り届けるC－130の六機が、滑走路脇のアラートハンガーに引き出されていた。

出動する第一普通科大隊を率いる恩田二佐は、機首から時計回りに飛行前の外部点検を始めた。自分が飛ばすわけでもないが、恩田なりのいつものルーチンだ。

兵器は殺戮の道具だが、余分な物をすべて排除し、極限まで贅肉を削ぎ落としたその形は、均整がとれたサラブレッドを思わせる。Ｆ‐15に代表される戦闘機はもちろんだが、一見、馬鹿でかい葉巻かソーセージを思い起こさせるＣ‐１３０輸送機もそれは同じだ。

厳しい訓練で鍛え上げた部下たちを、目的地に送り届けてくれる相棒なのだ。

時折、管制塔の吹き流しが、犬の舌のように喘いでいる。

遠くで雷鳴が轟いた。

東京に災害をもたらした名残だった。

都心の方角へ目を向けてから、恩田は迷彩戦闘服を着用し、鉄帽を被った二百四十名の部下の前に立った。

「中隊長、全員整列いたしました」

日焼けして骨ばった顔が、鍛え上げられ、隆起した肩の上に乗っている。厳しい選抜基準を経て筆記、実技試験をパスし、日々の厳しい訓練を耐え抜いてきた猛者たち。デルタフォース、ＳＥＡＬｓに勝るとも劣らない陸自の誇る空挺部隊だ。

今回は、装備として５・５６ミリ小銃と短銃を携帯する。

「全員、任務は理解したか」

隊員たちがうなずき返す。

「降下地点は丸の内駅前広場。そこには数万の帰宅困難者がひしめいている。降下点は周辺のビル、ならびに東京駅の建屋の屋上だ。これらの民間施設には、受け入れを連絡済みだ。降下後、無線で連絡を取り合いながら各所に散開して、帰宅困難者の誘導整理、負傷者の救護、緊急車両の走行路確保、そして首相と先発隊の警護にあたる。いいか」

恩田は部下たちを見回す。

「質問は」

「武器を使用してでも首相を警護するのですか」

「武器使用はやむを得ない場合に限りだ」

「正直に申し上げてよろしいですか……」

最前列の右端に立つ隊員が一瞬、口ごもる。

恩田は目線で「言ってみろ」とうながした。

「首相を守りに行くのですか。それとも、仲間を守りに行くのですか」

「その質問には答えん。これも任務と思え」

もう一度、視線を一巡させた恩田は顎を上げた。

「出動！」

落下傘（らっかさん）を背負った隊員たちが、二列縦隊で輸送機へ向かう。六機の輸送機にわかれ、それぞれの後部貨物扉から乗り込んだ彼らは向かい合って、アルミパイプのフレームに布を張っただけの兵員輸送シートに腰かけた。

恩田は編隊長機の航空機関士用の座席へ乗り込む。

骨組みがむき出しになった貨物室から狭い階段を上がって操縦席に入る。左が機長、右が副操縦士だ。Ｃ‐１３０の操縦席は、グラスコックピットが標準となった今でも、頑固なまでにアナログ計器で埋め尽くされている。

　機長が、操縦輪に取り付けられたアクリルパネルにフライトプランをさし込む。手順に従い、エンジンスタート前のチェックを終えた機長が、第一エンジンを始動させた。スターターの回転音に続いてペラが回り始めるとターボプロップがうなりを上げる。次に、第三エンジン、そして第二エンジン、最後に第四エンジンと続く。

　次にテストスイッチボタンを押して各システムの警告灯が正常に点灯するかチェック、同時にタキシング前のチェックと離陸準備を進めていく。

　すべて異常なし。

　恩田は腕時計に目をやった。

　18：26。

　いよいよだ。

　機長が管制塔を呼んだ。

「Tower, 1077 takeoff at 18:30, request taxi.」

（1077, taxi into position）

　タキシングの許可が出た。バルトを再チェック、舵作動チェック、ピトーヒーターON。

　窓越しに、誘導員が輪留めを外すのが見える。

　そのとき、ハンガーの端に並ぶ整備員や空自のパイロットたちが見えた。

　こんなことは初めてだった。

　機体がタキシングを開始する。

　ゆっくりと後方へ流れ始めた景色の中で、仲間が敬礼を送ってきた。

彼らの思いに恩田も敬礼を返す。

機が滑走路へ出る。

ブレーキを踏み込み、一旦、スロットルを戻した機長が管制塔を呼んだ。

「Tower, 1077, ready」

(1077, Cleared for takeoff Runway, good luck)

離陸許可が出た。

機長がブレーキを離し、スロットルを八十%に上げた。

エンジンが雄叫(おたけ)びを上げ、機体が前進を始める。ハンガーから僚機が続いてくる。

離陸速度は百二十ノット。

ピッチ角を五度に設定した機体が、滑走路末端灯をかすめて大地を離れた。

十八時三十分

東京都　千代田区　丸の内一丁目　東京駅　丸の内駅前広場

朝夕は通勤客で賑(にぎ)わう洒落た広場が、今や地獄と化していた。

「おい。ヘリが墜落したのは警察の不手際だとネットに流れているぞ」

スマホで情報をチェックしながら誰かが声を上げる。

「本当か」「許せない」「政府はなにやってんだ」

一部に不満の声が高まるなか、南の方角から広場に向かってドローンが飛んできた。ヘリが墜落したときと同じで、不届き者が駅前の混乱を撮影しようとしているに違いない。

和也たちの頭上でドローンがホバリングを始めた。

蜂の羽音を思わせるモーターの音が人々の神経を逆撫でする。

突然、和也から少し離れた所にいたTシャツ姿の若者が、墜落現場に転がっていた敷石の破片をドローンに投げつけた。

「気に障るな」「どこの野郎だ」「叩き落とせ」

その声が呼び水となって、近くの人々もドローンを狙い始める。

運動会の玉入れを思わせる投石が続くうち、その一つがドローンに命中した。なにかが破裂する音が聞こえ、小さな破片がドローンから弾け飛んだ。

ペラを一枚吹きとばされ、安定を失ったドローンが揺れながら墜落する。

その下にはヘリの残骸がある。

「危ない！」

和也は叫んだ。

残骸の周りにはタンクから燃料が漏れ出ている。

糸が切れた凧のように錐揉み状態になったドローンがヘリの機体に衝突した瞬間、火花が散った。

「逃げろ！　爆発するぞ」

和也は隊員たちの背中を押した。

次の瞬間、耳をつんざく爆発音とともに、黒い煙と火炎が立ちのぼる。

爆発音が連続する。ヘリのエンジンカバーが撥ね上げられる。

熱波が人々に襲いかかり、何万もの悲鳴が地鳴りのごとく広場にこだまする。

「危ない」「ここはだめだ」「燃えちまうぞ」

墜落地点から逃げ出す人の波が、広場の外へ向かって将棋倒しのように広がっていく。

二度目の火炎と黒煙がキノコ雲となって湧き上がる。

爆発による火炎弾が広場中に撒き散らされ、蜘蛛の子を散らすように、人々が四方八方へ走り始めた。

誰かが誰かを押し倒し、誰かがその背中に蹴つまずく。

全身が火だるまになった男が駅へ走る。

三度目の爆発が起きた。

炎が和也たちに迫る。

柳型の打ち上げ花火が頭上で破裂したように火炎弾が降り注ぐ。

「首相、危ない！」

一人の隊員が首相に覆い被さる。

その背中に火炎弾が命中した。

「逃げて」と首相を突き放した隊員の全身が炎に包まれる。

「宮永一曹！」

橘の叫び声が爆発音にかき消される。

燃え上がる宮永が敷石に足下から崩れ落ちた。

和也たちは、止血用に用意していた毛布を引っ摑んで宮永の体を叩く。

「しっかりしろ！」「今、消してやる」「おい、足を頼む」

人の体が焼ける嫌な臭いが鼻をついた。和也たちが宮永の体に何度も毛布を振り下ろすうち、ようやく火が消えた。

ぐったりした宮永一曹を橘が抱きかかえる。

彼の指先が小さく痙攣していた。

宮永の全身から狼煙（のろし）のような煙が何本も立ちのぼる。

「……隊長……。首相はご無事ですか」

宮永がかすかに目を開けた。焼けただれた顔の皮膚が黒い瘡蓋（かさぶた）になって鱗（うろこ）のようにめくれ上がり、その下からピンク色の肉がのぞいている。

「心配するな」

橘がうなずく。

「……よかった」

短い一言を残して宮永の動きが止まった。

血が出るほど下唇を噛んだ橘二佐が宮永一曹を抱きしめる。

「至急、救助のヘリをよこすよう司令部に伝えろ！」

事切れた部下をそっと敷石に寝かせた橘が、ドローンを落としたTシャツ男に詰め寄る。

「なんということをする」

「知らねーよ」

「なんだと！」

我を失って男の胸ぐらを摑んだ橘を東山一尉が止める。

「二佐、やめてください！」

任務にわだかまりを感じたまま孤立している自衛隊員の自制が、今にも崩れそうだった。

「死んじゃったよ。この人。だって、息してないもん！」

どこかで女性の金切り声が聞こえた。夫なのか、恋人なのか、黒焦げになった男性の横で両手を突き上げた女性が泣き叫んでいる。

そのすぐ先にも黒焦げになった死体が転がっている。

ここは戦場じゃないのに。

そんなことあるわけがない、と考えもしなかった悲劇が一度に、しかも一箇所で起きている。

なにかが、得体の知れないなにかが目覚めた。忌まわしいものが、取り返しのつかない結末に向かって動き始めた予感に和也は寒気を覚えた。

「おいお前、なに撮ってんだよ！」

別の場所で、焼け焦げた爆発現場に向けてスマホを掲げる男に誰かが噛みついている。

「俺はただ……」

「お前、それマスコミに売るか、ＹｏｕＴｕｂｅにでも流すつもりだな」

別の男が、「人が死んでるんだぞ。勝手に撮るなよ」とスマホの前に手をかざす。

「邪魔！」

「やっぱりそうだな」

スマホ男の胸を突き飛ばしたスーツの男が、逆に殴り倒される。

「なにしやがる」

怒った人々がスマホ男に詰め寄る。彼を背後から羽交い締めにして、殴る蹴るの暴行を加え始めた。

和也が恐れていた恐怖の始まりだった。

敷石に転がされたスマホ男に罵声を浴びせながら、暴徒が腹を蹴り上げ、頭を踏みつける。

執拗な暴行に、周りの連中が「次は自分がやられるかもしれない」という恐怖で顔を引きつらせる。

「悪気はなかった」と訴えても、暴行を加える側は聞く耳を持たず、「おかしなことしたら許さんぞ」と周りの人々を威嚇する。

どこか遠くでも別の怒声と悲鳴が上がる。

まるで、疫病のように広場の人たちが心を蝕まれ始めた。

東京都　千代田区　永田町二丁目　総理大臣官邸内　危機管理センター

「なんだ、あの爆発は!」「理由は不明です」

「なんでもいいから救急車を向かわせろ!」「自衛隊のヘリを丸の内に回せ!」「おりる場所がありません」

思いもしない出来事だった。文月たちは、ますます緊迫する丸の内駅前広場で、二度も多数の死傷者が出る事態に混乱し、殺気立つ群衆への対応を迫られた。

「これはまずいんじゃないの」

丸の内の騒乱状態を伝えるモニター映像に、玉村財務大臣が青くなる。

「機動隊は」

木野経産大臣の顔から血の気が引いている。

「まもなく到着します」

閣僚たちが心の拠り所になる発言や、仕切りを欲して右往左往する。

「始まるぞ」

速水が満足そうにうなずく。

文月も同じことを思った。しかし、文月が予感したのは、再び武力を使っても畠山を救出せよ、との桐谷による狂気だ。

「第四機動隊の隊長に繋げ」

桐谷が電話の受話器をつかみ上げる。

やはりそうだ。

(第四機動隊の宮崎です)

「現状は」

(まもなく現着いたします)

「丸の内の駅前広場は危険な状態だ。すでに聞いていると思うが、その中に首相が取り残されている。騒乱罪の適用を念頭に、暴動を扇動しようとする者、それに加わろうとする者を容赦なく拘束しろ。抵抗する場合、もしくは暴動に発展しそうな場合は、武器の使用を認める」

(一般人に銃を向けるのですか)

「『警察官職務執行法』の第七条に従い、現場判断で武器の使用を認める」

(しかし、我々にその判断は……)

「これは首相代理の長津田官房長官による命令だ」

「私は長津田だ。桐谷教授の指示に従ってくれ」

長津田が卓上のマイクを自分の方に向ける。

「やめてください！」

文月は立ち上がった。

「騒乱罪ですって？　どこで騒乱が起きているのですか」

「教授。私も訊きたい。いったい、どんな状況なら武器の使用が正当化されるのかね」

山本が問う。

「大臣は『警察官職務執行法』をお読みになったことがないらしい。今の駅前広場の状況は、自己もしくは他人に対する防護、または公務執行に対する抵抗の抑止のため必要であると認める場合に相当する」

桐谷が続ける。

「騒乱罪の主体は群衆です。集団による暴行・脅迫が、あるエリアの平穏を害するなら、暴徒が組織されているかどうかは関係ない。多数の人間が集まって暴行・脅迫を行なうだけで適用可能です。つまり、騒乱罪における暴行・脅迫とは、広い意味での『暴行』としてとらえられる」

「しかし、教授。暴行と脅迫は多数の共同意思に基づいたものであるはずだ」

「共同意思は、多くが共謀して暴行・脅迫をなす意思のことです。駅前広場では、自衛隊員と首相に危害を加えることに同意しているなら、それが、たとえ計画的でなく未必的なものであっても共同意思と解釈できる」

知識をひけらかされるとすぐに揺れる閣僚たちには、小賢しい連中に限って、自分たちに都合のよいネタを見つけるのが得意だと知って欲しい。

「首相に暴行を加えようとする未必の共同意思の存在を、機動隊長の判断に委ねられるのですか」

文月は曲げない。

「当たり前だ。皆さん、時間がない。先ほど言ったように対策の立案は企画官でも、その実行は我々の仕事です」

「企画官。教授の指示に従いたまえ。それが役人の責任だ」

速水が鼻であしらおうとする。

「お断りします」

「教授の、強権を使っても治安を回復せよという指示に従え！　それが今このとき、国家のためだ」

はっ、と文月は怒りを息に変えて吐き出した。

「あなたも政府顧問だと肩を怒らせるなら、『国家のために』という美辞麗句がいかに国家を誤らせてきたかぐらいご存じでしょ」

「いいのか、そんな口答えをして」

文月は受けて立つ。

「私はあなたと違って最後まで国民を守りきる」

「口を慎め」

そっと右手を上げた桐谷が速水を抑える。それから、咳払い一つで長津田にプレッシャーをかけた彼が背もたれに寄りかかる。

文月は荒野を歩いている。数本の木しか生えていない荒野が地平線まで続いている。本当は速水たちの謀略を暴いて、罵りたい。しかしそれは加藤と文月の推測にすぎず、なんの証拠もないのだ。そして、速水を詰問している時間もない。

しかし、一つだけはっきりしていることがある。

もし、ここで文月が負ければ、そして政権の迷走を止められなければ、この国を闇が覆うことになる。

「駅前広場の混乱を収拾する対策の効果がもうじき現れるはずです」

「企画官。君の言うこともわかるが、事は緊迫している。首相に危険がおよぶようなら、武器使用の判断もあり得ないことではないぞ」

努めて冷静であろうとしてくれている山本や他の閣僚たちにも迷いがみえる。

「きっと効果が出ます」

「我々だって、いきなり機動隊に発砲せよなどと命じるつもりはない。しかし、あの様子を見たまえ」

山本がモニターを指さす。

「ギリギリまで我慢はさせる。それでも仕方がないときは……」

危機に流されていく官邸。

加藤の無念と後悔。彼はこのことを文月に伝えたかったのだ。

十八時四十分

東京都　千代田区　丸の内一丁目　東京駅　丸の内駅前広場

ＪＲの軌道と丸の内オアゾとの間を抜ける都道４０７号線から、機動隊が現れた。濃紺に金色のラインがあしらわれた『出動服』と、背中に『ＰＯＬＩＣＥ』と白抜きで入る防護ベストを着用している。警備用ヘルメットを被り、ベストと同じく『ＰＯＬＩＣＥ』と白文字でプリントされている透明の盾を携帯している。

ものすごい数の機動隊員が、新丸の内ビルから行幸通りを越えて、丸ビルの前まで横一列で並ぶ。彼らは拳銃と暴動鎮圧用の催涙ガス弾を発射するガス筒発射器、いわゆるガス銃を携帯していた。

その装備は群衆を威嚇するには充分だ。

ただ問題なのは、一つ間違えばそれが群衆を挑発することになりかねないほど、人々のあいだに怒りが渦巻いていることだ。

ついに、車道一つをはさんで機動隊と群衆が対峙した。

和也は人種問題に端を発したアメリカでの暴動について聞いたことがある。

一九九二年に起きたロサンゼルスの暴動では、警官による暴行や不当逮捕に怒った群衆が、コンクリートの破片や棒を手にして「当事者を渡せ」と警察署を取り囲んだり、商店の略奪が起きたりしたらしい。

和也がいる丸の内もその状況に似てきた。

数万の帰宅困難者の大半は程度の差はあっても、困難な状況に理性を失ってはいない。

しかし、一部の人たちはそうではない。そんな連中が全体の一％だとしても、帰宅困難者が五万人いれば不穏分子の数は五百人になる。

ヘリが墜落して多数の死傷者が出た。救急車も来られない、警察も到着しないうちに今度は爆発事故が起きて、再び多数の死傷者が出た。

その悲劇の張本人が自衛隊に守られて被害者たちの真ん中で孤立している。

畠山が不安そうにキョロキョロと辺りの様子をうかがう。

「私の救出はどうなっている」

首相の身勝手に、隊員たちから失笑が漏れる。

「機動隊が到着しました」

そのとき、異なる方向から複数のヘリの爆音が聞こえてきた。

「ヘリも来たか」

ほっとした表情で、畠山が頭上を見上げる。

「違いますね」

和也が見上げると、どうやらそれらは報道のヘリらしい。

エンジンの爆音とペラが空気を切る音が広場にぐもると、墜落事故がトラウマになっている人々が動揺する。

三機のヘリが上空で旋回を始めた。

「なんだあれは」「また落ちたらどうする」

人々の動きに秩序がなくなり、嵐に翻弄（ほんろう）される麦畑のように人の波が揺れる。

「みんなが怖がっている。無線で取材ヘリに引き返すよう伝えろ」

橘が怒鳴る。

やがて。

「墜落したヘリの近くに首相がいるらしいぞ」と、スマホを見ていた群衆の一人が声を上げた。

「なに、本当か」「そうらしい。ヘリから空撮しているぞ」

人々が連鎖的に反応する。一人、また一人、皆の視線がこちらを向く。

「まずい」と橘がうめいた。

強ばった表情の人々が和也たちの周りに集まり始めた。

「そいつに一言言わせろよ」

額から血を流した男が、敵意で歯をむき出しにする。

「皆さん、落ち着いてください。もうすぐ警察が来ますから」

人々の苛立ちを、橘が懸命に和らげようとする。

立錐の余地もなくなった人垣をかき分けて、別の男が前に出る。

「なに言ってんの！　いったい、どれだけの人がそいつのヘリで死んだと思ってるんだ」

和也の前で隊員たちが生唾を飲み込む。緊張で彼らの頬が震えている。どうやって十五人で何百の怒れる人々から一人を守るのか。勇気と使命感にだって限りがある。

「あんたたち。なんでそんな奴を守るんだよ」

畠山に向かって中指を立てる者、「潰せ」と地面に向かって親指を突き立てる者。

「来るぞ。間合いを詰めろ」

橘二佐が、部下たちに円陣の間隔を狭めさせた。

胸の辺りでポロシャツが破け、頬にすり傷を負った男が群衆に叫ぶ。

「全部、あいつのせいだ」

「君たち、なにか誤解している。私は非常事態を自分の目で確認するためにわざわざこの場に出向いたのだ。それに……」

「うるせー。ただの人気取りのパフォーマンスじゃねーか」

底の浅い行動など、とうに人々から見透(みす)かされている。

ついさっきまで無表情だった野次馬の目に怒りが宿った。

身内を殺された絶望、友人を失った悲しみ、誰もが天に拳を振り上げ、畠山に罵声を浴びせる。

さっきのポロシャツ男が、「俺がヤキを入れてやる」と突然、飛びかかった。その体をかわした隊員が男の背後に回って、彼の右腕を背中でひねり上げる。

ポロシャツ男の悲鳴が響く。

「なんてことしやがる！」「お前ら、それでも自衛隊か」

一気に辺りが殺気立つ。

沸騰(ふっとう)する怒りと、ぶつけどころのない不満が橘たちに突き刺さる。

何重にも重なり合った人垣。数えきれない人々が墜落現場に集まり、政府を非難する言葉を浴びせる。

「おい、マスコミがこの場を映して、暴徒が騒いでるってよ」「誰が暴徒だ、馬鹿野郎」「政府のHPにも俺たちのことを、暴徒って書いてるぞ」

ヘリからの映像が人々を刺激する。

輪の中心で畠山が首をすくめていた。

不穏な空気を察知したのか、広場の西側では機動隊が一歩前に出る。

「来いよ」「やってみやがれ」

群衆が中指を立てながら機動隊を挑発する。

誰かの投げた石が機動隊員の盾に当たる。

一部の暴徒から投石が始まった。

機動隊と群衆が一触即発の状態に陥った。

東京都　千代田区　永田町二丁目　総理大臣官邸内　危機管理センター

もう時間がない。

機動隊と群衆が小競(こぜ)り合いを繰り返すうち、なにかのきっかけで全面的に衝突してもおかしくない。加藤が用意してくれた空挺団は東京上空に迫っている。帰投させるのか、そのまま降下させるのか、それとも新たな任務を与えるのか、決断までの時間はいくらも残っていない。

さすがに閣僚たちも危機感を持っている。山本国土交通大臣、上村外務大臣、江口農林水産大臣だけではない。畠山寄りの玉村財務大臣や木野経産大臣たちも眉間に皺を寄せ、しきりにペットボトルの水を口に含みながら、善後策の議論を続けていた。

「本当に機動隊に武器を使わせるのか！」「誰が決めるんだ」

ようやく当事者意識を持った閣僚たちに、まもなく最後の対策を示すことになるが、その前に障害を取り除かねばならない。越権とののしられようが、不遜な奴と怒鳴られようが、文月にはもはやなんのためらいも迷いもなかった。

「大規模な衝突を回避するために、一つの案をお諮(はか)りしたいのですが、その前にこの場での決定権を再確認させてください」

「なんのことだ」

長津田が眉をひそめる。

「これからの決定は閣僚の皆さんだけでお願いします。桐谷教授と顧問団を外して頂きたいのです」

「今、なんと言った！」

　初めて速水が気色ばんだ。

「教授は顧問というお立場ですから、本来、施策の決定にかかわって頂くことはできません」

「慣例としてお願いしてきたのだ」

　長津田が援護する。

「もう一つ。重大な決定にかかわって頂こうにも、教授たちには五つの能力が欠けています」

「失礼にもほどがある！」

　顧問団の取り巻きの怒声も、もう慣れっこだ。

　どこで噴火しようが、誰にガンを飛ばされようが、もはや烏合の衆だ。文月には、あるときは叱咤し、あるときは激励してくれる広瀬や加藤や和也がいてくれる。いつも、きちんと前を見ている人たちだ。桐谷たちとは違うのだ。

「主張に一貫性がないこと。偏った判断を抑制していないこと。多様で的確な情報に基づいていないこと。誤った決定が明らかになっても、それを修正する度量を持たないこと。そして、倫理にかなった判断をしないこと。これらの五つです」

　本音では、桐谷、いや速水を外さねばならない理由がもう一つある。重大な理由が。

「お前、さっきからいい加減にしろよ！」

　顧問団の他のメンバーまでもが席を蹴る。

　自分は絶対に間違っていないという確信を胸に文月は桐谷を向いた。

　あなたたちは邪魔なのだ。

「ぎりぎりの状態で政府の意思を反映させ、短時間に非常事態を解決するためには、慣例などという無責任な決定権の付与はありえません」

「この政府は私がずっと引っ張ってきた」

「教授が実権を持ち、他のメンバーはよくて意見を述べるだけというこれまでの形は悲劇と後悔を生みます」

負けない。絶対に引かない。

センター内を見回してから、文月は顎を引いた。

「総合的に危機管理のできる高島危機管理監と広瀬政策統括官がすぐにでも必要です。しかし、お二人が戻るまでは、顧問団に代わって私がこの会議を補佐します」

「お前ごときに」

ホオジロザメのごとき速水の目が怒りに燃えていた。

「東京都、二十三区、東京消防庁、自衛隊、国交省。私なら話を通せます。失礼ですが、顧問団のどなたかに務まりますか」

東京上空

恩田は機嫌が悪かった。

この任務にどうしても納得がいかないからだ。いくら首相と仲間を守るためとはいえ、武器を持って、停電と墜落事故の混乱に巻き込まれた人々の中へ降下することになんの意味がある。

恩田は部下を見た。

四発のターボプロップエンジンの音がC‐130の貨物室にこもる。

横一列になった四十名の空挺隊員は、壁を背にして向かい合わせで座り、床に敷かれた導板に足を下ろしている。落下傘を背負い、5・56ミリ小銃と短銃を携帯している。

じっと床を見つめている者、小声でなにかの歌を口ずさむ者、抱えた小銃の銃床を規則的に指で叩く者、彼らの仕草はまちまちだった。

若い隊員たちはなにを想う。

出撃のときになにを感じ、なにを恐れるのか。

駅前の混乱、殺気立った帰宅困難者。

このような事態への即応訓練など受けたこともないのに、なぜ自分たちがと思っているに違いない。

釈然（しゃくぜん）としないものを抱えたまま、まもなく降下の時間がやってくる。

十八時五十分

東京都　千代田区　永田町二丁目　総理大臣官邸内　危機管理センター

加藤は逃げない勇気の意味を文月に諭した。

次は自分の番だ。逃げ出したいと思ったときほど、後ろを振り向いてはいけない。助けを求める人たちがいるのを知りながら、山ほど言いわけをバッグに詰め込んで、こそこそと周りばかり見ているわけにはいかない。

「官房長官。この場がおかしなことにならないよう、萬谷顧問に暴動鎮圧の方針を伝えておきましょう」

速水は文月へ引導を渡すつもりらしい。

そのとき、受話器を高々と掲げた村松が文月を呼んだ。

「企画官。東京都から連絡です！　丸の内周辺で四十のビルが、三十分後から帰宅困難者を受け入れてくれるそうです。すでに都がこの情報をＨＰで公開し、同時にネット、ラジオ、テレビで流し始めました」

「よかった。官邸からも大至急流して」

これで駅前広場の人たちに希望を与えられる。

あとは時間との勝負だ。

「まずい！　衝突が起きそうだ」

モニターで広場の様子を確認しているスタッフが叫ぶ。

機動隊と向き合う暴徒の波が乱暴に揺れ、その先端で何人かが機動隊員の盾を蹴り上げる。そのたびに盾の列が暴徒を押し返す。

「止めろ！　なんとかして止めるんだ」

長津田が悲壮な声を上げる。

事態は抜きさしならない。

もはや空挺団を使うしかない。

それは同時に、事態鎮静化を確かなものとするチャンスは一度しかないということだ。

決して逃げない。文月はもう一度自分の心に念を押した。

文月は立ち上がった。

「今、横田基地を離陸した輸送機で陸上自衛隊の第一空挺団が丸の内に向かっています。彼らを駅前広場の上空で降下させます」

「なんのために」

長津田が目を見開く。

「空挺団の姿がきっと群衆の怒りと苛立ちを鎮めるはずです」

「頭上から自衛隊がおりてくるんだぞ。下手をすれば混乱がさらに増して取り返しがつかなくなる。馬鹿なことを考えるな」

桐谷が呆れる。

「多くの災害に打ちのめされ、学んできた経験が私にはあります。思いつきなんかじゃない。この対策はその知見ゆえなのです。きっとうまくいきます」

文月は一息をついだ。

「私がいかに無能で、出しゃばった真似をしたかは充分にうかがいました。教授によれば、日本の官僚組織は時代遅れで硬直化しているのでしょう。そのご批判も甘んじてお受けします。ただ、災害対応だけは私の考えを信じて頂きたい」

桐谷を牽制（けんせい）してから、文月は長津田を向いた。

「我々は多くの人命を失いました。その責任をどうお考えですか」

「それは……」

「この数時間、政府の対応に足りないものがあります」

「なんだね」

山本が問う。

「人を信じるという勇気です。この国で何度も起きた災害の対応と、そこから学んだ対策の根底には、人を信じるという信念が流れています。そして、それは一度も裏切られたことがありません。教授は、ずっと地域主権型社会の理念を説かれていますが、先ほどからのご発言と指示を見る限り、そもそも人を信じていらっしゃらない」

文月は桐谷に視線を戻す。

「私は最後までこの国の人を信じたいと思います」

机に両手をついた文月は、閣僚たちの方へ身を乗り出した。

「皆さんの決断が必要です。災害が起きてまだ八時間。被害の全容はつかめていませんが、今後、亡くなった人の数や被害の大きさが明らかになります。もしここでお逃げになったら、皆さんは自分を偽った罪に一生、苛(さいな)まれることになりますよ」

閣僚たちが視線を落とし、山本が机の上で指を組んだ。

「文月企画官。最後に一つ教えてくれ。自分に任せろと言いきる根拠はなんだ」

「災害対応にずっと取り組んできた私の自信です。もう一つは……皆さんと同じ」

「それはなにかね」

「正しいと思うことから逃げない勇気です」

山本を中心に閣僚たちが顔を見合わせる。

変わってくれるだろうか、彼らは応えてくれるだろうか。

文月にとって永遠にも思える時間が過ぎていく。

やがて、ゆっくりと山本が立ち上がった。

「桐谷教授。仲間を連れてこの場から出て行って欲しい」

他の閣僚たちも一人、また一人うなずいていく。

「あなたたちは正気か！」

桐谷が机を拳で叩きつける。

「時間がないんだ。邪魔だからすぐに出て行け！」

山本の怒声に、長津田でさえ桐谷を見ようとしなかった。

勝手にしろ、と立ち上がった桐谷がセンターから出て行く。金魚の糞のように顧問団が続く。

扉のところで振り返った速水が文月に視線を送る。

「お前が磔（はりつけ）にされるとき、最後のとどめは私が刺してやる」

捨て台詞を残した速水と桐谷たちがセンターから消えた。

「さあ、あとは任せたぞ」

山本が文月を促す。

文月は村松を呼ぶ。

「村松主任。大至急、作戦行動中の第一空挺団第一普通科大隊の恩田二佐を無線で呼んでください」

東京上空

C‐130の機内。

「恩田二佐。官邸から連絡が入っています。降下部隊の隊長と話したいとのことです」

コパイが恩田を呼んだ。

「官邸から？」

「今回の作戦についてお伝えしたいと」

恩田は自分のヘッドセットのスイッチをオンにした。

「第一普通科大隊の恩田二佐です」

（私は内閣府の文月と申します）

ヘッドセットから抜けてきたのは女性の声だった。

「ご用件は」

（今回の作戦についてお知らせしたいことがございます）

「作戦への命令なら司令部を通してください」

（時間がありません。三好陸将補の了解を頂いて、直接ご連絡しています）

文月と名乗る女性の声は凛（りん）としていた。

「とりあえずお聞きしましょう」

（丸の内駅前広場への降下に際しては、武器の携帯を遠慮願います）

「武器なしで降下せよと」

（はい）

女性官僚が混乱の中へ丸腰で降下しろと迫る。

「理由は」

（広場の群衆を刺激したくありません）

「しかし、我々は首相と自衛隊員を警護しなくてはなりません」

（任務の内容が変わります。新たな任務は暴徒の鎮静化です。ただし、その際、皆さんが都民へ銃を向ける状況は決して作りたくありません）

「武器なしで暴徒を鎮静化しろと」

（はい）

「難しいですね」

（それは承知の上です）

恩田の中でわだかまりがさらに大きくなる。一官僚の判断の犠牲になるのか。冗談じゃない。

（官邸にも武器の使用を認めるべきとの意見があったのは事実です）

「それなら、この作戦は地上の機動隊に依頼されてはどうですか」

（この任務は皆さん、空挺団にしかできません）

「我々にしか？」

（そうです。人々がもうダメだと諦めかけたとき、精鋭部隊が空から救出に駆けつけたという安堵が広場の混乱を鎮めます。ですから一糸乱れぬ隊列で、縦と横の間隔が一ミリもずれない隊列で降下をお願いします）

「それは不可能です」

（多くの人が亡くなりました。突然の災害に友を失い、なにもしてあげられない状況で家族を看取った人々が悲しみにくれています。また、政府の無策に憤る人々が首相をよこせと迫っている。人々に我を取り戻させ、広場の秩序を回復させることができるのは毅然とした皆さんの姿だけです）

文月が息を継ぐ。

(私には確信があります。人々は求めているのです。なにがあっても自分たちを守ってくれる人たちを、最後まで自分たちを見捨てない救世主を、政府が信用できないからこそ拠り所になる存在を。災害のたびに人々に救いの手をさし伸べてきたあなたたちの姿は皆の目に焼きついている。無理は承知しています。しかし、何卒お願いします)

ヘッドセットに手を当てたまま恩田は戸惑った。

こんな要求が政府からくるなんて。こんなことを考える者が政府にいるなんて。

「貴様ら、聞いたか?」

マイクのスイッチを切り替えた恩田は部下たちを呼んだ。

「空中で、一ミリの誤差もなく隊列を組めとのことだ。しかも丸腰だ。やれるか?」

(やれます!)

自信に満ちた返事が重なり合う。

貨物室を振り返ると、迷いのない目がこちらを向いている。

「俺たちだけじゃない。輸送機だって神業の操縦が必要になる」

どうです、と恩田が機長を向いた。

機長が微笑(ほほえ)み返す。

「皆さんを送り届ける我々が、ここで、できませんなんて言えますか」

恩田は咳払いを一つ入れた。

「企画官。一つ訊いてよいですか」

(どうぞ)

「なぜこんな無茶な作戦を思いついたのですか」

（この国の人々と自衛隊を心の底から信頼しているからです）

恩田は、ふっと息を吐き出した。

「なら、国民の負託にこたえると誓った我々の答えは一つしかなさそうだ」

（……ありがとうございます）

たった今まで凛として意思の強そうだった声がかすれた。

「あと三分で丸の内上空です」

コパイの報告に、恩田は「これで失礼します」と無線を切った。

機長が僚機を呼ぶ。

「全機に告ぐ。これから横一列の編隊を組む。機体の間隔は八十フィート。進入高度は千百二十フィート、進入速度は五十五ノット」

（編隊長。進入速度は五十五ノットって正気ですか。失速します）

僚機が応答する。

「恩田二佐の無線聞いてたんだろ。これから空挺団が万の人々の命を背負って降下するのに、できんというのか」

（失礼しました。先ほどの言葉は忘れてください）

「とはいえ五十五ノットだ。翼端の間隔は七フィートないから、ちょっとでも横風が吹けば接触するぞ。最高の操縦をみせろ」

（今夜は編隊長にゴチですよ）

「心配するな。支払いは恩田二佐が官邸に回してくれる」

引き受けた、と機長の肩を軽く叩いた恩田は、操縦席から貨物室へ移動する。

輸送機は都心上空を東へ飛ぶ。小窓越しに遠くの富士山や新宿の高層ビル群の景色が流れる。

降下を指示するジャンプマスターが貨物室の両側にある扉を開く。

凄まじい風とエンジンの轟音が吹き込む。

降下の間隔は四秒。

「行くぞ！　貴様ら最高の降下を見せてみろ」

恩田の声に隊員たちがうなずき返す。

「対地高度約千二百フィート」「まもなく降下です」

銃を置いたまま座席から立ち上がった隊員たちが扉に向かって列を作る。装身具のピンに貨物室のロープから伸びるフックを引っかける。

ある者は軽く屈伸し、ある者は肩をほぐすように首を左右に傾ける。

高度千二百フィートから降下した場合、落下傘が開かなかったら九秒後に地上に激突する。落下傘の開傘は降下から四秒後だ。主傘が開かなかったら、予備傘の開傘にも三から四秒かかるから、一秒ないし二秒後に対処しないと激突死してしまうほど難しい降下だった。

扉の横でジャンプマスターが手招きする。

降下用のランプが緑に変われば降下が始まる。

東京都　千代田区　丸の内一丁目　東京駅　丸の内駅前広場

広場の西側では機動隊と群衆がもみ合いとなった。怒声が渦巻く。

かたや首相を取り囲む群衆の大半は「このまま済ますものか」という怒りに燃えている人々

だ。

　橘たちはそんな群衆から丸腰で首相を守らねばならない。

「なんとか言えよ」「黙ってんじゃねーよ」「どう責任を取るつもりだよ」

　畠山を中心に橘たちが作る輪の中で和也も畠山の前に立った。もはや、恐怖を感じている暇はない。

　一人の男が人垣の中から現れ、和也たちにタブレットを向ける。

「首相はパフォーマンスの現場視察で四ツ木橋に顔を出したあと、ここへ来たらしいな。そんなことするからヘリが墜落して、多くの死傷者が出たってマスコミが追及してるぞ」

　なんだって、と周りがいきり立つ。

「あんたたちどけよ。俺は一言、そいつに文句を言いたい」

「ダメです。下がってください」

「どけよ」

　数人が自衛隊の胸を突く。

　押し問答が始まった。

　怒りが怒りに火をつけ、人々が自制を失っていく。自分たちに起きたこと、多くの人が亡くなったこと、すべてが畠山の責任にされようとしていた。

　隊員たちが腕を組んで隣との距離を詰める。和也もその背中を支えた。

　それでも、押し寄せる津波に立ち向かうのは砂で作った防波堤だ。


　そのとき、人垣の中で声がした。

「皆さん、私が災害の原因を作った者だ。私が話を聞こう」

帰宅困難者たちが何事かと振り返る。

年配の男が現れた。

「通してください」と一人の男が人々をかき分ける。

身長は百六十半ば、小太りで、丸顔。脂っ気のないボサボサ頭、ヨレヨレのストライプ模様のスーツに緩んだネクタイを締めた冴えない男が現れた。

「私は内閣府の加藤です。今、官邸からやってきました」

和也たちを取り囲む暴徒が顔を見合わせる。

「ご苦労様です。ちょっと首相と話せますか」と隊員に一礼した加藤を橘が輪の中に招き入れる。

「首相。ご自分の行為の意味がおわかりになりましたか」

畠山が泣き出しそうな顔でうなずいた。

「なら、これからなにが起ころうと目を背けることなく、ご自身の罪をよく噛みしめることだ」

踵を返した加藤が、今度は自衛隊員たちに声をかける。

「皆さんが国民に手を振り上げてはならない。無用の争いだ。ここは私に任せなさい」

和也と加藤の目が合った。

「民間人のあなたを、こんなことに巻き込んで申しわけございません」

穏やかな表情、落ち着いた口調、まるで別れの時を思わせた。

加藤が輪の外に出ると、自衛隊員たちが和也と畠山を守りながら後退する。

逃がさないぞ、と群衆が距離を詰める。

「皆さん、聞いてください。首相に現場視察を勧めたのはこの私です」

加藤が両手を広げた。群衆の足が止まる。「ここは危険ですから、あちらで説明します」と場所を移す。和也たちから充分な距離を取った加藤が立ち止まった。

「彼は、自分が犠牲になって周囲の怒りを首相から切り離すつもりだ」

橘がつぶやいた。

「なんですって」

橘の言葉どおり、加藤を取り囲む新たな怒りの輪ができる。

「どうか落ち着いて私の話を聞いてください」

そのとき、誰かの投げた石が加藤の頭を直撃した。

加藤が石の飛んできた方向を睨みつける。

「見損なったな。あなたたちの理性などその程度か」

「なんだと！」

「お前たちはなにをやってるんだ、政府など信用できない。そう思ってますね」

「よくわかってるじゃねーか」

「この騒動の責任者は許せないと？」

「当然だろう」

「それは私だ」

「なら、タダで済むと思うなよ」

「だから、私を罰すれば君たちの目的は達せられるはずだ」

加藤が挑発するように胸を張る。

「それで気が済むならやるがいい。他の人たちは厳しい状況にも耐えているのに、君たちは人を殴ることしか知らないただの半端者だ」

　堰を切ったように暴徒の敵意が加藤に牙を剝いた。

「加藤さん！」和也は叫んだ。

　次の瞬間、加藤の姿が暴徒に飲み込まれた。

　橘たちのあいだを無理やりすり抜けた和也は走る。

「やっちまえ！」

　襲いかかる暴徒に、加藤はボロ布のように丸められ、転がされ、踏みつけられていた。拳が、足が加藤の体に振り下ろされる。マットを打ちつけるような気味の悪い音がくぐもる。

「やめて」「いくらなんでもひどいよ」

　周りの人々が暴徒を止めようとする。

　救いようのない暴力の現場で狂気と良識がせめぎ合う。

「引っ込んでろ」「邪魔だ」

「だって、あんたたちが怪我したわけじゃないだろ」

　暴力をふるう者と、それを止めようとする者が睨み合う。

　暴徒が一瞬ひるんだ。

　その隙に混乱の中へ飛び込んだ和也は、加藤の右腕を摑んだ。

「やめろ！　やめるんだ！」

「なんだ、てめえは！」

　暴徒が新たな生贄に怒りをぶつける。四方から和也に手が伸びてくる。髪の毛を摑まれる。何本もの足が背中を蹴り上げる。右の頬に拳がめり込んだ。口の中に血の味が溢れる。掌が踏みつけられる。

和也は暴徒の群れから血だらけになった加藤を引きずり出した。

「あなたたち、やめなさいよ」と堪りかねた人々が止めに入る。

和也は加藤の上に覆い被さった。

こんなことは、もうたくさんだ。


西の方角から飛行機の爆音が聞こえてきた。

血がにじんでぼやけた目に、黄金色の夕焼けに浮かび上がった高層ビルのシルエットが見えた。夕陽に照らされたガラスが、鏡のように朱と金に染まる情景を映していた。

「こっちに来るぞ」

人々が西の空を指さす。

真夏の名残を残して暮れゆく空に、横一線で編隊を組んだ六機の輸送機が見えた。

暴徒たちの手が止まる。

夕陽が人々の顔を照らす。

翼と胴体に描かれた小さな日の丸と、水色がかった灰色に塗られた輸送機は、まるで竹とんぼの羽根をさし込んだソーセージにみえる。

およそありえない低高度で、輸送機がこちらへ向かってくる。

「なんだあれは」

「自衛隊が来てくれたのか」

人々が空を見上げる。

まるで航空ショーのデモフライトのごとく、見事に横一線に並んだ輸送機がお堀の上を通過した。

すると、輸送機の両側の扉から、次々と空挺部隊が降下を始めた。

十二列に並んだ落下傘の花が開く。

まるで空中に碁盤の目を作るかのごとく、縦も横も寸分の狂いもない等間隔で落下傘の花が開いていく。

まさに圧巻だった。

「綺麗だな」

誰かがため息をつく。

「こんな景色、滅多に見られないぞ」

「すごい」

右手で額に手庇（てびさし）を作る人、ぽかんと口を開けている人、祈りを捧げるように顔の前で指を組む人、反応は様々だけれど何万という人々がひとしく空を見上げていた。

輸送機が近づいてくる。

空挺団の降下が続く。

鼓膜（こまく）を揺らすエンジン音を響かせながら輸送機が頭上を飛びすぎていく。

人々の目が機影を追いかける。

黄金色の夕焼け空が落下傘で埋め尽くされていく。

数え切れない悲しみと怒りに満ちていた広場に空から希望がおりてくる。

「落下傘部隊が来てくれたんだ」

皆が空に向かって手を振る。

「精鋭中の精鋭だぞ」

「かっこいい」

ついさっきまで怒りで目を吊り上げていた人々の表情が、なんともいえない柔和（にゅうわ）なものに変化する。

人々のため息を残して、輸送機が夜の気配の中に飛び去っていく。

誰もが空挺団の見事な降下に言葉を失い、見とれていた。

丸の内駅前広場の緊張が、潮（しお）が引くように消えていった。

十九時二十分

東京都　千代田区　永田町二丁目　総理大臣官邸内　危機管理センター

「ご苦労だったね」

顧問団が姿を消したセンターで、文月のそばにやってきた山本が慰労（いろう）してくれた。

「大臣こそ、応援してくださってありがとうございます」

「よくあそこまで頑張れたものだ」

「私独りではできませんでした」

「でも、君は独りだったじゃないか」

「いえ。私は独りではありませんでした。……ずっと独りじゃなかった」

文月のつぶやきに、山本がきょとんとする。

「いえ、なんでもありません。お気になさらないでください」

「一つ教えてくれ。なぜ空挺団の降下が人々を鎮静化させると確信できたのかね」

「日本人は情動知能が高いからです」

「情動知能？」

「はい。自分の感情をコントロールする能力のことです。人に嫌な思いをさせないとか、感情を傷つけるような言動を控えるとか、その場の雰囲気を和ませるような工夫をするとか、落ち込んでいる人がいたら力づけるなど、日本人が得意とする知能です。なぜ日本では災害が起きてもパニックが起きないのか。多くの事例を分析した結果、私がたどり着いた結論です」

なるほど、と微笑む文月の肩をポンと叩いた山本が、席に戻っていく。

ようやく落ち着きを取り戻したセンターはやけに静かだった。

厳しいせめぎあいも終わってみれば、やがて記憶の中で風化していく。なにを学び、なにを残すのか、人にひけらかすためでなく、己の鍛錬として留めておく。文月は父の教えに忠実であろうと思う。

ただ、もう一つ大事な仕事が残っている。

「高島危機管理監と広瀬政策統括官は、あとどれくらいでここへ戻られますか」

「官邸内にいらっしゃいますので、もうまもなくです」

村松主任の答えに文月は安堵の笑みを浮かべた。

「私のここでの役割は終わりました。あとはお二人にお任せして、これから丸の内へ向かいます」

　文月は少しふらつく足で立ち上がった。

　山本たちが、鳩が豆鉄砲を食らったような目を向ける。

「なぜ君が」

「提案への責任を取るためにも現場へ向かいます」

「企画官。ここに君がいなくて大丈夫か」

　長津田官房長官が案じてくれる。人は簡単に変われるものだ。

「お二人がいらっしゃれば、私などいなくても問題はありません。それより官房長官。洪水対策への配慮をくれぐれもお忘れにならないよう」

「しかし、女性があそこへ行くのは危険だぞ」

　玉村財務大臣まで文月のことを案じてくれる。

　文月はメインモニターに視線を向けた。

「救わなければならない人がいるのです」

総理大臣官邸　玄関

　文月は、官邸の正面玄関から待たせていた警察の警護車に飛び乗った。

「東京駅まで車で行けそうですか」

　運転手としてハンドルを握る警官に文月は尋ねた。

「かなり渋滞が収まってきたので、少なくとも近くまでは行けると思います」

「では、お願いします」

赤色灯を露出させサイレンを鳴らしながら、警護車が官邸の正門を出る。車は国会議事堂を左手に茱萸坂と潮見坂をくだり、霞が関二丁目の交差点で左折して桜田通りを北進し、桜田門交差点で右折して内堀通りに入る。

皇居のお濠(ほり)沿いに走り、次の日比谷交差点で左折すると、日比谷通りを直進して東京駅を目指した。

「急いでください」

時間がない。文月の依頼に、警官がアクセルを踏む。

揺れる車内で後部座席のアシストグリップに摑まりながら、文月は加藤の名前を心の中で繰り返していた。

都の努力で多くの一時滞在施設が開設され、帰宅困難者が減り始めている。都心が落ち着きを取り戻し始めると、救いようのなかった渋滞が緩和し始め、混乱の収拾と交通整理に振り向けられた警察と自衛隊の配備が進みつつある。

日比谷通り沿いの帝国(ていこく)劇場、明治生命館、三菱(みつびし)商事ビルを通り過ぎると、すでに、道路沿いに自衛隊や機動隊の車両が配置されていた。

サイレンで前の車を脇へ避けさせながら、警官が車を飛ばす。

和田倉門(わだくらもん)交差点で警官がハンドルを右に切った。

行幸通りに入れば東京駅は目の前だ。

フロントガラス越しに東京駅が見えた。

あっ、と運転手が急ブレーキを踏む。

そこから先の行幸通りに帰宅困難者が溢れていた。

「ここで結構です。ありがとうございました」

車をおりた文月は走り出した。

「すみません。通してください」

人の群れをかき分け、右へ、左へ避けながら走る。

途中、何度も行く手を阻まれる。

足は前に出ないのに、気持ちだけが追い越していく。こうしているあいだにも、加藤と和也になにか恐ろしいことがあったらと思うと、居ても立ってもいられなかった。

息を切らせながら文月は前だけ見て走った。

耳の中で文月の息遣いがこだまする。

郵船ビルを過ぎると丸ビルだ。駅前広場はその先にある。

文月はようやく東京駅にたどり着いた。

悲劇の爪痕が無残に残された駅前広場は、文月の知る風景から一変していた。最新デザインの高層ビルに囲まれたお洒落なビジネス街は、『アラブの春』の最中のカイロを思わせる騒然とした空気に支配されている。

ようやく警察と救急隊が到着したらしく、ヘリの墜落現場がカラーコーンで遮られている。タクシーの待機場には消防車が列を作り、歩道上を何重にも絡み合ったホースの束が墜落現場へ伸びる。

路肩に停まる数十台のパトカーはどれもドアが開け放たれ、白地に青緑のラインが入った機動隊の輸送車が列を作る。かなり数が減ったとはいえ、まだ多くの帰宅困難者が残る広場の外周道路には交通課の警官が出入りする緊急車両を誘導していた。

歩道脇に赤色灯を回転させたまま停車している救急車から、救急隊員がストレッチャーを押して走る。

人混みの中を文月は加藤を捜して歩き回った。

近くを救急隊員が通るたびに摑まえて、加藤のことを尋ねる。

「いやー、あなたのおっしゃるような怪我人は見ませんでした」

「ほとんどが重傷者ですから、ちょっとわかりません。他で訊いてみてください」

らちがあかない答えばかりが返ってくる。

口の中が、からからに渇いていく。耳の中でドクドクと心臓の鼓動が響き、何度も額の冷や汗を拭った。

墜落現場の近くに、場違いなスーツ男と少し離れて戦闘服の集団が見えた。

がっしりして一目でSPとわかる連中と自衛隊の一団だった。どうやら畠山はあの中らしい。

文月は、畠山から加藤を捜す指示を出させようと思いついた。

これだけ貸しがあるんだから、それぐらいはいいだろう。

肩を怒らせ、たぶん、鬼の形相(ぎょうそう)の文月を不審に思ったらしく、畠山の手前でSPに制止された。

「この先は困ります」

能面のような顔がこちらを向いている。

「どいてください。私は、内閣府企画官の文月です」

「通すことはできません」

「私は首相に話があるの。どきなさい!」

文月は大男の手を払いのけ、「さっきまで官邸で……」と恫喝しようとしたとき、数メートル先で応急処置を施す救急隊員たちのあいだから突き出る足が見えた。

踵が履き潰された紳士靴。

額の辺りから、すっと血の気が引くのを覚えた。

「加藤さん！」

ＳＰを押しのけて、なにがあろうと此岸に引き止めなければならない恩人に駆け寄った文月は思わずひるんだ。蒼白でぐったりした顔、弛緩した手足、加藤が死に瀕していることは一目瞭然だった。

「親族の方ですか」

救急隊員の言葉に文月はうなずいた。

「はい」

現場では、すでに救急隊によるトリアージが済まされていた。重傷者を示す赤タグが付いた怪我人は、最優先で救急車に乗せられ現場を離れている。

加藤の手首にも赤タグが巻かれていた。

「この人は重傷なのに、なぜ救急車に乗せないの」

「乗せないのではなく、乗せられないのです」

処置を続ける救急隊員が背中で答える。

「この患者はずっとショック、昏睡状態かね」

隣の白衣の男が隊員に問う。どうやら救急車に同乗してきた医師のようだ。

「はい」

「複数箇所に重度の損傷が見られる。多発外傷だな」

「心拍も不規則です」

「胸部外傷による心タンポナーデかもしれん」

医師が脈を取る。

「救急外来到着まで、なんとか心臓の拍動を保たないといけない。気道確保と血流確保のための輸液を準備してくれ」

「患者さんをストレッチャーに移しますから、ちょっとどいてください」と医師が文月を後ろに下がらせる。

胸の前で指を組んだ文月は、「お願いします」と神に祈った。

「いやー、首相、ご無事でなによりでした」

どこかで能天気な声が聞こえた。

畠山の一団からだ。なぜか、カメラマンとマイクを持ったキャスターが畠山の横にいる。マイクに『関東放送』のロゴが見えた。

「とんでもない目に遭ったよ」「騒動もなんとか収まりそうですね」「我々の対応が適切だったからだろうな」

安っぽい笑い声が上がる。

——ふざけるんじゃないわよ。

文月は歩き出した。

再びＳＰが道を塞ぐ。

「どきなさい。私を誰だと思ってるの」

気持ちが荒立っているせいで烈しくなった口調に、群れの中の畠山が気づいた。

文月は日本国の首相に思いきりガンを飛ばす。

気後れがちに畠山がＳＰに「通してよい」と首を縦に振る。

中身がないぶん、空威張りは得意な首相の前に文月は立った。

「企画官。ご苦労だった。君を選んだ私の目は確かだったね」

マスコミのカメラが畠山と文月を交互に追う。

「君たち、彼女が内閣府の文月企画官だ。まさに才媛だ」

それがどうした。

「あなたの愚行で多くの人が傷ついた。そのことに、あなたはどう感じていらっしゃるの」

こんな所でよせよ、と畠山が表情を歪める。

「今回の事故は偶発的なもので私に責任はない」

「それは彼の仕事だ。政府に仕える職責ゆえなんじゃないの。だったら彼も本望だろう」

「加藤さんのことは」

ピシッと乾いた音がした。

目を大きく見開いた畠山が左の頰を押さえ、文月の掌には畠山にヤキを入れた確かな感触が残っていた。

唖然としたキャスターが凍りついている。

「恥を知りなさい！」

文月は踵を返す。

加藤がストレッチャーで運ばれていく。「待って」と文月は声を上げた。

「加藤さん、お願い。後生だから」と彼の手を取って呼び続ける文月の声に、加藤の指先がかすかに反応した。

うっすらと開いた加藤の瞳が文月を捜す。

その唇が小さく動いた。

加藤の顔に文月は耳を寄せる。

「……ありがとう」

再び閉じた加藤の目から、涙が一筋流れ落ちた。

「もういいですね。おい、車へ移動するよ！」

救急隊員が文月を下げさせる。

これが結末なのか。

加藤を守りたかった。

文月の覚悟を問うたときに見せた柔和な笑顔をもう一度見たい。

文月は暮れ果てた夜空を見上げた。

心の底から悲しかった。

「文月企画官ですね」

太い声に振り返ると、大柄でがっしりした二人の自衛官が立っている。

「私は恩田二佐。こっちは橘二佐です」

文月は深々と頭を下げた。

「いや、あなたには大変な任務を命じられました」

五分刈り頭の恩田がニヤリと笑う。

「でも、我々にとって最高の任務でした。部下を代表してお礼を申し上げます」

「私たちの命を救ってくださった企画官に握手をさせてください」と橘二佐が右手をさし出す。

大きくて、分厚くて、温かい手が文月の掌を包み込む。

「皆さんを危険に晒して申しわけありません」

「誰も思いつかない見事な作戦でした。感服しました」

橘が微笑む。

「それにしてもまったく、夫婦揃って向こう見ずですな」

橘が立てた親指を背後に向ける。

「祐美」

二人の後ろから夫の声がした。

泥だらけの服で、すり傷だらけ、しかも顔の半分を腫(は)らした和也が微笑んでいる。

自然と文月の両目から涙が溢れる。止めることなんかできない。

文月は夫の胸に顔をうずめた。

和也がやさしく背中を叩いてくれる。

彼の温もりと匂いが、やりきれない虚しさと堪えきれない悲しみを包み込んでくれた。

「ごめんなさい」

「なに謝ってんだよ。おまえこそ大変だったな」

「あなたは大丈夫なの。無茶ばっかりして」

「なんで知ってるんだよ」

「その顔見れば、誰だってわかるわよ」

半べその笑い顔を和也に向ける。

「おい、そっちからいくぞ」

後ろで加藤のストレッチャーを車に乗せる救急隊員の声が聞こえた。

「お願い。あと一回だけわがままを言わせて」

「わかってるよ。一緒に行ってあげなさい」

動き出した救急車を追いかけた文月は後部ハッチを叩く。

「すみません！　私も行きます」

急停車した救急車から隊員が顔を出した。

「患者さんとは？」

「私の恩人です」

東京都　港区　六本木一丁目

速水と桐谷は、六本木通りからアークヒルズの横を抜け、坂をのぼった先に建つ速水のマンション前で政府公用車をおりた。

高層マンションの三十五階にある百五十平方メートルのスイートが速水の自宅だった。

「呉に連絡を取ろう。とにかく、私の部屋へどうぞ」

木目調の装飾、高い天井にシャンデリア。コンシェルジュが常駐する、まるで高級ホテルを思わせるロビー。その奥にあるエレベーターへ向かう途中、速水のスマホが鳴った。

「もしもし、私だ」

（一体、どういうことだ）

速水は大きく息を吐いた。

「色々と事情があったんだ」

（話を聞きたいから、いつもの場所まで来い。大至急だ。教授も一緒にだぞ）

一方的に電話が切れた。

「どうした」と桐谷が不安げな視線を向ける。

「すぐに来いとのことです」

「奴はお怒りなのか」

「まったく単純な男だ」

外の様子だとタクシーはいないだろうから、と桐谷を連れた速水は地下の駐車場へ向かった。

駐車スペースの一番奥に速水のベンツS560が停めてある。

「相変わらずいい車に乗ってるな」

「教授だってこれぐらいは稼いでるでしょ」

軽口を交わしながら二人は車に乗り込んだ。

「社長。奴にどう説明する」

桐谷の懸念に、「任せておいてください」と速水はハンドルを軽く叩いた。

「着くまでに考えますよ」

速水はエンジンのスターターボタンを押した。


耳をつんざく爆発音が駐車場に響いた。

S560のドアとサンルーフが吹き飛んだ。
黒煙と真っ赤な炎が車から噴き上がる。
無数の部品や破片が四方に飛び散り、近くの車のフロントガラスが砕け散る。
まるで段ボールのようにベンツが激しく燃え上がる。
炎が天井を焦がす。
一斉にスプリンクラーからの放水が始まった。

終章

十月

沖縄県　宮古島（みやこじま）

東洋一美しいといわれる与那覇前浜（よなはまえはま）ビーチは宮古島を代表するビーチの一つで、全長七キロにも及ぶ白い砂浜と、水平線まで続く青いグラデーションの海が見事だった。

遠浅で比較的波が穏（おだ）やかなビーチは砂遊びや海水浴向きで、宮古島と来間島（くりまじま）をつなぐ来間大橋を遠目に見ることができる。

砂浜に立てたビーチパラソルの下で、文月はレジャーシートに腰をおろしていた。

柔（やわ）らかな海風が心地よい。

災害の後始末が一段落し、ようやく家族で旅行に来ることができた。

東京を襲った竜巻と豪雨による被害は、完全復旧までに二週間を要した。あの日の夜、災害対応特任大臣を兼任した山本を高島と広瀬が支える態勢が整ってから物事が動き始めた。警察、消防、自衛隊、なにより国と都と区、そして周辺自治体との連携がスムーズに取れるようになった。

それでも、豪雨災害としては初めて死者・行方不明数が千人を超え、一九八二年に三百人近い死者・行方不明者を出した長崎大水害を超える最悪の被害となった。墨田区、江東区、江戸川区の一部にまたがる延べ十二平方キロの浸水地区では、自衛隊による救出活動、食料と水の供給が続けられると同時に、懸命の排水作業が行なわれたが、完全に水が引くまでには十日を要した。

一方、東京電力では大田区、世田谷区と杉並区を除く東京区部、さいたま市から所沢市にいたる埼玉県南部、野田市、市川市、船橋市から千葉市にいたる千葉県北西部の三百万戸で停電が発生し、その復旧に一週間を要した。

鉄道については、各社の懸命の努力で翌朝までにほとんどの路線の運転は再開したが、全路線の再開までには三日を要した。ＮＴＴでは、ケーブルの故障や通信ビルの水没により墨田区などの当該三区を中心に約十万回線が一時利用不可能となった。

上水道の断水は三十万戸におよび、近隣の自治体も含めて給水車千台を派遣して対応を行なった。

畠山内閣は、『特定非常災害特別措置法』の規定に基づき、今回の災害を特定非常災害に指定し、適用すべき措置を指定した。同じく、『激甚災害法』の規定に基づき、今回の豪雨および竜巻による被害を激甚災害に指定するとともに、やはり適用すべき措置を指定した。

この災害の被害総額は一兆円と見積もられているが、それよりも深刻なのは都心でもこのような大災害が起きる現実を、国と国民が突きつけられたことだ。

災害が発生してから一ケ月。大型の補正予算による復旧計画が固まったあと、健康上の理由で畠山内閣は総辞職し、新しく山本国土交通大臣が首班に指名された。それに合わせて、稚拙な事業仕分けの責任を問われて桐谷顧問団も更迭された。

解散総選挙にまでいたらなかったのは、あの日の夕刻から高島と広瀬以下の迅速な対応で事が処理されたため、センター内の混乱が表沙汰にならなかったからだ。

もう一つ表沙汰にならなかったことがある。速水、桐谷と呉の関係だ。

何者かに速水と桐谷が爆殺され、呉は日本から姿を消した。まだ捜査は続いているものの、真実を突き止められるかは怪しいものだ。

『みらい』はいつのまにか解散した。

当然、畠山と長津田にとっても、事はそう簡単に収まらない。政府、ならびに民間が立ち上げた調査委員会が、災害発生後の畠山以下の対応と判断を検証している。さらに、洪水によって甚大な被害を受けた墨田区の住民が国ではなく、二人を相手取ってその責任を問い、損害賠償を請求する訴訟を起こした。

住民の怒りはもっともだ。

当然、広場での大立ち回りが全国に流れた文月にも非難の声が上がるかと思ったら、意外にも彼女を責めるどころか、新ヒロインの誕生とばかりに取材申し込みが殺到した。

陰謀、隠蔽、殺人、様々な不条理に愛想を尽かした文月は、この旅行前に辞表を提出していた。

一身上の都合を理由にした辞表を、広瀬は「とりあえず預かっておく」と机の引き出しに放り込んだ。

「まあ、それよりも休暇を楽しんでこい」

災害対応のせいで文月が家族旅行をキャンセルしたことを気遣って、広瀬が四日間の特別休暇をくれた。

「ママ」と、手を振りながら、和也と一緒に亮太が海から駆けてくる。

タオルで体をふいてやると、愛くるしい笑顔がタオルの中から飛び出した。

「ママも泳ごうよ」

「そうね」

そのとき、メールの着信音がした。

脇に置いていたトートバッグから慌ててスマホを取り出す。なにかあったのか、どこかでトラブルが起きたのかと、つい体が反応する。ほとんど職業病だった。

驚いたことに着信していたのは加藤からのメールだった。

拝啓
文月様におかれましては益々ご健勝のこととお慶び申し上げます。

さて、このたびは私の怪我でご心配をおかけしてしまいました。幸いにして処置が早かったこともあり、大事にいたらず、今では自宅と病院でリハビリ治療に励んでおります。

多少左手にしびれが残るとのことですが、日常生活には不便がないだろうとのことで、また畑仕事に精を出せる日を楽しみにしております。

さて、老婆心ながらお伝えしたいことがありメールしました。

風の便りに文月様のことを聞きました。貴女の状況を考えますともっともだとも思いますが、広瀬氏をはじめ、多くの方々が貴女の力を必要としています。

命の恩人である貴女様に意見などできる身ではありませんが、どうか再考して頂けることを願い、余計なお世話と思いながらも連絡した次第です。

末筆とはなりましたが、遠方よりご家族のご健勝をお祈りしております。

追伸
もうじき私の畑のミカンを送りますので、是非、ご賞味ください。

敬具
加藤孝三

文月祐美様

なにが風の便りよ。個人情報が風に流されるわけがないでしょ。いつのまに、あの政策統括官はこんな策士になったわけ。

心の中で、ひとくさり悪態をついた。

「誰から？」

和也が文月のふくれっ面に声をかける。

「ううん。なんでもない」

文月は慌てて笑顔で取り繕う。

和也が文月の横に腰を下ろした。

「ちょっとは未練があるんだろ」

「えっ」

「仕事にだよ」

「そんなことないよ」

わざとらしく驚いた顔を和也が向ける。

「祐美。お前には帰るところがあるじゃないか。死にもの狂いでやって、ボロボロになって、なのに『二度と来るな』と上から三行半を突きつけられたって、お前には帰るところがある」

帰るところ、温かくて心の底から安らげるところ。

和也と亮太のいる場所。

「今の祐美はボロボロになったわけじゃないんだろ。三行半を突きつけられたわけでもない」

文月はうなずいた。

「それどころか、お前に戻って欲しいという人がいるんだろ」

和也が文月のスマホを指さす。

「かっこいいよな。祐美、お前かっこいいよ」

シートに寝転んだ和也が、伸びをするように頭の後ろで手を組んだ。

「心配するな。家のことも亮太のこともなんとでもなる。だって、今までだってやってきたじゃないか」

どうして、そんなこと突然言うの。

しかもこんなところで。

三人の前に目の覚めるような青い海が広がっている。

夏の名残の陽光に、たゆたう波がきらきらと輝いていた。

ジュースを飲んでいた亮太が、「なくなっちゃったよ」とストローボトルを振る。

「亮太、ママと泳ごうか」

「うん」

亮太が笑う。

和也が白い浮き輪を亮太にはめてやる。

「行くよ」

亮太と手を繋(つな)いだ文月は海に駆け出した。

〈主要参考文献〉
『新版　社会のイメージの心理学』池田謙一著　サイエンス社　二〇一三年
『社会的ジレンマのしくみ』山岸俊男著　サイエンス社　一九九〇年
『排斥と受容の行動科学』浦光博著　サイエンス社　二〇〇九年
『集団行動の心理学』本間道子著　サイエンス社　二〇一一年
『紛争と葛藤の心理学』大渕憲一著　サイエンス社　二〇一五年
『攻撃の心理学』Ｂ・クラーエ著　秦一士・湯川進太郎編訳　北大路書房　二〇〇四年
『葛藤と紛争の社会心理学』大渕憲一編集　高木修監修　北大路書房　二〇〇八年

その他、新聞・インターネット上の記事などを参考にさせていただきました。

この物語はフィクションであり、登場する人物、および団体名は、実在するものといっさい関係ありません。なお、本書は書下ろし作品です。

——編集部

切りとり線

あなたにお願い

この本をお読みになって、どんな感想をお持ちでしょうか。次ページの「100字書評」を編集部までいただけたらありがたく存じます。個人名を識別できない形で処理したうえで、今後の企画の参考にさせていただくほか、作者に提供することがあります。

あなたの「100字書評」は新聞・雑誌などを通じて紹介させていただくことがあります。採用の場合は、特製図書カードを差し上げます。

次ページの原稿用紙（コピーしたものでもかまいません）に書評をお書きのうえ、このページを切り取り、左記へお送りください。祥伝社ホームページからも、書き込めます。

〒一〇一―八七〇一　東京都千代田区神田神保町三―三
祥伝社　文芸出版部　文芸編集　編集長　日浦晶仁
電話〇三（三二六五）二〇八〇　http://www.shodensha.co.jp/bookreview/

◎本書の購買動機（新聞、雑誌名を記入するか、○をつけてください）

＿＿新聞・誌の広告を見て	＿＿新聞・誌の書評を見て	好きな作家だから	カバーに惹かれて	タイトルに惹かれて	知人のすすめで

◎最近、印象に残った作品や作家をお書きください

◎その他この本についてご意見がありましたらお書きください

100字書評

東京クライシス

住所

なまえ

年齢

職業

安生 正（あんじょう ただし）
1958年生まれ。京都府京都市出身。京都大学大学院工学研究科卒。現在、建設会社勤務。『生存者ゼロ』で第11回『このミステリーがすごい！』大賞を受賞、『ゼロの迎撃』『ゼロの激震』と続く〈ゼロ〉シリーズは100万部を超えるベストセラーに。他の著書に『Tの衝撃』『レッドリスト』がある。

東京クライシス 内閣府企画官・文月祐美

平成31年3月20日 初版第1刷発行

著者——安生 正
発行者——辻 浩明
発行所——祥伝社
〒101-8701 東京都千代田区神田神保町3-3
電話 03-3265-2081（販売） 03-3265-2080（編集）
03-3265-3622（業務）
印刷——堀内印刷
製本——積信堂

ISBN978-4-396-63562-6 C0093
祥伝社のホームページ・http://www.shodensha.co.jp/